btb
Aus Freude am Lesen

btb

Buch

Ostern 1750: Bei einem königlichen Bankett im Jagdschloss Grunewald bricht ein Gast mit heftigen Koliken zusammen. Die Adjutanten vermuten einen verunglückten Anschlag auf den König. Der für die Mahlzeit verantwortliche Zweite Hofküchenmeister Honoré Langustier gerät unter Tatverdacht, denn erst wenige Tage zuvor hat er eine Abmahnung von seinem Arbeitgeber hinnehmen müssen. Noch während Langustier bemüht ist, seine Unschuld zu beweisen, findet man den kaum wieder genesenen Gast, den Gutsbesitzer Carl Gustav von Randow, tot in einem übel beleumundeten Etablissement in Berlin. Der König erinnert sich der Erfolge seines Koches bei der Aufklärung eines Mordfalles zehn Jahre zuvor und beauftragt ihn mit den Nachforschungen. Der Koch hat unerschrockene Helfer. Neben dem Mathematiker Euler unterstützen ihn auch der Musiker Bach sowie der Philosoph Voltaire, der zu einem längeren Aufenthalt im Schloss Sanssoucis eingetroffen ist, wo sich – im scheinbar dauerhaften Frieden nach zwei Kriegen – ein sagenhaft atheistisches Bacchanal an das andere reiht.

Autor

Geboren 1964 in der kaiserlichen Sommerresidenz Bad Homburg vor der Höhe, residierte – nach Studien der Germanistik, Philosophie und Kunst in Mainz, Bamberg, Marburg und Tübingen – von 1991 bis zu seiner Promotion 1999 im Sterbeort des letzten deutschen Kronprinzen (Hechingen/Hohenzollern). Durfte 1988–1995 mehrere Einzelausstellungen eigener Zeichnungen und Holzschnitte erleben. Bevor er sich im Jahr 2001 in Berlin kriminalistisch verselbständigte, war er Lektor und veröffentlichte außerdem zahlreiche belletristische Beiträge in Anthologien, Zeitschriften und Zeitungen. Verfasste wissenschaftliche Bücher u. a. zu Arno Schmid, Johann Wolfgang von Goethe und Johann Friedrich Wilhelm Pustkuchen.

Tom Wolf bei btb

Königsblau. Mord nach jeder Fasson. Ein Preußen-Krimi (73084)

Tom Wolf

Tödliche Passion

Ein Preußen-Krimi

btb

Umwelthinweis:
Alle bedruckten Materialien dieses Taschenbuches
sind chlorfrei und umweltschonend.

Der btb-Verlag ist ein Unternehmen der Verlagsgruppe
Random House.

1. Auflage
Genehmigte Taschenbuchausgabe Januar 2005

Umschlaggestaltung: Design Team München
Umschlagfoto: Artothek, Corbis (Collage)
SR · Herstellung: Augustin Wiesbeck
Made in Germany
ISBN 3-442-73085-6
www.btb-verlag.de

FÜR VINCE

Verzeichnis der historischen Personen und *fiktiven* Hauptakteure

Kursiv gesetzte Personen sind historisch nicht belegt.

Beeren, Adrian Graf von – Schwiegersohn Honoré Langustiers
Beeren, Marie Gräfin von – Tochter Honoré Langustiers
Beeren, Honoré und Heloise von – Enkel Honoré Langustiers
Cocceji, Barbara geb. da Campanini – Tänzerin an der Berliner Oper, »la Barberina«
Cocceji, Karl Ludwig von – Ehemann der »Barberina«
Cochois, Mireille – »Bewohnerin« der Purpur-Glocke
Eller, Johann Theodor – Direktor der Charité
Euler, Leonhard – Mathematiker
Fredersdorf, Michael Gabriel – Geheim-Kämmerer Friedrich II.
Friedrich II. – »der Große«; König »in« (später, 1772, auch offiziell »von«) Preußen
Diercke, Ferdinand Albrecht von – Capitain der zweiten Bataillons Garde, Kriegsheld der Schlacht von Kesselsdorf
Graevenitz, Johann Wilhelm – Müller und Nachbar Friedrichs II. in Sanssouci
Gotter, Carl Gustav Graf von – Ober-Hof-Marschall Friedrichs II.
Hattstein, Georg Casimir Graf von – Direktor der Preußisch-Asiatischen Seehandlung
Joyard, Emile – Erster Hofküchenmeister Friedrichs II.
La Mettrie, Julien Offray de – französischer Arzt und Philosoph; Kammerherr, Vorleser und nomineller Leibarzt Friedrichs II.
Langustier, Honoré – Zweiter Hofküchenmeister Friedrichs II.

Maupertuis, Pierre Louis Moreau de – Mathematiker, Präsident der Königlich Preußischen Akademie der Wissenschaften, Direktor der Physikalischen Klasse derselben
Mustapha Aga – Abgesandter des türkischen Sultans
Myers, Madame – Wirtin der Purpur-Glocke
Nevin, Glass – Kapitän zur See im Auftrag der Preußischen Seehandlung
Bastian, Abbé – Domherr in Breslau, Vorleser und Gesellschafter Friedrichs II.
Randow, Carl Gustav Graf von – Ober-Hof-Jägermeister und Geheimer Etats-Minister Friedrichs II.
Randow, Marianne Elisabeth Gräfin von – Gattin des Vorgenannten
Schlettwein, (Ojmar) Johann von – ehem. preußischer Major, Dolmetsch des türkischen Agas
Schlichtegroll, Georg – ehemaliger Musketier, Kriegsveteran
Taylor – reisender Augenarzt; Leiboculist des englischen Königs, des Herzogs Karl von Lothringen, des Prinzen und der Prinzessin von Oranien, des Landgrafen Wilhelm von Hessen-Kassel sowie des Herzogs von Sachsen-Gotha
Untermann – Diener des Grafen von Randow
Voltaire – aufklärerischer Autor, Philosoph; Freund Friedrichs II.

Der Schmerz ist ein Jahrhundert,
ein Augenblick der Tod.
Jean Baptiste Louis Gresset

Mittwoch, der 1. April 1750

I

»Die Schlächter«, erläuterte der König und fasste sein Opfer fester ins Auge, »morten nicht dem Spaße halber, sondern für der Leiber Gemeinwohl – dagegen die Jägers morten bloß aus alleiniger Lust, und das dünkt mich eine rechte Schande zu seindt, Messieurs. Was nun aber folgert mir daraus? N'est ce pas: dass die Jägers in puncto der Moral seindt weit unter den Bouchers einzurangieren!«

Aus dem Kreise der zwölf prunkvoll kostümierten, von Straßenstaub überpuderten Herren tönte Glucksen. An einem runden Eichentisch saßen sie – in einem eiskalten Renaissancesaal unter einem Kandelaber aus zwanzig miteinander verflochtenen Hirschgeweihschaufeln – und waren mit der Verdauung eines sehr scharfen, viel zu fetten und üppigen Mittagsmahles beschäftigt. Friedrich II. von Preußen, den man nach zwei siegreich beendeten Kriegen um Schlesien allseits als »den Großen« apostrophierte, hatte es ihnen gnädigst verabreichen lassen. Während es in den Schlünden gehörig brannte, kümmerte das Feuer im verstopften Kamin glumsend dahin, und jetzt, da die Tafel kurz davor stand, aufgehoben zu werden, beendeten die Kammerlakaien ihre Mühen, es lodernd zu entfachen.

Einige schadenfrohe Blicke trafen den gerade ernannten Ober-Hof-Jägermeister Karl Gustav Graf von Randow, der sich bemühte, zum majestätischen Extempore eine aufgeräumte Miene zu machen. Letztlich war ihm bereits so reiche Gnade zuteil geworden an diesem Vormittag, dass ein wenig Hohn und Spott kaum in Rechnung gestellt zu werden verdienten.

Der König hatte mit seinem Tross auf halbem Wege zwischen Berlin und Potsdam, nur wenige Meilen abseits der Chaussee an einem verwunschenen Waldsee, Station gemacht und das Mittagessen mit von Randows Amtseinsetzung verbunden. Dem treuen Kampfgenossen, der in der Schlacht von Kesselsdorf überragende Standhaftigkeit sowie unvergleichlichen Mut bewiesen, in den Friedensjahren dagegen durch interessante Ideen für neue, die Wirtschaft Preußens hebende Projekte geglänzt hatte, war mit dem wenig arbeitsreichen Hofamt auch das Jagdschloss »Zum Grünen Wald« zugefallen.

Der König war jedoch mit seinen Gedanken nicht bei der Sache. Er konnte es kaum mehr erwarten, wieder nach Potsdam zurückzukehren, und hatte für den nächsten Tag – obwohl das Wetter noch keineswegs warm genannt werden konnte – den Umzug aus dem dortigen Stadtschloss ins drei Jahre junge Sommerschlösschen Sans Souci anberaumt.

Die beiden Hofküchenmeister Joyard und Langustier waren verabschiedet worden, nachdem der König höchstselbst den vorbereiteten Speisezettel für die kommende Mittagsmahlzeit aufs Genaueste besehen und einen der vorgeschlagenen Gänge durch seine Lieblingsspeise Knoblauchpolenta ersetzt hatte. Nun warteten die Kammerlakaien darauf, das Abräumen besorgen zu dürfen und sich um das Übriggebliebene zu streiten, doch der König hielt noch einen privaten Nachtisch, eine frugale Überraschung, für seinen schmächtigen, schwarzhaarigen Ober-Hof-Jägermeister parat: Leicht blasphemisch wurde ihm die Naturerscheinung als »Frucht von Christi Leiden« angekündigt, was einige Teilnehmer der unterkühlten Tafelrunde, die das Geschehen verfolgten, mit von Hüstelgeräuschen nur notdürftig überdecktem Kichern quittierten. Zwei Jahre der Pflege hatten verstreichen müssen, um die nach langer Ozeanüberquerung reichlich gebeutelten Exemplare der Passionsfrucht im neuen Potsdamer Orangenhaus zur Blüte und zum Tragen zu animieren, in schönster Gesellschaft von Kirschen, Datteln, Feigen, Pfirsichen, Melonen, Ananas, Orangen, Zitronen, Granatäpfeln und violettschaligen chinesischen Pisang.

Von Randow besah sich die gelb-bräunlich und purpurrot gefleckte, pflaumenförmige und gänseeigroße Frucht auf seinem Teller mit der standesgemäßen Neugier eines ordentlichen Mitglieds der Physikalischen Klasse der Königlichen Akademie der Wissenschaften (zu der auch die Chemie, Botanik, Anatomie und Mineralogie gehörten) und musterte nicht minder aufmerksam ihr wenig ansehnliches, grünlich-gräuliches, von vielen schwarzen Samenkörnern durchsetztes Fleisch, das nach dem Aufschneiden zu Tage trat. Die Samen wirkten wie zu klein geratene Sonnenblumenkerne und bildeten mit dem gallertartigen Fleisch eine zusammenhängende, sich sauber von der beinahe gewichtslosen, watteartig ausgepolsterten Hülle scheidende Masse, die im Munde einen durchaus angenehmen Geschmack entfaltete. Der einzige Schwachpunkt beim Genuss dieser Frucht schien dem Grafen das laute Knirschen zu sein, das beim Zerbeißen der Kerne bemerkbar wurde, die wahrlich zu groß waren, als dass man sie einfach ungekaut verschlucken mochte.

Sämtliche Herren empfanden die kleine Verschnaufpause nach dem anstrengenden, holperigen Vormittag in den unkomfortablen Kutschen, nach den fünf schwer verdaulichen Gängen und nach der boshaft stacheligen Konversation des Königs als sehr wohltuend. Erleichtert schnatterte jetzt alles durcheinander. Die braunschweigischen Prinzen links vom König tauschten sich angeregt mit dem weiter links sitzenden Prinzen Friedrich Eugen von Württemberg und Bruder des regierenden Herzogs Carl Eugen über Probleme der überseeischen Handelsschifffahrt aus, während sich der architektonische Berater Sr. Königlichen Majestät, der venezianische Patriziersohn Francesco Graf Algarotti, der nicht nur die Vorliebe für Kunst und Architektur, sondern auch das Lebensalter mit dem Monarchen teilte, gegen den Direktor der frisch gegründeten Preußisch-Asiatischen Seehandlung, den Grafen Georg Casimir von Hattstein, in Mutmaßungen erging über die künftige Rentabilität des Brauereiwesens in Preußen.

Von Hattsteins Nachbar auf der linken Seite und wie dieser dem König in etwa vis à vis platziert, war der königliche Leibarzt und Vorleser Julien Offray de La Mettrie, der allenthalben nur »der Maschinenmensch« genannt wurde. Zu diesem Spitznamen trug vor allem seine Abhandlung »L'homme machine« bei, in der er den Menschen als einen in sich geschlossenen, wechselwirkend funktionierenden Organismus aus Seele und Körper darstellte, der seiner Ansicht nach keinerlei metaphysischer Ergänzung durch einen außerhalb befindlichen Gott bedurfte. Der Materialist, von unentwegtem Frohsinn beseelt, neigte bisweilen zu tumultuöser Ausgelassenheit. Nie konnten ihn der Alkohol oder das ausschweifende Essen ermüden, und er schaufelte bei den Mahlzeiten so viel in sich hinein wie das Hebelgestänge einer Wasserkunst oder das Mahlwerk einer Bockwindmühle. La Mettrie schrieb für gewöhnlich an mehreren seiner meist kurzen Bücher gleichzeitig. Momentan arbeitete er an den Titeln »Der Mensch eine Pflanze«, »Der Mensch ein Tier« und »Die zu Boden gestürzte Maschine – Glaubwürdige Nachricht von dem Leben und sonderbaren Ende des berühmten Arztes de La Mettrie« sowie der merkwürdigen Schrift »Der kleine Mann mit dem großen Stock«.
Zum Verwundern für jeden, der mit den heiklen Beziehungen zwischen den königlichen Dauergästen vertraut war, richtete er das gelehrte Wort an den links neben ihm sitzenden ehrwürdigen Pierre Louis Moreau de Maupertuis, den Präsidenten der Königlichen Akademie der Wissenschaften und Direktor der Physikalischen Klasse derselben, dessen Perücke bis weit über die Schultern wallte. Maupertuis, vor einem Jahrzehnt wegen seiner Lapplandexpedition zur Nachmessung der Erdabplattung weltweit gefeiert, lehnte La Mettries Ansichten im Ganzen ab und konnte vor allem seine Leugnung Gottes nicht akzeptieren. Seit drei Jahren lebte La Mettrie in Potsdam, doch so recht glücklich war der Exilfranzose in Preußen nicht geworden. Die philosophische Tafelrunde des Preußenkönigs hatte sich als eine Akademie ganz besonderer,

nicht für jeden Teilnehmer gleichermaßen erfreulicher Art erwiesen.

Der König und Besitzer dieser beiden Gelehrten fand es äußerst ergötzlich, den unaufhörlichen Zermürbungskrieg zwischen ihnen zu beobachten.

»Der Grund, warum einen wahren, echten Philosophen nichts verwundert und erschrecken kann,« sagte der Maschinenmensch zu Maupertuis, »liegt darin, dass er weiß, wie eng beim Menschen Wahn und Weisheit, Trieb und Vernunft, Größe und Gemeinheit, Unreife und Urteilskraft, Laster und Tugend beieinander liegen – nämlich so nahe wie Jugendalter und Kindheit oder wie der reine und der unreine Bereich der Fossilien. Den strengen Gerechten vergleicht er mit einer Kutsche, die luxuriös ausstaffiert, aber schlecht gefedert ist. Der Geck ist in seinen Augen ein Pfau, der seine prächtigen Schwanzfedern bewundert, der Labile und Willensschwache ein Fähnlein im Sturm, der Draufgänger eine Rakete, die losgeht, sobald sie Feuer gefangen hat – oder überkochende Milch – und der enttarnte Aufschneider ein hohles Gefäß, mit dessen Inhalt ein Feuer gelöscht werden soll.«

Noch bevor jedoch Maupertuis eine Bemerkung über die Philosophie Epikurs machen konnte, die er sich bereits zurechtgelegt hatte, geschah etwas, das alle Gespräche ebenso abrupt wie endgültig zerschnitt.

Karl Gustav Graf von Randow, drei Plätze rechts vom König sitzend, stöhnte vernehmlich. Er rollte die Augen, führte den Kopf in drehender Bewegung um eine schwer zu bestimmende zentrale Achse und drohte samt Stuhl nach hinten umzukippen. Bei dem verzweifelten Bemühen, sich festzuhalten, beförderte er mit maulwurfshaften Armbewegungen das ihm erreichbare Tafelgeschirr auf den nicht sehr reinlichen Steinfußboden. Ein abgenagtes Rebhuhnbein landete im Schoße des zu seiner Rechten sitzenden Marquis d’Argens, welcher erschrak und leise fluchend aufsprang.

Mit erwartungsfroher Miene hatte der König von Randows vorsichtige Verkostung der Frucht mitangesehen. Er gedachte sich ebenfalls eine jener grazilen, federleichten Purpurgranadillen zu Gemüte zu führen, die vor ihm in einer kleinen Schale aus geschliffenem Rubinglas lagen, wollte jedoch erst das Urteil des Ober-Hof-Jägermeisters abwarten. Jetzt hielt er im Aufschnupfen einer Prise Spaniol inne, den eine brillantenbesetzte Tabatière von apfelgrünem schlesischem Chrysopras spendete. Sie war ein Geschenk von Randows und zeigte in feinster Intarsie einen Chinesen und eine Chinesin, die eine Porzellanvase und eine Opiumkapsel präsentierten.
Kaum hatte der Graf von der Frucht gekostet, als sie samt Löffel eklatant von ihm abgefallen und unsanft auf dem von blauen Ranken überzogenen Desserttellerchen des königlichen Reiseporzellans mit dem hübschen Stachelschwein in der Mitte gelandet war. Die gräflichen Gesichtszüge hatten sich auf eine abscheuliche Weise verzerrt und der Graf sich denkbar exaltiert zu produzieren begonnen.
Der König stutzte, da er diese gänzlich überraschende Fruchtwirkung wahrnahm, und führte den Schnupftabak an der Nase vorbei, weshalb die Krümel wie feiner, schwarzer Schnürlregen auf seinen abgescheuerten blauen Uniformrock herabfielen. Er vollführte eine ruckartige Leibesbewegung, die den Tisch erzittern ließ, so dass der Deckel der Heleborusdose mit hellem Klappen zufiel und die Passionsfrüchte in der Rubinglasschale hüpften. Mit echtem Anteil in der hellen, fordernden Stimme fragte er den sprachlosen Abbé Bastian neben sich:
»Pour l'amour de Dieu! Was geschieht Ihn denn? Hat Er eine faule erwischt?«
Der links neben dem rudernden und zappelnden Grafen sitzende Capitain von Diercke klopfte dem Gepeinigten entschlossen auf den Rücken und bemühte sich, den Grund für seine Verkrümmungen mit Worten aus ihm herauszulocken.

Graf von Randow jedoch sah sich zu keiner verständlichen Lautäußerung in der Lage. Er wusste absolut nicht, wie ihm geschah; in seinem Schlund schwelte ein Feuer, seine Stimme versagte, das Herz begann zu rasen, Schwindel stellte sich ein. Tisch, Teller, Decke und Boden schienen ineinander verschwimmen zu wollen.
Als einziger von den Umsitzenden die Brisanz der Situation erfassend, sprang jetzt La Mettrie von seinem Sitz und beförderte den sich heftig windenden Ober-Hof-Jägermeister mit Hilfe zweier stützender Pagen hinaus an die frische Luft. Am Ufer des nahen Waldsees konnte der neue Hausherr des Jagdschlösschens dann, ohne dass sich die zurückbleibende Gesellschaft durch den wenig erfreulichen Anblick stören lassen musste, von dem Anlass seines Unwohlseins befreit werden. La Mettrie, der Arzt und erfahrene Teilnehmer der königlichen Tafelrunden, führte zu solchem Zweck stets etwas gutes Senfpulver mit sich.
Interessiert verfolgte der Regent kurze Zeit später, wie sein »L'homme machine« den leichenblassen Grafen von der Stätte seiner zwangsweisen Entleerung wieder in den Saal geleitete. Mehr durch Gesten als durch Worte bat Graf von Randow um Absolution für einen sofortigen Rückzug, denn er war bestrebt, einem dringlichen La Mettrieschen Ratschlag folgend, sich umgehend in seinen neuen Privatgemächern im ersten Obergeschoss des festungsartigen Gemäuers niederzulegen und ausgiebigst zu rekreieren. Se. Königliche Majestät entschuldigten ihn mit dem gnädigen Ratschlag, sich inskünftig an den Geschmack exotischer Früchte besser zu gewöhnen.
Während ein aufgeregtes Gemurmel anhob und man sich halb erschreckt, halb amüsiert über das Faktum der gräflichen Unpässlichkeit austauschte, versank der König in eisernes Schweigen und setzte sein verschlossenes Gesicht auf. Kurz hatte er mit dem Gedanken gespielt, den »übelgewordenen« Grafen durch den Kakao zu ziehen, die Absicht aber dann fallen gelassen – ebenso den Vorsatz, selbst eine Kostprobe von den Früchten zu nehmen. Er rief

seine über alles geliebten Hunde sowie die geschätzten Hofküchenmeister zu sich, während sein Blick von der saucenverschmierten Stelle des Tafellakens, wo mehrere den Windspielen zugedachte Bratenstücke lagen, auf den Passionszyklus des jüngeren Cranach schwenkte.
Die fein gemalten Bilder könnten vielleicht im neuen Berliner Dom, dessen Einweihung auf den 15. Sonntag nach Trinitatis anberaumt war (und in dem der König im Januar bereits die Gebeine seiner Vorväter hatte einlagern lassen), seinen Platz finden. Das düstere Werk hatte dem heutigen Mahl etwas Vorgestriges verliehen, dachte der Monarch. Ostern war schließlich gerade glücklich herumgebracht. Was brauchte er Wiedergeburt oder Nachleben? Im Hier und Jetzt galt es zu bestehen und zu glänzen. Bald wären alle im Orkus versunken, die in vermeintlicher Sicherheit in diesem Raum saßen und die Früchte ihres Lebens genossen, beziehungsweise wieder von sich gaben, will sagen: vomierten.
Der König sah zum Akademiepräsidenten Maupertuis hinüber, der zwar Oberhaupt einer völlig religionsfeindlichen Institution war, aber heimlich zum Christengott betete, wie der Marquis d'Argens einmal hatte beobachten können. Und der Marquis seinerseits? Der immer ruhige, höfliche, vornehme, geistreiche, aber zudem ein wenig seltsame Mensch mit seiner blonden Allonge hatte sich neuerdings ganz der Kabbala ergeben und wurde von kruder Zahlenmystik und Orakelsprecherei gebeutelt. Wer konnte ahnen, was er in dem Rebhuhnknöchelchen gelesen hatte, das so unverhofft in seinen Schoß gepurzelt war? Er selbst ließe niemals Christus, Fortuna und erst recht kein billiges Orakel über sein Schicksal bestimmen, weder die Alchemisten noch die Wunderdoktoren, denen sein Geheimer Kammerier Fredersdorf so zugetan war. In Schlesien hatten Se. Königliche Majestät das Glück selbst beim Schopf gepackt und würden es nicht wieder loslassen.
Enerviert drehte der König die silbernen, mit vielen Steinen besetzten Ringe über seine knackenden Fingergelenke: Chrysopras auch

hier, steirischer Granat, böhmischer Heliotrop oder Blutjaspis, Türkis, Moosachat, Karneol, Glasopal, Mondstein, Saphir, Rubin, Turmalin, Onyx und Diamant.

Emile Joyard und Honoré Langustier betraten den Speisesaal mit gemischten Gefühlen. Gleichzeitig mit ihnen sprangen die Hunde kläffend herein, den Ersten Hofküchenmeister fast umwerfend, während der Zweite darüber fluchte und wütend »Couchez!« zischte.

»Seien Sie doch nicht so ungestüm, Alkyone!«, schalt höflicher und mit vorgeschriebener Anrede einer der Kammerlakaien das erste der Tiere; »Alcmene, bellen und tollen Sie doch nicht so!«, rügte er das nachfolgende. Das dritte konnte er gar nicht mehr anrufen, so schnell war es in den Raum geschossen. Des Königs geliebte Biche fiel sofort über die Bratenstücke her und riss im Zuschnappen einen Fetzen des Tischtuches ab, worüber der König entzückt auflachte.

Joyard konnte sich den Vorfall mit den Früchten, von dem ihm der Kammerlakai Igel, der Sohn des Mundbäckers gleichen Namens, bereits kopfschüttelnd berichtet hatte, nicht erklären. Er musste, wollte er nicht lügen und sich grundlos selbst belasten, auf seinen Kollegen Langustier als den hierfür Hauptverantwortlichen verweisen. Es war kein Geheimnis, dass die Passionsgewächse auf dem gemeinschaftlichen Mist des Hofküchengärtners Sello und des Zweiten Hofküchenmeisters gediehen. Das herbe, säuerliche, rundweg erfrischende Aroma der Granadillen gab den Langustierschen Sorbets, Bowlen und Säften unbestreitbar eine gänzlich einzigartige Note, und schon allein aus diesem Grunde hütete er sie wie seine Augäpfel.

Der Zweite Hofküchenmeister schnaufte tief, denn die Hektik des Wiederankleidens hatte ihn echauffiert. Rasch war der tressenbesetzte Rock wieder aus dem Reisekasten geholt und übergestülpt worden, denn ohne dieses Kleidungsstück durften es sich die Küchenmeister nicht erlauben, an der Tafel zu erscheinen.

Das königliche Verhör verlief glimpflicher als gedacht. Der Regent war zwar ernst, doch keineswegs ungnädig. Er fragte immerhin mit einiger Schärfe, wer die incommodierenden Prunes de passion vorbereitet und kontrolliert habe, wobei er den Greifenblick unerbittlich auf dem Zweiten Küchenchef ruhen ließ. Langustier nahm alles auf sich und bat, die Früchte genau untersuchen zu lassen. Er sei sicher, dass sich alles aufklären würde, und er könne sich nicht denken, dass etwas mit dem Obst nicht gestimmt habe.

»Glauben Sie, Langustier, einer der Serviteurs könne die Früchte immangeable oder ungenießbar gemachet haben?«

»Ich bitte vielmals um Vergebung, Sire, doch ich habe die Früchte nicht unbeobachtet gelassen, so dass es, wenn – nur unter den Augen Eurer Majestät geschehen sein kann. Dies allerdings wäre ein rechtes Wagnis, wo selbigen doch schwerlich irgendetwas entgeht.«

Joyard und Langustier wurden gutwillig verabschiedet und konnten wieder in die Küche stürzen, um beim eiligen Zusammenpacken des schlecht gespülten Geschirrs die allerschlimmsten Katastrophen zu verhindern.

Rasch wies der König den Kammerlakai Igel an, die Schale mit den Früchten unter strengsten Verschluss zu nehmen, damit nicht noch mehr Unheil geschähe.

Schon wenig später rappelten die königlichen Kutschen weiter gen Potsdam.

II

Langustier entfernte sich, noch bevor der königliche Tross das Jagdschloss verließ. Seit Monaten waren ihm die königlichen Banketts und Soupers ein Klotz am Bein, denn sie fesselten ihn rund um die Uhr an die Schlossherde von Berlin, Charlottenburg und Potsdam sowie an die klobigen königlichen Prunktafeln. Nach dem Kochen mussten die beiden Maitres mittags und abends stundenlang im Speisesaal des Königs herumstehen, um mit guter Miene dem nicht immer gnädigen Verzehr der Kompositionen ihrer ins Titanische angewachsenen Truppe von Köchen, Bratenmeistern und Bäckern beizuwohnen, die Bedienung zu überwachen und durchgehend freundlich zu bleiben. Langustier fluchte im Gedanken an diese leidige Pflicht, die jedem nichts ahnenden Außenstehenden so ehrenvoll schien und doch so peinigend war. Dabei die Ohren zu verschließen war ganz und gar unmöglich. So hieß es gute Miene zum üblen Spiel machen, wenn zum Beispiel Se. Durchlaucht der Prinz Ferdinand von Braunschweig seiner brüderlichen Durchlaucht, dem Prinzen August von Braunschweig, die neueste Anekdote, Intrige oder Zote herbetete. Nach einer Stunde des ungewollten Zuhörens bei jederart von gelehrtem oder törichtem Geschwätz stand jedem vernunftbegabten Wesen der Sinn nach einem an die Schläfe gesetzten und sich daselbst entladenden Pistol. Leider dehnten sich die Mahlzeiten – zumal winters – immer über Gebühr; das längste Souper, beim Geburtstag des schmächtigen, schafgesichtigen Prinzen Heinrich, hatte sich einmal vier blutleere Stunden hingezogen …

Jetzt also, fand Langustier, indem er kräftiger ausschritt und seinen gewichtigen Leib zu graziöser Eile antrieb, war es dringend geboten, ein paar Stunden müßig durchzuatmen und dem beginnenden Frühling entgegenzustreben. Zu verabredeter Stunde sollte ihn am Ufer der Havel gegenüber von Gatow ein Boot erwarten.

Er atmete die würzige Luft ein und blieb stehen. Das hinter ihm nahende Rasseln und Poltern war dem riesigen Ungetüm der königlichen Kutsche zuzuschreiben, welches sich auf dem so genannten »Hüttenweg« näherte. Wurmb, der Kutscher des Königs und Oberaufseher über den Fuhrpark – ein wie aus Trockenfleisch geschnitzt wirkender Mann –, prüfte die nach einem Radbruch nur provisorisch korrigierte unförmige Staatskarosse auf ihre Fahrtüchtigkeit. Nachdem er laut »Ho-ho-ho« gerufen und die achtspännige Maschinerie aus Pferden, Holz und Leder zum Stehen gebracht hatte, fragte er von seinem Bock herab den einsamen Wanderer verschmitzt, ob er vielleicht gütigst die Gnade hätte, ein wenig Ballast zu spielen?

Der Zweite Hofküchenmeister zog seine Taschenuhr aus dem Rock, ließ die dicke, grün lackierte und schildpattverzierte Zwiebel aufspringen und nickte lachend. Sein Fußweg zu den Fluten der Havel würde sich damit unverhofft um gut zwei Drittel verkürzen.

Der beräderte Prunkkasten Se. Königlichen Majestät hing in starken Riemen, so dass ihm selbst ein enormes zusätzliches Gewicht keinen wesentlichen Eindruck zu machen vermochte. Das außen blau lackierte, innen mit gelbem Plüsch ausgeschlagene Gefährt war behaglich eingerichtet, weshalb Langustier den roten Samtvorhang vor dem kleinen Bullauge an der Seite in seine Ausgangsposition zurückschwingen ließ. Er verfiel in ein kurzes, wohltuendes Nickerchen.

Leider stoppte Wurmb viel zu bald schon wieder und hieß Langustier aussteigen, was dieser gemächlich bewerkstelligte und den eilends wendenden Kutscher höfisch grüßte. Dieser jedoch hatte keinen Blick mehr für ihn, denn die Zeit drängte zu sehr. Zwar bewältigte der königliche Tross die vergleichsweise kurze Strecke zwischen Berlin und Potsdam spielend mit elf Achtspännern – doch die zehn Postpferde, 78 Vorspann- und sechs Reitpferde sowie ein arabisches Dromedar (welches immer und überall des Königs Schnupftabakdosen in zwei aufgebundenen Schatzkisten hinterhertrug) wollten in Reih und Glied gebracht, gerissene Zugschnüre noch flugs ersetzt, diese oder jene Bremse neu justiert, die eine oder andere Radachse nachgeschmiert werden.

Zum Havelstrand war es für Langustier jetzt nicht mehr weit. Er fühlte, wie ihn die laue Luft und die mildtätige Sonne auf der Stelle erquickten. Der blassrosa Moiré seines neuen Habits spannte sich und irisierte in den wärmenden Strahlen. Mit dieser Garderobe konnte man selbst bei den höchsten Anlässen trefflich paradieren, ohne dass sie bei einfacheren Gelegenheiten zu viel aufgesetzten Pomp verbreitete. Sowohl der kragenlose Rock als auch die lange, ärmellose Weste waren mit Posamenterieknöpfen geschmückt und bestanden aus dem gleichen Material wie die Kniehose. Von Monsieur Braquemart, dem Besitzer der neuen Berliner Seidenfabrik, war ihm das Verfahren zur Moiréerzeugung genauestens erläutert worden, aber er hatte es vergessen, wusste bloß noch, dass irgendwelche Stofflagen übereinandergepresst werden mussten, damit dieser herrliche Flimmereffekt zustande kam.

Es dauerte eine ganze Weile, bis das Rufen seiner Tochter Marie und der beiden Enkelkinder Honoré und Heloise an sein Ohr drang. Von Weitem schon hatten sie ihn erspäht und ihre Lungen bemüht, um ihm die leicht abweichende Richtung anzuzeigen, in die er sich zu wenden hatte, wollte er zu dem kleinen Kahn gelangen, der seiner im dürren Uferschilf harrte. Marie bemerkte die Spuren der dauerhaften Anstrengung, die im Kontrast zu seiner heute überaus wohldrapierten Gestalt besonders hervorstachen. Er hatte sich im zurückliegenden Jahrzehnt seiner aufopferungsvollen Arbeit ziemlich verausgabt – hatte als mitreisender Chefcuisinier subordinaire de champ de bataille von 1741 bis 1745 alle wichtigen Kriegsstationen im königlichen Gefolge zugebracht. Bei der Schlacht von Mollwitz war er köchelnd zugegen gewesen, beim Vertragsschluss zu Klein-Schnellendorf, beim Sieg von Chotusitz und dem Zurückweichen vor Marschowitz ebenso wie bei den Treffen von Hohenfriedberg und Soor – und selbstredend bei der Erstürmung von Kesselsdorf. Er hatte sich gut gehalten dabei, war sogar um einiges umfänglicher geworden, etwas ruhiger, aber geistig rege wie eh und je. Die zurückliegenden fünf Friedensjahre hatten ihm zweifellos härter zugesetzt als die Jahre der Feldküche. Das ständige ausschweifende Feiern des dauerhaften preußischen Sieges über Maria Theresia, die wahrheitsgetreu, wenngleich boshaft so genannte »Königin von Ungarn«, wurde für Köche und Bekochte langsam aber sicher zur Tortur.

Kaum war der mitgeführte Proviantbeutel abgesetzt, fielen sich Vater und Tochter fröhlich in die Arme, während die Enkel aufgeregt um den Großvater herumsprangen und an seinen Rockschößen zogen, bis er sie mit gespieltem Zorn in ihre Schranken verwies und sofort lachend einfing und neckte.
Langustier begrüßte zuletzt den Grafen von Beeren, seinen Schwiegersohn. Marie hatte den Richtigen gefunden, da gab es für den Vater nach zehn Jahren des Prüfens keinen Zweifel mehr. Adrian von Beerens drahtige Erscheinung signalisierte den Gutsherrn und den Militär, sein kluger, wacher Blick dagegen das Akademiemitglied und den Freimaurer. Die Familie verlebte den Winter in ihrer Wohnung in der Berliner Rossstraße, wo Marie nach wie vor das vormals Stolzenhagensche Delikatesskontor besaß, aber freilich längst nicht mehr hinter dem Tresen stand. Eine Gräfin von Beeren hatte selbstredend andere gesellschaftliche und familiäre Verpflichtungen. Den Sommer verlebten von Beerens meistens auf ihrem vor Potsdam gelegenen Landgut.
Unter munteren Scherzen enterte man die Nussschale, die bei Langustiers Einsteigen bedenklich schaukelte und sofort eminenten Tiefgang bekam, was die Enkel mit quietschender Freude bemerkten. Mit guter Strömung und hilfreichem Segel ging es flussabwärts auf ein Eiland namens Pfauwerder zu, welches im Volksmund nur die »Kanincheninsel« genannt wurde, wo man auch alsbald anlandete.
Diese Insel, deren volkstümliche Benennung des Zweiten Hofküchenmeisters gehörige Neugier erweckte – zählten doch Kaninchen auf Lanquedocer Art zu seinen weithin gerühmten Spezialitäten und hatten ihm vor zehn Jahren die königliche Aufmerksamkeit zugezogen –, lag in einer seenartigen Verbreiterung der Havel, maß etwa 2000 Schritte in der Länge und 500 in der Breite und trug einen wunderschönen Eichenwald. Ein überwucherter Rundweg am Ufer bot die ergötzlichsten Ausblicke nach Potsdam und Spandau. Selbst die Kaninchen, verwilderte Nachkommen der letzten

Überlebenden einer kurfürstlichen Zucht, ließen sich so zahlreich blicken, dass die Belustigung der Spaziergänger, insbesondere der beiden jüngsten, die erfolglos haschend hinter den Tierchen herliefen, nicht abriss. Aber auch für historische Belehrung war gesorgt: Von Beeren verwies auf eine öde Stelle nahe am Spandauer Ufer, an der zu Zeiten des Großen Kurfürsten der berühmte Chemiker Johann Kunckel eine Kristallglashütte nebst Geheimlaboratorium betrieben hatte. Wie ein Gefangener hatte Kunckel mit Familie und Gehilfen zehn Jahre lang auf der Insel laboriert, sein eigenes Brot gebacken, Bier gebraut und nebenbei Glaskorallen geblasen, das Opal- und Rubinglas erfunden sowie den Phosphor erstmals analytisch dargestellt. Langustier konnte sich die gespenstische Szene gut vorstellen, da hier einst Wasser und Wald ringsum in Totenschwärze gelegen hatten und nur aus dem Schlot des Insellabors rote Funkenwirbel gen Himmel gefahren waren. Als der Große Kurfürst 1666 gestorben war, hatte der Berliner Mob die Kanincheninsel gestürmt und Kunckels Labor als das eines vermeintlichen Zauberers in Brand gesteckt. Etliche schwärzliche Mauern zeugten davon – glasierte Kieselsteine und vielfarbige Eisenschlacken als Reste von Glasbläserexperimenten.

Beim Anblick der zerfallenen kleinen Küche auf der Kanincheninsel fiel Langustier seine tägliche Quälerei mit dem selten sonderlich gourmandisen Geschmack des Königs wieder ein. Heute hatten Se. Königliche, notorisch beim Essen die Finger den Gabeln vorziehende und alles munter aufs Tischtuch verteilende Majestät wieder ein Bild des Ungeschmacks abgegeben: In die flammend gewürzte Bouillon waren zusätzlich je ein Teelöffel geriebene Muskatnuss und Ingwerwurzel hineinpraktiziert worden. Ob der Herrscher wohl wusste, dass Muskatnuss in diesen Mengen giftig, ja sogar todbringend sein konnte? Angeblich konsumierte er derlei Quanten schon seit jeher. Nur so hätte er, nach eigenem Bekunden, die Biersuppen und faden Kohlgerichte hinuntergebracht, die ihm sein Vater eingetrichtert.

Es war dies Reden vom schlechten Kindheitsessen aber ein infames Märchen, bloß tradiert, um den »Soldatenkönig« als groben Klotz und Knauser hinzustellen. Langustier hatte inzwischen bei den alten, im Dienst übernommenen Köchen nachgefragt – bei dem Mundkoch Luther, dem Reisekoch Müller und dem Bratenmeister Matthes etwa – und zweifelsfrei in Erfahrung gebracht, dass es selbst zu Zeiten Friedrich Wilhelms I. niemals schmale Kost gegeben hatte. Weder Lachs, Austern, Krebse, Wild, Hammel, Lamm, Kalb, Haselhuhn, Fasan, Waldschnepfe, Schnecken noch Spargel, Rapunzelsalat oder Trüffeln waren zu vermissen gewesen.

Aber der Vater, stets sehr auf Ökonomie bedacht, hätte wohl den Kopf geschüttelt angesichts der jetzigen Küchenbelegschaft: In Berlin und Potsdam standen an die 30 Köche in Lohn und Brot! Zwei Küchenschreiber und 50 Küchenjungen kamen hinzu, ein Pastetenbäcker, zwei Mundbäcker, drei Konditoren, ein Kellermeister, ein Kellerschreiber, der Mundschenk, der Kellerknecht und fünf Küfer.

Da die Sonne so einladend schien, setzten sich die Ausflügler ins trockene, warme Vorjahresgras, ließen sich die Rebhühner von der Tafel des Königs schmecken und aßen Portugieser Kuchen hintennach.

Es dunkelte bereits, als sie ihr geliehenes Boot beim Potsdamer Fährmann Groth zurückgaben. Die Enkelkinder sanken in die bequemen Polster der Beerenschen Familienkutsche und entschlummerten sofort, in dicke Decken gewickelt, während der Schwiegersohn seine Frau und seinen Schwiegervater eigenhändig vor das Stadtschloss kutschierte. Mit Tränen in den Augen verabschiedeten sich Langustier und seine Tochter voneinander; sie sahen sich leider viel zu selten. Die wenigen Male, die er unterm Jahr in ihrer Berliner Delikatessenhandlung vorbeischaute, konnte man zählen. Und in den zehn zurückliegenden Jahren, seit Marie zur Gräfin geworden und auf Großbeeren eingezogen war, hatte Langustier nicht so oft, wie er gewollt hätte, den Weg hinaus zum

Beerenschen Gut gefunden, woran freilich auch die verfluchten Kriege ihren Teil Schuld trugen. Langustier schüttelte, als er der Kutsche nachblickte, die eigene Gefühlsduselei von sich ab und tänzelte über die Kopfsteine des Alten Markts dem grünen Fortunaportal des kasernenartigen Schlossareals entgegen, behutsam mit seinem Leibkegel die Menge der vornehm gekleideten Passanten teilend, die dem königlichen Hoftheater im linken Eckbau zustrebten, wo heute das erste Intermezzo des Jahres aufgeführt würde, eine dieser kleinen, hirnlos-süßlichen italienischen Kammeropern, die der König über alles liebte. Die Vorstellung war zugleich als halb offizielle Einweihung des nach acht Jahren Umbauphase gut in Schuss gebrachten Schlosses zu betrachten, das nun vor allem durch eine grelle Farbigkeit bestach: rot gestrichenes Mauerwerk, gelber Verputz, blau lackiertes Kupferdach mit goldenen Lambrequinmotiven. Die Wachen vernahmen das undeutliche Gemurmel Langustiers, der sich verzweifelt bemühte, die Liste der noch ausstehenden Vorbereitungen für die Abendtafeln zu rekonstruieren.

III

Die königlichen Gäste blieben heute beim Abendessen allein. Ihr Gastgeber hatte sich in seine Privatgemächer zurückgezogen, um nach dem anstrengenden Tag doch lieber gleich auszuspannen. Der König konnte sich heute nicht einmal seines gelungenen Aprilscherzes freuen – er hatte die Theatergäste vor der Opernbühne ohne Vorstellung stundenlang warten und dann das Licht löschen lassen. Ruhelos schritt er in seinem Schlaf- und Arbeitszimmer im ersten Stock des Potsdamer Stadtschlosses auf und ab, nachdem er erst eine Weile angekleidet auf dem Bettalkoven gelegen und geistesabwesend auf das völlig überladene Stillleben aus geschliffenem Kristalllüster, goldener, puttenbestückter Balustrade, silberner Wandornamentik und ratlosem, lachsfarben livriertem Kammerdiener gestarrt hatte. Man hatte von Randow in sehr übler Verfassung im Spukschlosse zurückgelassen. Nun war durch eine Stafette die dramatische Verschlimmerung seines Zustandes gemeldet worden, die den indisponiblen Herrn Grafen bewogen hatte, sich so schnell es ging in das Berliner Lazarett der Königlichen Charité zu begeben.

Den Geheimen Kammerier Fredersdorf plagten ganz andere, vordringlichere Sorgen, die mit einer Lokalität verknüpft waren, die eigentlich ein Ort sans Souci zu sein hatte: Die Vorbereitungen für den Umzug ins Weinbergshäuschen, auf den folgenden Tag festgesetzt, waren noch keineswegs abgeschlossen. Durch den Aprilscherz hatte man Zeit gewinnen wollen, und das für acht Uhr angesetzte Souper sollte dem Diener Gelegenheit bieten, die wenigen privaten Garderobenstücke und Toilettengegenstände seines Herren in aller Ruhe und Sorgfalt zusammenzupacken. Doch war dem König jetzt der Appetit vergangen und an ein überlegtes Fortschreiten der Bemühungen in seiner aufgebrachten Gegenwart kaum zu denken.

Der König zupfte nervös an der silbernen Wandbespannung, rückte eine der chinesischen Vasen über dem immerhin gut geheizten Kamin zurecht und fragte den Geheim-Kämmerer Fredersdorf, seinen liebsten Vertrauten seit Rheinsberger Tagen:

»Glaubst du, das hätte mich gegolten?«

Da der Angesprochene nicht wusste, wovon die Rede ging und daher verwirrt schwieg, präzisierte der König:

»Denkst du, mein Lieber, das Ding mit den Osterzwetschgen wäre eine Attaque gegen mir gewesen?«

Fredersdorf war sich nicht sicher. Die Geschehnisse kurz vor dem Ausbruch des gräflichen Unwohlseins lagen wie in einem ihm undurchdringlichen Nebel. Kurz gesagt, er hatte im fraglichen Moment überhaupt nicht auf die Vorgänge zwischen seinem Herrn und dessen Gästen geachtet und war zu sehr mit der Flasche Rheinwein beschäftigt gewesen, die vor ihm gestanden hatte. Er konnte nur versuchen, diplomatisch-ausweichend, das hieß so wenig substantiell wie möglich zu antworten, und ließ sich daher wie folgt vernehmen:

»Wenn dem so wäre, so hielt ich es für eine äußerst kopflose Sache! Käme mir auch partout nicht in den Sinn, wem sich das Haupt zu derlei Obskuritäten verdrehen möchte? Und konnt ja keiner die Voraussehung haben, ob Ihr von der Ladung probieren würdet oder nicht?«

Dem König schien dies als Einstieg in eigene Gedanken hinzureichen und er antwortete:

»O, mein Lieber, da wüsst ich dich schon einige imbezille Kreaturen anzugeben, deren Sinn nur danach und nach nichts sonsten stünde, als wie mir um die Ecke zu bringen, und deren Namen samt und sonders auf -ky auslaufen wie allerorten in den Landen der Königin von Ungarn.«

Der König beschloss, noch einen kleinen Rundgang mit seinen Hunden zu unternehmen, und ging hinaus. Fredersdorf war erleichtert. Jetzt konnte er, wenn er sich beeilte, einiges für morgen zusammenraffen.

IV

Die am Abend des 1. April sich selbst überlassenen Gäste des Königs hatten an der so genannten Maschinen- oder Konfidenztafel im zweiten Obergeschoss des Corps de logis, zwischen dem östlichen Eckrisalit und dem Seitenflügel, Platz genommen. Die Erfindung des Schweizer Kunstschreiners Kambly stand in einer mit grüner Seide ausgeschlagenen und vom Hofmaler Antoine Pesne hübsch ausgemalten Kammer und bot für die Hofgesellschaft einen ganz entscheidenden Vorteil. Durch einen sinnreichen Mechanismus aus Seilen und Rollen wurde das ausgesägte Mittelstück der Tischplatte in die zwei Stockwerke tiefer gelegenen Küchenräume hinuntergelassen, dort mit wohlschmeckenden Speisen beladen und wieder zu den erwartungsfrohen Gästen hinaufgedreht. Diese Invention machte die servierenden Lakaien überflüssig und hielt somit die zu feindlichem Spitzelwerk stets überaus brauchbaren Bedientenohren auf Distanz. Zu Zeiten des Krieges war diese Einrichtung dem König begreiflicherweise recht erwünscht gewesen, und es war auch im Berliner Schloss eine Konfidenztafel eingebaut worden. Im sicheren Frieden hingegen freute dieses Tischlein-deckdich die königlichen Gäste vor allem deshalb, da es ihnen Gelegenheit gab, sich über alles und jeden, wofern es oder er sich nur außerhalb der vier Wände des Konfidenztafelzimmers befanden, gehörig den Mund zu zerreißen. Aus diesem Grunde nun, weil hier höchstens vor den Umsitzenden ein Blatt vor den Mund genommen werden musste, hieß der Speiseraum mit dieser Vorrichtung auch einfach die »Lästerkammer«.

Julien Offray de La Mettrie zog am Klingelband – ein Amt, das er stets unaufgefordert verrichtete – und alsbald begann es in der Tiefe leise zu knarren: Mit gleichmäßigem Rollen stieg der erste Gang des abendlichen Schmauses nach oben: Eine große Meißener Terrine nebst einer kleineren, umgeben von Weinflaschen und Brotkörbchen, tauchte auf. Der Marquis d'Argens brauchte nicht erst die Deckel zu heben – ja nicht einmal das knarrende Zum-Stehen-Kommen der Apparatur und der Schüsseln abzuwarten –, um ahnungsvoll schnuppernd auszurufen:

»Just Dieu – la Bouillabaisse marseillaise!«

Da er seit seiner Jugend ein abenteuerliches Leben geführt und nur auf die Tiefe des Genusses, niemals hingegen auf seine Gesundheit geachtet hatte, sah er mit seinen 45 Jahren schon wie 60 aus, woran selbst die schulterlangen Locken seiner blonden Perücke nichts änderten. Doch sein Gaumen und sein Verdauungsapparat arbeiteten frisch und ohne Verdruss, und die Irritation seines Tischnachbarn beim frugalen Dessert im Jagdschloss »Zum Grünen Wald« hatte sich seinem Appetit nicht abträglich erwiesen. Selbst La Mettrie staunte nicht schlecht über diesen Heißhunger.

»Verehrter Marquis –«, hob der Ober-Hof-Marschall Gustav Adolf Graf von Gotter vom gegenüberliegenden Tischrand her an, um die stockende Konversation wieder zu beleben, »– erzählt doch dem Grafen, was Ihr dem König antwortetet, als er fragte, wie Ihr zu regieren gedächtet, wenn Ihr an seiner Stelle wäret.«

Dies zu wiederholen ließ sich der Marquis freilich nicht zweimal bitten, und er sagte, nachdem er die Serviette mit den ineinander verschlungenen Initialen ihres abwesenden Gastgebers behutsam auf die gespitzten, ölig glänzenden Lippen getupft hatte:

»Ich, Sire? Ich würde schleunigst mein Königreich zu Geld machen, mir ein schönes Landgut in Frankreich zulegen und meinen Lebensabend im Weinberg, in der Küche und im Keller verbringen!«

Der neben d'Argens sitzende Graf Casimir von Hattstein, Direktor der Preußisch-Asiatischen Seehandlung, bei dem dieses Bonmot nicht weniger Entzücken auslöste als vorzeiten beim König, tauchte den Silberlöffel in die verlockend duftende rötliche Flut, aus der wie Eisschollen helle Stückchen vom Aal, Heil- und Steinbutt, Rotbarsch, Schellfisch, Steinbeißer, Kabeljau, Hecht und Pollack, die geöffneten schwarzen Schalen etlicher Pfahlmuscheln sowie einige blutrote, gepanzerte Hummerteile aufragten. Er hatte es dem Marquis gleichgetan und sich bereits fast einen Teller Fischsuppe einverleibt, als er die Aufmerksamkeit bemerkte, mit der die fünf restlichen Tischgenossen den Marquis und ihn beobachteten, ohne dass ein weiterer Löffel in die Hand genommen worden wäre, respektive seinen Weg in die Suppe gefunden hätte. Selbstredend war daher auch die köstliche Rouille, eine separat gereichte, in die Suppe einzurührende Pfeffersauce aus Paprika, Chili und Knoblauch, die sonst des Königs Vorlieben gemäß teuflisch scharf, heute aber seltsam mild war, bisher nur von den beiden Unerschrockenen belangt worden.

Der Marquis d'Argens und der Graf von Hattstein blickten, dieses Taxiertwerden bemerkend, so erstaunt und unschuldig um sich, dass die Observatoren endlich eifrig zu den Löffeln griffen.

»Verzeiht, Messieurs, aber wir waren um euer Überleben nicht minder besorgt als um das unsrige«, scherzte La Mettrie, aus dessen losem Hemd sich der goldene Kammerherrenschlüssel herausgewunden hatte und nun wie ein lebloser Fisch an seiner Schnur in die Suppe hinabhing.
»Glauben Sie denn gar, meine Herren«, fragte der Graf von Hattstein in die Runde, »es könnte die Indigestion des obersten Jägers von einem vorsätzlich applizierten Arkanum oder Geheimmittel herrühren?«
Nach einer Weile, da die Übrigen nur stumm kauten und schluckten, ließ sich La Mettrie vernehmen:
»Dies ist beileibe nicht nur eine vage Möglichkeit, Monsieur, sondern hat mehr Wahrscheinlichkeit für sich, als uns lieb sein kann. An den vornehmen Tafeln der früheren Jahrhunderte gehörte die Verabreichung bestimmter, sagen wir einmal: Appetitzügler, gewissermaßen zur Etikette. Ist Euch bekannt, dass man in der Renaissance zur Abwehr von Schmarotzern an vornehmen Tafeln Belladonnawein gereicht hat? Wer ihn trank, bekam auf der Stelle Schlundkrämpfe und brachte fortan keinen Bissen mehr hinunter. Eine nette Art, jemandem zu verstehen zu geben, dass er sein Glück inskünftig andernorts zu versuchen hat, findet Ihr nicht?«
»Vor allem doppelt unbequem für jeden Schmarotzer, wenn ihm nach einem zu tiefen Schluck gar bloß noch ein Plätzchen an der himmlischen Tafel bei Myrrhe und Ambrosia reserviert bleibt.«
Der Capitain von Diercke fühlte wohl, dass man in dieser Äußerung einige Impolitesse seinem Freund von Randow gegenüber hätte vermuten können, und beeilte sich daher, seinem Bedauern über dessen Unpässlichkeit Nachdruck zu verleihen.
»Es ist mir schwer begreiflich, wie ihn eine solche Schwäche ankommen konnte, denn er hat, wenngleich es äußerlich nicht so scheinen mag, eine richtige Rossnatur. Die Jagd hat ihn in dieser Hinsicht gestählt. Habt Ihr denn nichts Auffälliges an ihm bemerkt, bevor es ans Essen ging, lieber Marquis? Er hustet nicht, er

fröstelt nicht, er ist die Gesundheit selbst. Und steht mit allen auf gutem Fuße. Ich kann nicht glauben, dass ihm jemand übel wollte, am allerwenigsten der König, der ja sein oberster Gönner genannt werden muss.«

Er stockte, um dann langsam fortzufahren:

»Bei den launigen Scherzen Sr. Königlichen Majestät wäre man freilich nicht abgeneigt zu vermuten, dass Sie es auf eine Art Geschmacksunterricht oder Erziehung zur Übelkeit abgesehen hatten, bedenkt man zudem die Art, wie Majestät das Vorgefallene kommentierten.«

»Apropos Übelkeit –«, ließ sich nun der Abbé Bastian vernehmen, »wie konnte Joyard eigentlich ahnen, dass unser Wirt heute Abend abwesend sein würde? Diese Suppe schmeckt endlich einmal nicht nur nach Chili und Pfeffer.«

»Ich habe mir erlaubt, auch in Rücksicht auf meinen eigenen Magen, der Küche Diesbezügliches zu melden«, sagte der Ober-Hof-Marschall von Gotter, was nicht nur der Dichter Algarotti mit freudigem Beifall kommentierte.

Der Akademiepräsident Maupertuis empfand diese Gelegenheit als günstig, dem Gespräch eine philosophische Wendung zu verleihen, indem er bemerkte: »Ich bin aufs Äußerste gespannt, Messieurs, wie der große Voltaire, so er sich denn aus dem eigenen Tränenstrom über die letztjährig entschlafene Madame de Châtelet endlich emporreißen und hierher kommen möchte, was man immer zuverlässiger hört, sich zu derlei ordinärer Schärfe stellen werden.«

»Ist es schon sicher? Der Gott beehrt uns?« La Mettrie hatte den Löffel sinken lassen vor Erstaunen. Offenbar war er jedoch der Einzige, der hierüber noch in Zweifel war; von Hattstein und von Diercke, die selteneren Tischgäste, einmal nicht mitgerechnet.

»In der Tat, es verdichten sich die Indikationen, mein lieber La Mettrie. Eure gelehrte Abgeschiedenheit hat Euch freilich vor dieser schrecklich wachsenden Wahrscheinlichkeit geschützt«,

bekräftigte Maupertuis. »Nach fünfundzwanzig Jahren Freundschaft mit einem Freund, der den einzigen Fehler hatte, eine Frau zu sein« – womit er auf Voltaires ehemalige Lebensgefährtin anspielte –, »scheint sich unser Größter nun im König einen Freund für den Lebensabend erwählt zu haben, dem es an nichts fehlt, damit es ihm selbsten ebenfalls an nichts gebreche.«
Maupertuis lachte über sein eigenes Wortspiel, um noch anzufügen: »Es fehlt nun beiden nur noch Einigkeit in der für den Olympier keinesfalls akzidentiellen Frage, für welche Meriten man ihm den Orden Pour le mérite denn vorab schon verleihen und nach Frankreich schicken könne, damit er nicht minder dekoriert hier einträfe als ich vor einem Jahrzehnt, denn dies scheint offenbar seine Hauptsorge zu sein. Zur sicheren Bedingung für seine Abfahrt und Beförderung, so hört man, soll zudem die Lächerlichkeit von viertausend Friedrichstalern gemacht worden sein; als Deckungssumme für die nötigsten Unkosten und Verköstigung während seiner Reise von Cirey nach Potsdam. In dem diesbezüglichen seiner Briefe an den König – den mir der Himmel doch einmal für einige Sekunden in die Hände spielen möge – wird er dann so etwas geschrieben haben wie: Glauben Sie mir doch, dass mich nicht nach kleinen Eitelkeiten gelüstet oder nach dem schnöden Mammon, sondern dass ich immer nur Sie selbst suche, mein Freund.«
Die Heiterkeit hierüber war allgemein, und während die Maschinentafel brav und unermüdlich ihre Dienste verrichtete und nacheinander gebratene kleine Enten, Frikassee von Kalbsbrust mit frischen Morcheln, diverses Gebäck sowie ein Ragout von süßsauren Kalbsfüßen emporhievte, kamen noch allerhand interessante Materien zur Verhandlung, bis man angesichts des Langustierschen Desserts (Maultaschen mit Mandeln und Pfirsichgelee), von dem sich wiederum keiner außer dem Marquis und dem Capitain recht traute zu essen, abschließend zur Mittagstafel, dem Vorfall um von Randow und dem kurzzeitig verdächtigten Zweiten Hofküchenmeister zurückfand.

»Der gute Langustier wäre der Letzte, dem ich einen solchen üblen Scherz zutraute; dann schon eher dem König selbst. Man denke nur an die Theatergeschichte vorhin. Wissen Sie eigentlich«, fragte der Marquis d'Argens den neben ihm sitzenden Maupertuis, »dass dieser Koch einmal Kriminalist gespielt hat?«
Die Militärs und der Abbé lachten, während La Mettrie interessiert aufblickte und der Ober-Hof-Marschall von Gotter wissend nickte.
»Und ob ich das weiß, Monsieur«, entgegnete der Akademiepräsident. »Und ich muss es geradezu wissen, da ich noch nicht am Gedächtnisschwund oder Gehirnschwamm erkrankt bin, denn ich war damals gewissermaßen polizeilicher Mitarbeiter dieses Mannes bei der dubiosen und im Nachhinein mehr als unwahrscheinlichen Geschichte, über die ich Ihnen bei Gelegenheit einmal ausführlich Bericht erstatte. Sie würden nicht nur eine verruchte Gaunerbande darin vorfinden, sondern auch einen Bücher liebenden Polizeipräfekten, den guten Jordan, Gott habe ihn selig. Nur heute Abend nicht, denn ich glaube, wir sind alle schon sehr müde, und zur Verfolgung komplizierter Fälle muss man ausgeschlafen sein – so ausgeschlafen, wie unser lieber Langustier es eigentlich immer ist. Ich lege meine Hand für ihn ins Feuer und glaube kaum, dass Se. Königliche Majesté etwas anderes, Schlechtes von ihm denken können. An seiner unverbrüchlichen Königstreue gibt es gar keinen Zweifel.«
Maupertuis schien innerlich noch einen kleinen Widerstand zur Seite zu räumen; dann kostete er das verlockende Dessert und fand es zu seiner äußersten Zufriedenheit, worauf es sich auch die übrigen Vier endlich nicht mehr vorenthielten.
Eigentlich, so schaltete sich jetzt der Marquis d'Argens ein, vertraue der König keinem Menschen außer seinem Kammerdiener. Und der Grund für das königliche Zutrauen sei nicht Fredersdorfs absolute Verlässlichkeit oder eine wie immer geartete allerhöchste Vernarrtheit in dieses ihm restlos ergebene Wesen, sondern die

relative Abstinenz des Geheimen Kammeriers in allen intriganten Fragen, gepaart mit einer eklatanten Unbildung, wann immer vom Ökonomischen ins Ästhetische, Philosophische oder Naturwissenschaftliche gewechselt werde.

»Gerade in dieser Hinsicht müsste Langustier dem König allerdings zu gebildet und klug erscheinen, um ihn für harmlos und völlig vertrauenswürdig zu erachten.«

Es entspann sich nun trotz der angebrochenen zehnten Abendstunde ein angeregter Disput über die Qualitäten und Defizite von Kammerdiener und Hofküchenmeister, der mit einem klaren Sieg Langustiers endete. Schließlich gemahnte der Ober-Hof-Marschall angesichts des morgigen anstrengenden Umzugstages zum Aufbruch, und die Maschinentafel leerte sich.

Dieser frühe Wechsel ins Sommerschloss war eine für den König typische Laune, vom milden Wetter hervorgerufen wie eine vorzeitige Apfelblüte. Sans Souci hatte sich zu des Königs größter Leidenschaft entwickelt: Schon die Einweihung am 1. Mai vor drei Jahren hatte über die Bühne gehen müssen, lange bevor der Verputz trocken gewesen war.

Die Herren, die mit ihrem König ins Weinbergsasyl gingen – Maupertuis, La Mettrie, d'Argens und Algarotti –, schauderten bei der Vorstellung, morgen aufs Land umziehen zu müssen, denn Sans Souci hatte keine Heizung, und Kohlenpfannen zur Erwärmung der dünnwandigen Räume verboten sich angesichts der Jungfräulichkeit des grazilen Baukörpers.

Langustier, zwei Stockwerke tiefer, teilte ihre fröstelnden Gedanken. Das allenthalben hörbare Gehuste würde so bald noch nicht verstummen. Immerhin konnte er sich mit der unbezweifelbaren Tatsache trösten, dass die Herdanlage stets der wärmste Ort im Schlosse war. Darin lag wohl, zumindest in der kälteren Jahreszeit, einer der unbezweifelbaren Vorzüge des Daseins als Koch.

Gerade als er sich zur Ruhe begeben wollte, begegnete er im Bedientenflügel dem Serviteur Igel, und er nutzte die Gelegenheit zu einer klärenden Aussprache. Auf die Szene beim König angesprochen, äußerte Igel mit ebenso biederer wie rechtschaffener Entrüstung, dass es immer zuerst auf die Serviteurs ginge, wenn etwas schiefgehe, und fragte ängstlich, ob es denn wieder so kommen solle wie bei dem guten Ostertag? Ostertag, ein Silberlakai, hatte wochenlang im Verdacht gestanden, einen Coffeelöffel gestohlen zu haben, und es waren deshalb sämtliche Serviteurs eingehend und fruchtlos vernommen sowie ihre Kammern durchsucht worden – wobei man keinen silbernen Löffel, sondern nur allerlei verbotene Romane und gotteslästerliche Drucke gefunden hatte –, bis schließlich der Kammerherr La Mettrie angab, den Löffel versehentlich als Lesezeichen zwischen die Druckfahnen seines »Anti-Seneca« gelegt zu haben.

Langustier konnte Igel beruhigen. Die Sache sei wohl vom Tisch, es würde keineswegs zu einer Untersuchung kommen. Trotzdem möge er die Augen offen halten und ihm berichten, sobald ihm etwas Interessantes zu Ohren komme. Die Hofküche spende für wertvolle Neuigkeiten, das Hof- und Tafelleben betreffend, jederzeit die eine oder andere überzählige Leckerei, welche ansonsten niemals am Tische übrig bliebe. Und so schied man einmütig voneinander.

Samstag, der 4. April 1750

I

Michael Gabriel Fredersdorf fühlte sich an diesem kalten Samstagmorgen nicht übler als gewöhnlich. Hatte ihm der König auch in hunderten von Briefen Schonung anbefohlen – denn er liebte ihn sehr und war stets in Sorge um ihn wie um ein treues Pferd –, so nahm er selbst jedoch keinerlei Rücksicht auf seinen anfälligen und gebrechlichen Körper. Die Glieder schmerzten, die Beine waren geschwollen wie zwei Kalebassen, leichtes Kopfweh und ein gelindes Fieber erschwerten die Gedanken. Doch von derlei begleitenden Affektionen, die jeden anderen zum notorischen Kurgänger gemacht hätten, ließ sich Fredersdorf nicht anfechten.

Nachdem er den ordnungsgemäßen Abschluss der Morgenreinigung des Schlösschens Sans Souci überwacht hatte, begab er sich in den Bedientenflügel, wo er nacheinander die Weißzeugkammer, die Livreekammer, die Lichtkammer und die Silberkammer inspizierte. In letztgenannter waren der Mundschenk, zwei Silberdiener, vier Silberburschen und vier Silberwäscher mit den Vorbereitungen für das Tagesgeschäft schon weit fortgeschritten. Fredersdorf fand an ihrem Tun nichts zu beanstanden: Tafelsilber und Porzellan blitzten sauber, wie es sich gehörte, und die Plat de ménage mit Huille de provence, italienischem Essig, grünem, rotem, schwarzem und weißem Pfeffer, Chili, Muskatnuss, Ingwer, Zitronen, Mostrich, Salz und Zucker stand in fünffacher Ausführung aufgefüllt für Mittags- und Abendtafel im Audienzzimmer bereit. Noch immer ließen die arktischen Temperaturen ein Speisen im angrenzenden Marmorsaal nicht zu. Mit einem Lob an den Mundschenk Heinrich wechselte Fredersdorf vom Bediententrakt hi-

nüber in den Pferde- und Küchenflügel, aus dem er schon im Näherkommen, beim Überqueren des Schlossvorplatzes, lautes Wiehern und das Gebrüll des Zweiten Hofküchenmeisters hörte.
Die unmittelbare Nachbarschaft der Boxen von Pferden und Köchen hatte nicht selten Gäste des Königs zu unschönen Vergleichen hingerissen, und bisweilen – wie an diesem Vormittag – mochte Fredersdorf insgeheim in derlei Launigkeiten durchaus einstimmen. Hatten die Gäule die Köche oder die Köche die Gäule scheu gemacht? Von außen war es schwer zu entscheiden, doch bei dieser Lautstärke schien eine Beschwerde des Grafen von Rothenburg, der das benachbarte runde Abschlusszimmer im Gästeflügel bewohnte, geradezu absehbar.
»Messieurs! Ich muss Sie doch sehr bitten, auf die Mitbewohner Sr. Königlichen Majestät Rücksicht zu nehmen – wenn schon die Tiere dergleichen nicht tun!«
Fredersdorf hatte den Ehrenhof durchmessen, die Doppelreihe der Kollonnaden passiert und mit diesen Worten die erste der beiden Küchentüren aufgerissen. Ein Schwall von Rauch und üblem Dunst schlug ihm entgegen, in dem sich nun die schemenhaften Umrisse des formgewaltigen Langustier und eines spindeldürren Küchenjungen abzeichneten, der sich schützend die Hände auf die Ohren presste.
»Splitgerber, Malédiction! Du lernst nichts, kannst nichts, bist noch dümmer als Pferdestreu, au Diable! Mach, dass du fortkommst, und lass dich heute nicht mehr blicken!«
Der Junge stürmte mit hochrotem Kopf an dem verblüfften Fredersdorf vorbei ins rettende Freie, und Langustier bemühte sich wild fuchtelnd und fluchend, eine wagemutig in die Herdanlage geschobene Stielpfanne zu angeln, in der sich gerade etliche in Spitzkohl gehüllte Leipziger Lerchen in stinknormale Kohle verwandelten. Endlich gelang es ihm, mit den hervorgepressten Worten »Dieu me damne!«, das glühend heiße Gerät mit etlichen nassen Lappen beim verschmorten Griff zu erwischen und in hohem

Bogen Richtung Bornstedt zu schleudern, wo es auf dem noch kahlen Wiesenrain landete. Die anderen Köche, die grinsend diesem doppelten Hinausschmiss beigewohnt hatten, eilten wieder an ihre Arbeit zurück, während sich ihr zweiter Chef dem Geheimen Kämmerer zuwandte.

»Monsieur«, begann Fredersdorf, »... der König ... möchte Sie im Audienzzimmer sprechen und erlaubt Ihnen, durch die Kleine Galerie zu gehen.«

Als Langustier kurz darauf vor den Regenten trat, war er reichlich erhitzt. Im Laufschritt durch den Gang mit künstlerisch wertvollen Gipsfiguren eilend, hatte er sich noch den tressenbesetzten Rock übergestülpt. Der Monarch kam gleich zur Sache:

»Monsieur, man hat mich heut früh über etwas berichtet, das sehr betrüblich seindt!«

Langustier rutschte das Herz ins Beinkleid. Er suchte in seinem Gedächtnis nach wichtigen Dingen, die er vergessen haben könnte. Den Knoblauch an der Polenta? Hatten Trüffel in der Fasanenpastete gefehlt? Oder hatte er gar den Zucker dem Zitronensorbet nur in Gedanken beigemengt? Der König kontinuierte:

»Der Randow ist nun doch nicht wiederhergestellt, wie man mich erst vorgestern noch fest versichert hat. Es ist dem Grafen im Gegenteil etwas sehr Betrübliches angekommen, was ich ihme auf dem Schlachtfeld eher würde haben durchgehen gelassen. Da habe ich ihm hier nun doch so gut installieret, und er lässet sich beifallen und geht mittenmang über den Jordan!«

Langustier stutzte, erkannte die Wendung nicht gleich, so dass sein Gegenüber nachschob:

»Den Löffel retourniert, Monsieur, vom Teufel geholet, den Karren umgeschmissen, ex und hopp! Das pardonniere ich ihm nicht.«

Der König suchte seine Bewegung zu verbergen.

»Hier seindt der Bericht von denen Offiziers, lest ihm einmal durch.«

Langustier nahm das säuberlich mit gleichmäßigen Federzügen beschriebene Kanzleipapier entgegen und überflog die eng stehenden Buchstaben:

»… hat sich der Graf von Randow nach der königlichen Tafel am verwichenen Mittwoch, den 1. Aprilis, aufgrund von Unwohlseins in die Charité verfüget, wo ihn der Erste Directeur aller medizinischen und chirurgischen Sachen in preußischen Landen, der gewesene königliche Leibmedicus Johann Theodor Eller, untersuchet, Intoxicationem minorem diagnosticieret und bis Donnerstag weitestgehend curieret. Nach seiner erfolgten Wiederherstellung ist der von Randow in den Frühstunden des Freitags zur letzthinnigen Genesung in seine Stadtwohnung am Marktplatz der Gens d'Armes verbracht worden. Daselbsten verweilte er auf dem Krankenlager, bis er am späten Nachmittage, in Abwesenheit seines Bedienten Untermann, zu einem ersten Spaziergange mit seinem Jagdhunde aufgebrochen, der ihn in ein Lokal, die Purpur-Glocke genannt, geführt. Der Diener, bereits in Sorge um seine Herrschaft, geriet durch das alleinige Auftauchen des Hundes, welcher in sehr nerveusem Zustande bei ihm erschien und auch hat geknurret, in die Ventilierung der Eventualität, es könnte sich etwas mit dem Grafen ereignet haben. Der Bediente Untermann benutzte das Tier zur Nachsuche nach ihrer beider Herr und es ward selbiger Graf von Randow gegen sechs Uhr des Abends im Stiegenhause obgemeldten Etablissements in der Französischen Straße von ihme nach erfolgtem Exitusse aufgefunden. Von Seiten der daselbst aufgegriffenen und befragten Subjectae waren keine dienlichen Angaben zum Tode des von Randow zu eruieren. Die Protokolle der Interrogationes en detail gehen im Tagesverlaufe nach Potsdam ab. Die leibliche Hülle des von Randow ist dem Medicinal-Directeur Eller zur Recognoscierung mitgeteilt und selbiger Docteur angewiesen worden, seine gefundenen Facta und Propositionen in gesondertem Berichtschreiben zu präsentieren …«

Es folgten Unterschriften und Siegel.
Langustier war schockiert. » Intoxicationem minorem«? Was mochte das bedeuten? Sollte doch etwas schwer Verträgliches am Essen gewesen sein? Eine Indigestion mit tödlichen Spätfolgen? Aber die Tatsache, dass die übrigen Gäste von derlei Fatalitäten nicht befallen worden waren, schloss das nahezu aus.
Der König hatte aufmerksam über den Gesichtsausdruck seines Gegenübers gewacht und sagte nun:
»Es erstaunt mir, Monsieur, nun die Vermutung sich bewahrheiten zu sehend. Das machte schon einen üblen Efect, wenn sie in meinen Speisesälen umfielen wie die Fliegen. Doch ich bin gewiss, dass die neuen Offiziers und der Charité-Docteur Licht in den Casus hineinbringen werden. Indes –«
(er machte eine zögerliche Geste)
»– wäre es mich lieb zu wissen, Ihr könntet den Herren in der Sache etwas behilflich seindt. Mit den neuen Subordinierten des von Hacke geht es ja recht wohl. Von Trotha und von Manteuffel haben in Paris tüchtig an Polizeisachen gelernt. Trotzdem will mich scheinen, dass hier die Meinungen eines altbewährten Fachmannes nicht schaden können. Meine Intention seindt, Euch wie damals bei der hässlichen Falckenberg-Geschichte verfahren zu sehen. Zuerst solltet ihr zum Eller in die Charité gehen. In Bälde wird der Chevalier Voltaire wohl hier eintreffen, und da will ich, dass meine Schlösser von inkriminierten Früchtchen frei seindt.«
Der König legte Langustier die rechte Hand auf die linke Schulter, was nachgerade einem Ritterschlage gleichkam.
So fand sich der überrumpelte Zweite Hofküchenmeister eine knappe halbe Stunde später – und zehn Jahre nach seiner nicht ganz glorlosen Beteiligung an der behördlichen Aufdeckung der gewaltsamen Tötungen Falckenbergs und Marquards* – erneut zum Geheimkommissär ernannt, wie sehr er auch innerlich da-

* siehe »Königsblau. Mord nach jeder Fasson«

gegen rebellierte, denn des Königs Ordre war absoluter Befehl. Für den Bruchteil eines Moments dachte Langustier an Desertion, doch wer hatte schon je von der Fahnenflucht eines königlichen Koches gehört? Würden Se. Königliche Majestät, wenn er wirklich davonliefe, das gerade erst im Entstehen begriffene allgemeine preußische Landrecht um einen Artikel betreffs des Röstens oder Flambierens abtrünniger Kampagneköche erweitern? Würde man ihn teeren, federn, rädern, vierteilen, henken? Oder käme er mit lebenslanger Festungshaft davon?

Als Langustier das von Sr. Königlichen Majestät selbst ausgestellte Generalpermissschreiben ausgehändigt bekam, welches ihm bei seinen Nachforschungen helfen und Hindernisse mit schön geschriebenen Worten und einer allbekannten Unterschrift beseitigen sollte, wusste er, dass die Gelegenheit, sich reinen Gewissens aufzulehnen oder davonzumachen, bereits verstrichen war. Wollte er sich später aus der übernommenen Pflicht stehlen oder kapitulieren, so wäre dies nicht ohne bleibende moralische Verdunklung zu bewerkstelligen. Vertrauen wurde entgegengebracht, um nicht enttäuscht zu werden – die subtilste Art der Erpressung! Sein Blick trübte sich, und er hörte den König noch sagen:

»Wollen sehen, wie es mit dem Dinge weiters geht und uns noch einmal in Ruhe besprechen in ein paar Tagen wegen der diesjährigen Frucht- und Karnickelsaison. Auch seindt ein neuer Fasanenmeister im Anmarsch, mit dem Er sich gut zusammenfinden muss, Langustier, hört er mir? Fredersdorf möchte das Nähere vermitteln, sobald auf dem Weinberg die Dinge vollends installiert und eingeregelt seindt.«

Langustier verneigte sich und entschwand, während der König von angenehmen Empfindungen überwältigt wurde. Der erhebende Gedanke an das Langustiersche Leibgericht, für das er diesen Kochkünstler einst, vor nicht ganz einem Jahrzehnt, nach seiner Inkognitoreise ins Elsass, in seine Dienste genommen hatte, formte sich in seinem Kopf zu einer kleinen spielerischen Bedin-

gung, die er dem Enteilenden durch Fredersdorf nachtragen lassen würde.
Als Langustier in den Ehrenhof trat, ergriff ihn wieder das seltsame, beunruhigende und lange entbehrte Gefühl, vor einer Aufgabe zu stehen, von der er nicht gleich angeben konnte, ob er sie begrüßen oder verfluchen sollte. Immerhin schien ihm sofort klar, dass diese Zumutung zweifelsohne etwas für sich hatte: Jenes hübsche blaue Papier mit der teuren Unterschrift war gewissermaßen ein Freibrief, der es ihm gestatten würde, in den folgenden Tagen wenigstens ein paar Stunden aus der Tretmühle seines Dienstes herauszukommen.
Zurück in der Küche, beredete er sich eilends mit seinem Kollegen Joyard – dem er wahrheitsgetreu anvertraute, was ihm befohlen war, und ihn um äußerste Verschwiegenheit bat –, dann schwang er sich auf den Kutschbock des Delikatessenwagens, den Fredersdorf in weiser Voraussicht solange festgehalten hatte. Der Kutscher der Hamburger Firma Martino Salvatori & Co, die kontinuierlich die Potsdamer und Berliner Hofküchen belieferte und während Langustiers Unterredung mit dem König die wöchentliche Wagenladung von Austern, frischem Lachs, Schellfischen, Kabeljau, Hummern, Seezungen, Steinbutten, Lazzaroli, eingelegten Trüffeln, Bücklingen, Garnelen, Sprotten, frischem Grünbarth, Taschenkrebsen, Rochen, Kapaunen, geräuchertem Wildschweinfleisch und englischem Käse abgeliefert hatte, war mit großer Erleichterung auf Wurmbs Anerbieten eingegangen, zur Gewährleistung der kulinarischen Grundversorgung Sr. Königlichen Majestät Tafeln ein royales Ross als leihweisen Ersatz für ein lädiertes magdeburgisches zu erhalten, das vorhin an der steilen Schlossauffahrt gescheitert war.
Die Kutsche ratterte schon munter auf die Lücke in den Kollonnaden zu, als Fredersdorf mit fliegenden Rockschößen in halsbrecherischem Galopp neben dem Wagen auftauchte. Mit dem Mut der Verzweiflung gelang es ihm, einen kleinen versiegelten

Umschlag auf Sitzhöhe emporzurecken. Langustier schnappte ihn, bevor die Kalesche die Rampe erreichte und wegtauchte.
Keuchend blieb der Kammerdiener auf dem Ehrenhof zurück und lehnte sich mit letzter Kraft an eine der kannelierten Säulen, die oben in korinthische Kapitelle ausblühten, während Langustier das königliche Siegel erbrach und las:

> FR
>
> Ihm wieder in Criminalia wühlen zu sehn seindt mich sehr Ergötzlich und ein gros Soulagement. Bin gespannt, ob Er mich vor Dies Mahl wieder alsobaldt den Schurke auftischet. Solange Er noch im Dunklen vortappt, bedinge mich auf seine Rechnung den Monath ein Caningen Elsessisch aus, worbey er mich kann Gesellschaft leisten und den progrès Seiner protceduren und prospektionen berichten. Sollte Er indes fallieren, kost es Ihme aber eine Jahrladung GranatenÄpfel. Wohrfern er mihr Sprechen wil, So Kan es Mittwochs oder Donderstachs abendts Seindt.
>
> Fch.

II

Das Wiedersehen mit dem ehemaligen königlichen Leibarzt Eller in der Berliner Charité gestaltete sich trotz der widrigen Umstände herzlich. Die gelehrte Unordnung in seinem Studierzimmer besaß inzwischen apokalyptische Ausmaße. Die Schlachtfelder des Königs hatten Eller eine derart reiche Ausbeute an Schädeln und Organpräparaten eingetragen, dass sich ein Mann von Langustiers Gestalt weder drehen noch wenden konnte, ohne Gefahr zu laufen, ein unrühmliches Sturzbad aus Glas, Spiritus und menschlichen Innereien zu verursachen.

»Kommt gleich mit in die Leichenkammer, denn hier ist kein sicherer Tritt. Ich will nicht zum Mörder Eures schönen Gewandes werden.«
Langustier lächelte gequält und trat rückwärts wieder aus dem Kabinett hinaus auf den Gang. Er folgte dem Direktor eine Etage tiefer in ein überaus kaltes größeres Gelass, das bis auf einen belegten Operationstisch leer war. Das ernüchternd rohe rote Mauerwerk verstärkte die Gewissheit, das Furchtbarste nicht länger erspart zu bekommen.
Ein graues, fleckiges Tuch mit den Resten von Flüssigkeiten, über deren genaue Provenienz es Langustier nicht dringend gelüstete, aufgeklärt zu werden, verhüllte eine Gestalt, welche erwartungsgemäß die Abmessungen des Ober-Hof-Jägermeisters aufwies. Langustier erwartete geduldig die Erläuterungen des Mediziners, doch Eller, der nach langer Zwiesprache mit Präparaten und Abgeschiedenen endlich wieder einen lebenden Menschen vor sich sah – einen alten Bekannten und seiner Ansicht nach sehr vernünftigen Zeitgenossen obendrein –, ließ sich mit seinen unausweichlichen Erläuterungen noch etwas Zeit.
Lebhaft stand vor seinem inneren Auge der ehemalige Berliner Polizeichef und königliche Bibliothekar Charles Etienne Jordan, der vor zehn Jahren in einer Kette von Mordfällen das für ihn zweifelhafte Vergnügen hatte, hier mit Langustier des Öfteren aufkreuzen zu müssen.
»Der gute Jordan, wie hat es ihn damals gegraust. Es war die schlimmste Zeit seiner kurzen Laufbahn als Polizeipräfekt von Berlin. Viermal habe ich ihn bei mir gesehen, oder waren es fünf Male? Ihr habt die Residenz in jenem Herbst ja geradezu mit Leichen überschüttet.«
Langustier lachte und hob seine im schwachen Licht heftig changierenden Schultern:
»Wir taten nur unsere Pflicht. Genau wie ich jetzt keineswegs aus innerstem Seelendrang hier vor Euch an den Eingang zum Toten-

reich trete ... das könnt Ihr mir glauben. Nach diesen fünf Jahren Schlacht steht mir der Kopf weiß Gott nach anderem als nach Leichen, nicht wahr? Doch da Ihr den lieben Jordan erwähnt – möge seine empfindliche Seele den allerflaumweichsten Frieden gefunden haben, um darauf in Ewigkeiten auszuruhen –, so beschäftigt mich seit Jahr und Tag eine Frage, über die Ihr wohl am besten Auskunft zu geben vermögt ...«

Er dämpfte die Stimme und sah um sich, als gäbe es einen versteckten Spitzel, der seine Worte hören und dem Verstorbenen oder dem König hinterbringen könnte.

»... Ist es wahr, was der König wiederholt behauptet hat – – – starb er wirklich an der Lustseuche?«

Eller stutzte und lachte dann laut auf.

»An der Lustseuche? Der gute Jordan, der untadelige Jordan? Mein Herr, das sieht unserer Königlichen Majestät ähnlich, so etwas zu behaupten, die doch selbst von derlei Sorgen dauerhaft in frühen Jugendtagen schon befreit wurde. Fragt Euer Gewissen: Könnt Ihr Euch Jordan auf den abenteuerlichen Pfaden des Lasters vorstellen? Seid unbesorgt, falls Ihr je diesbezüglich in Zweifeln wart: Nein und abermals nein! Jordan hatte zuletzt ein Asthma, dass es zum Erbarmen war. Alte Bibliothekarskrankheit. Des Königs Angewohnheit, jedes Buch in fünffacher Ausführung für sämtliche Schlossbibliotheken anzuschaffen, damit er die Bücher nicht hin- und hertransportieren lassen muss, hat Jordan schließlich umgebracht.«

Langustier seufzte auf und schüttelte missbilligend den Kopf. Diese tödlichen Passionen!

»Doch gleichwie, er hat sich hingebungsvoll um den Sterbenden gekümmert, ihn gar tagelang höchstpersönlich gepflegt. Ein Jahr hat es fast gedauert, bis seine schwachen Lungen ganz den Dienst versagten. Als Jordans eigene Bibliothek versteigert wurde, konnte ich einiges an medizinischer Fachliteratur erstehen.«

Langustiers Miene hellte sich auf.

»Ich verdanke ihm mehrere seltene philosophische Werke. Prächtig gebunden und wunderschön markiert: Die Vignette seines Exlibris rührt mich stets aufs Neue, wenn ich ihrer ansichtig werde. Solche Uneigennützigkeit und wahre ästhetische Größe sind selten zu finden.«

»In der Tat, das muss laut gesagt werden. Jordani et amicorum. Wenn er auch vielleicht wegen seiner Weichherzigkeit nicht zum Kriminalisten taugte, so war er doch beileibe kein Dummkopf, wie manch böse Zunge behauptete, sondern ein Humanist im besten Wortsinne.«

Doktor Eller hatte mit einem Ruck das Tuch über dem Tische fortgezogen, und Langustier erblickte den Grafen in scheinbarer Unversehrtheit, was ihn verblüffte, da man in dieser Umgebung nichts anderes erwartete als klaffende Wunden.

»Ihr werdet Euch fragen, was den König bewogen hat, mich mit der Untersuchung der Leiche von Randows zu betrauen, wo ich doch vor drei Jahren durch Cothenius als Leibmedicus ersetzt wurde? Der Grund war einfach der, dass sich Cothenius besser mit den Lebenden versteht als mit den Toten. Ihm liegt das Schwatzen, Parlieren, Gesundbeten mehr als das akribische Forschen und Sezieren. Das mögen auch Se. Allerköniglichste Majestät bemerkt haben, und daher erhielt ich vor vier Tagen die verdächtigen Früchte der Passiflora zur Recognoszierung. Cothenius hatte nicht Mumm genug, von den Passionspflaumen zu kosten. La Mettrie, den ich in ärztlicher Sicht viel mehr achte als alle Kollegen, hätte es wohl drauf ankommen lassen, aber der König misstraut ihm und glaubt eine geheime Rivalität des Ober-Hof-Materialisten und des Ober-Hof-Jägers beobachtet zu haben. Ich für meinen Teil war entschlossener als Cothenius; unsereins bekommt nicht oft solche Preziosen zu Gesicht, geschweige denn auf den Probierteller. Selbstverständlich hatte ich die Schalen der Früchte zuvor akribisch nach Verunreinigungen, Löchern und sonstigen Auffälligkeiten abgesucht – ergebnislos. Obzwar es meinem Heldenmut ein wenig die Spitze bricht, muss ich zugeben, dass ich zuvor einer Maus eine Mischung kleiner Kostproben von allen verbliebenen Fruchtfüllungen gab und erst zugriff, als sie sich nach einer Stunde noch bester Gesundheit erfreute. Von Gift keine Spur.«

Langustier musste an den Preis dieses Mahles denken und grinste. Eller schien zu erraten, woran er dachte:

»Ich hoffe inständig, dass der König nicht nach Abrechnung oder Rückgabe verlangt.«

»Der König vielleicht nicht, doch sein Kammerier und Ober-Schatullenverwalter Fredersdorf erinnert sich mit Sicherheit kopfkratzend daran, das irgendwo irgendetwas fehlt. Und er wird nicht ruhen, bis ihm eingefallen ist, was es sein könnte.«

»Hoffen wir, dass Ihr Unrecht habt, denn sonst sieht man mich wohl bald als Bettler vor dem neuen Dom.«

Eller setzte ihm nun den Befund seiner Untersuchung des Leichnams genauer auseinander und teilte ihm des Weiteren mit, was der Diener des Grafen über die Gewohnheiten und chronischen Gebrechen von Randows Interessantes berichtet hatte.

»Der Graf liebte es, während des oft sehr ermüdenden Pirschens und Ansitzens bei der Jagd einige jener kleinen schwarzen Beeren zu sich zu nehmen, die für manchen Normalsterblichen bereits allein tödlich sein können – er war in der Tat ein passionierter Jäger, der keineswegs nur innerhalb des Kaninchengeheges die Flinte benutzte, wie sein Vorgänger von Schlieben.«

Eller nahm eine getrocknete, kirschgroße schwarze Beere aus einem Glas und reichte sie Langustier, der sie sofort kosten wollte, hätte ihn Eller nicht durch einen erschrockenen Schrei davon abgehalten:

»Nein! Tut es nicht! Wer weiß, ob Ihr sie vertragt?«

Langustier musste sich eingestehen, Ellers letzte Erläuterungen nicht genau verstanden zu haben. Was waren das für Beeren?

»Pardon. Hab ich nicht recht gehört? Der Jäger aß diese Trockenkirschen, um wach zu bleiben?«

»Ganz recht, mein Lieber. Es sind Tollkirschen! Und wer sie zum ersten Mal isst, dem kann es leicht auch übel bekommen. Mehr als übel …«

Langustier fiel die kleine schwarze Kugel zwischen den plötzlich schwach werdenden Fingern hindurch und rollte über den gestampften Lehmboden in ein Mauseloch.

»Diese stammen aus dem Besitz des Grafen. Sein Bursche trocknete sie für ihn, denn der Herr Jäger pflegte sich durch gelegentliche Selbstmedikation große Pupillen zu verschaffen. Auf der Jagd nahm er sie, um die Augen weiter offen zu halten, eine Angewohnheit aus Kriegstagen; und – so scheint's – an dem Tage seiner Übelkeit auch bei der königlichen Tafel, um den König besser zu sehen oder sich ein wenig wacher auf die typischen launigen Reden einzustellen, denen er ohne gewisse, nun ja, künstliche Anregung sich vielleicht nicht mehr gewachsen dünkte. Ihr müsst Folgendes über die Wirkung der Atropa belladonna wissen, werter Herr Küchenmeister, denn vielleicht könnt Ihr sie einmal für einen Kuchen oder ein Gelee gebrauchen?«

Langustier betrachtete den toten Grafen und war ganz Ohr.

»Die ersten Symptome treten, je nach Art des Pflanzenteils – Wurzel, Blatt, Beere – oder der Stärke des Saftextrakts, bereits nach wenigen Minuten, spätestens aber noch in der ersten Stunde auf. Zunächst zeigt sich eine lokale Pupillenerweiterung, die sich der Augenarzt mit Vorliebe durch Einträufelung von stark verdünntem Tollkirschensaftextrakt zunutze macht. Sie beruht auf einer Lähmung der Augenmuskeln oder Okulomotoriusendigungen. Doch wird das Gift, man nennt es Atropin, auch über die Einträufelung ins Auge weitergeleitet.

Parallel zu dieser Erscheinung entsteht eine Akkommodationslähmung. Die Vagustätigkeit und damit der Puls werden unmittelbar beschleunigt, um sich später gefährlich zu verlangsamen. Der arterielle Druck steigt nach kleineren und sinkt abrupt nach größeren Dosen. So können geringe Gaben die Aufmerksamkeit steigern,

doch schon leichte Überdosierung kann einen letalen Ausgang einleiten. Es hängt ganz von der Gewöhnung, von der Menge, von der Konzentration und von der Konstitution des Probanden ab.
Im Körperinnern zeigen sich in jedem Fall die folgenden Erscheinungen: Der Gefäßtonus verringert sich, wohingegen sich die Atmung beschleunigt, die Drüsensekretionen nehmen ab oder hören ganz auf durch Lähmung der peripherischen Endigungen sekretorischer Nerven. An der Speicheldrüse ist durch Reizung der Chorda keine Sekretion mehr zu erzielen. Am Darm werden die bewegungsregulierenden nervösen Apparate, vielleicht die Muskulatur selbst gelähmt.«
Langustier schluckte trocken. Seine Kehle fühlte sich plötzlich sehr ausgedorrt an. Er ließ sich jedoch nichts anmerken und bemühte sich, Ellers Erläuterungen unbewegt zu Ende anzuhören.
»Bei einem Menschen, der an den Genuss kleinerer Mengen der Beeren gewöhnt ist, halten sich die unangenehmen Erscheinungen in Grenzen. Doch er kann bereits durch leichtes Überschreiten der vom Körper verkrafteten Menge ebenso in die Lage des akut Vergifteten kommen. So ist es, den Berichten nach zu urteilen, dem Grafen an der königlichen Tafel geschehen. Er hat ein paar Beeren zuviel verschluckt an diesem Vormittag. Doppeltsehen, Nebligkeit, Verdunkelung des Gesichts, selbst völlige Blindheit können in diesem Fall bei chronisch Vergifteten entstehen. Einige Male kamen Leibschmerzen vor. Selten sind Niesanfälle. Stehen und Gehen werden bald unmöglich, Schwanken und Schwindel treten auf. Vereinzelt zeigt sich eine diffuse oder fleckige Scharlachröte von der Stirn bis zum Leibe. Das Schluckvermögen ist manchmal normal, manchmal aber ganz aufgehoben, später wird eine Scheu vor dem Schlingakt, wie bei der Tollwut, beobachtet. Aufregung und Angst stellen sich ein – die Karotiden pulsieren stark, Gesicht und Gliedmaßen zucken wie im Delirium alkoholicum – die Besinnung schwindet und es entstehen Halluzinationen an allen Sinnen sowie Ameisenlaufen in Armen und Beinen.

Der Vergiftete wird von unstillbarem Bewegungstrieb heimgesucht, er spricht ungereimt, lacht, bellt, schreit, knirscht mit den Zähnen, schnappt nach allen Dingen und will beißen, er tanzt wild durch den Raum, rollt sich bisweilen am Boden.
Wohlgemerkt, Dosierung und individuelle Toleranz sind hier maßgebend. Wenn die vom Körper aufgenommene Giftmenge nur groß genug war, bleiben der Mitwelt all diese Wirkungen erspart. Der Tod kann auf der Stelle, in fünf Minuten oder erst nach drei Tagen erfolgen, im Erschöpfungsschlaf oder im Tobsuchtsanfall.«
Langustier verlangte es sehr stark nach einem Glas Wasser, doch er bezwang sich und fragte Eller nach dem absonderlichen Verlauf der Vergiftung bei dem Grafen, der doch zwischenzeitlich schon wiederhergestellt schien, wenn er König und Bericht recht verstanden hatte?
»Bitte verratet mir, wie es zu der Besserung kommen konnte und ob der Tod des Grafen später ebenfalls auf Gift beruhte. Und wenn ja, war es das gleiche Gift? Ich muss gestehen, dass mir diese Geschichte schon im Vorhinein verteufelt mysteriös erscheint. Immerhin beruhigt es mich, dass die Passionsfrüchte nichts mit der Sache zu tun hatten.«
»Gehen wir der Reihe nach vor. Ich werde nichts zurückhalten.«
»Das wäre mir sehr willkommen. Ich stehe leider durch meine früheren Erfolge beim König in einem gewissen Renomme, so dass ein Misserfolg teuer würde. Der hohe Herr findet, glaube ich, seinen Gefallen daran, mich hier im dunklen Styx baden zu sehen.«
Eller lachte.
»Das sieht ihm ähnlich. Der Philosoph von Sans Souci als Puppenspieler. Die Gelehrten scheinen ihm langweilig zu sein; er vermisst den Krieg, das Schlachtfeld, das Blut – und da kommt ihm der Tod eines Tafelgastes sehr gelegen. Was meint Ihr? Ob er das Spiel am Ende selbst inszeniert hat?«

Langustier war sprachlos. Was für ein verworfener Mensch dieser Arzt doch war ... Stumpfte ihn das Hantieren mit den leblosen Massen so ab, dass er in seinen wüsten Spekulationen nicht einmal davor Halt machte, mit der Königlichen Majestät seinen Spott zu treiben? Langustier schrieb dieses ungehörige Gedankenspiel dem langjährigen Umgang des Leibarztes mit den intimsten Problemen des Königs zu. Er musste versuchen, schnell wieder zur Sache zurückzukommen.

»Monsieur! Bitte vergesst nicht meine Stellung bei Hofe! Schon das Anhören von derlei – wenngleich scherzhaft gemeinten – Spekulationen kann mich in Teufels Küche bringen!«

Betont sachlich erläuterte Eller jetzt seine Leichenbefunde und bemühte sich, die Geschehnisse, soweit sie Langustier noch unbekannt waren, gleich im Zusammenhang mit einzuflechten. Es wurde Zeit, ermahnte er sich selbst, mit dieser Formalität zu Ende zu kommen, um die wichtigsten wissenschaftlichen Präparationen am gräflichen Corpus vornehmen zu können.

»Die Wiederherstellung Sr. Hochgräflichsten Durchlaucht am Donnerstag, zum Zeitpunkt der Entlassung aus unserem Haus, war eine beinahe vollständige, was angesichts der Kürze der Zeit nur mit der allgemeinen hervorragenden körperlichen Gesundheit von Randows zu erklären war. Bei Wiedereinlieferung am gestrigen Abend, es ist gegen acht Uhr gewesen, lag der Exitus bereits schätzungsweise zwei Stunden zurück. Der äußere Befund war unauffällig, bis auf das schmerzverzerrte Antlitz und eine kaum vernarbte Schnittwunde am rechten Handballen, die bereits vom ersten Antransport am Mittwoch datierte. Die leicht verkrümmte Haltung mit den angewinkelten Unterarmen, in der der Diener seinen Herren fand, konnte noch ohne Widerstand verändert werden. Die Erstarrung der Skelettmuskulatur, auch Rigor mortis genannt, welcher in der Regel nach vier, spätestens zehn Stunden eintritt, je nachdem ob er sich langsam oder schnell aufbaut, was hinwiederum ...«

Langustier gab Eller, seiner augenblicklichen Zeitbedrängnis eingedenk, durch Hüsteln die Überflüssigkeit dieses Exkurses zu verstehen, welcher daher die Einfügung verschluckte:
»Der Rigor mortis hatte also noch nicht eingesetzt und baute sich erst bei Untersuchung der Leiche, ziemlich genau viereinhalb Stunden nach Anlieferung des gewesenen Herrn Grafen auf und dauert zur Stunde noch an, wovon Sie sich leicht überzeugen können.«
Langustier überzeugte sich davon, indem er versuchte, den Arm der Leiche wie einen Hühnerflügel anzuwinkeln, und fand, dass er dazu einen Flaschenzug benötigt hätte.
»Hat sie begonnen, ist die Totensteife für gewöhnlich nach zwei bis drei Stunden voll entwickelt und währt ein bis zwei Tage. Der Tote lag in einem Treppenaufgang, mit dem Kopf voraus, und ist in diese Position durch einen Sturz gelangt, von dem auch die leichten Schrammen an Stirn und Nase herrühren. Blutergüsse haben sich, da der Tod durch Herzstillstand eingetreten ist, nicht mehr voll ausgebildet. Die Totenflecke werden sich noch einstellen.
Der Organbefund ist bedeutungslos. Er erlaubt für sich allein genommen nicht die Behauptung, dass eine Vergiftung stattfand. Selbstredend war dem Grafen im eigenen Interesse untersagt worden, seine getrockneten Beeren weiter zu essen, und ich halte ihn für vernünftig genug, diesen Rat nach dem Vorfall vom Mittwoch auch beherzigt zu haben. Die Schleimhäute des Ösophagus, des Magens und des oberen Dünndarms waren entzündet und leicht geschwürig, unter Bildung eines mit Blut gemischten, membranartigen fibrinösen Exsudates: Dies dürfte auf die chronische Einnahme der Beeren zurückgehen. Auf eine erneute Vergiftung, gar mit dem gleichen Gift, schien zunächst nichts hinzudeuten.
Auf-, um nicht zu sagen augenfällig jedoch kam mir eine deutliche Pupillenerweiterung vor, die mit dem Fehlen jeglicher Pflanzenteile im Verdauungstrakt, sei's von Beeren, Wurzeln oder Samenkörnern,

schlecht zusammenpasste. Im Übrigen fanden sich daselbst die kärglichen Reste eines Wildschweinbratens mit Sauerkohl und etwas Chocolade. Ich habe im weiteren Verlauf meiner Untersuchung eine Probe des Mageninhalts auf chemischem Wege untersucht und ein ziemlich deutliches Resultat erzielt. In einem Schälchen mit roter, rauchender Salpetersäure erwärmt, entfaltete die Probe einen angenehmen Blumenduft, der sich nach Zugabe von einigen Tropfen Wasser und einem Kristall von doppeltchromsaurem Kali noch verstärkte. In Säure gelöst und auf dem Wasserbad eingedampft, ergab eine Harnprobe einen zunächst farblosen Rückstand, der sich nach dem Erkalten auf Zusatz von alkoholischer Kalilauge erst violett und dann purpurrot färbte. Nach Erwärmen mit alkoholischer Sublimatlösung zeigte sich ein gelber Niederschlag.«

Langustier wäre auch mit einem einfachen Endergebnis zufrieden gewesen. Eller schloss:

»Diese Reaktionen allein genügen schon, eine hohe Konzentration der Giftsubstanz im Körper zu beweisen, und so ist kein Zweifel mehr möglich, dass hier mit einem alkoholischem Auszug aus den Blättern und Wurzeln von Belladonna gearbeitet wurde. Ein stattlicher Mann dürfte selbst nach kleinster Menge solchen Extrakts stante pede das Zeitliche segnen.«

Es drängte Langustier hinaus an die frische Luft, doch es gab noch einige Fragen, die er unbedingt stellen musste, wollte er ernsthaft daran denken, in dieser traurigen Geschichte einen Ansatzpunkt zu finden. Eller fasste sich in seinen Antworten glücklicherweise kurz:

– »Nein, der genaue Zeitpunkt der Giftbeibringung ist nicht anzugeben. Aufgrund der Dosis muss von einem raschen Tod ausgegangen werden; der Ort der Vergiftung könnte also das Treppenhaus selbst gewesen sein. Die Schramme am Kopf ist schwerlich mit dem Schlag eines schweren Gegenstandes zu erklären, mit dem der Täter den Grafen etwa außer Gefecht setzte und ihm das

Gift gewaltsam beibrachte. Es sind keine Frakturen erkennbar. Eine Hirnblutung hat nicht stattgefunden.«

– »Nein, die Taschen der gräflichen Kleidung waren bereits geleert, als er in die Charité kam; die Polizeioffiziere des Herrn von Hacke, eine baumlange Figur namens von Trotha und eine zweite, kurze, mehr flachzylindrische Gestalt namens von Manteuffel, hatten bereits ganze Arbeit geleistet. Soweit ich hörte, wurde ein recht interessantes Dokument in der gräflichen Jackentasche gefunden, ein Brief in einer Art Geheimschrift.«

– »Ja, das Haus, in dem von Randow zu Tode kam, ist stadtbekannt für seine leichtlebige Besatzung. Wie Ihr vielleicht wisst, hat es letztes Jahr dort bereits eine Aushebung gegeben, bei der einige der Stadtkommandantur missliebige Damen ergriffen und zur Besserung ins Potsdamer Arbeitshaus überstellt worden sind. Ich sage Euch: Dies geschah nur aufgrund von moralinsauren Beschwerden aus der reformierten Nachbarschaft! Da es offiziell keine Dirnenhäuser und Stadtjungfern mehr geben darf in unserem blitzsauberen borussischen Nova Atlantis, muss sich die Freude eben andere Wege bahnen; und einer davon führt in die Französische Straße. Für den armen von Randow war es leider in jeder Hinsicht ein letzter Holzweg.«

III

Langustier ging mit gemischten Gefühlen davon, durch den Hof der Charité und den Haupteingang auf den Feldweg hinaus. Bei seiner kleinen Wanderung nach Berlin hinein hatte er ausreichend Zeit zum Überlegen. Was konnte einen angesehenen Mann wie von Randow am helllichten Nachmittag dazu gebracht haben, jene zwielichtige Häuslichkeit aufzusuchen? Wie stand es wohl mit dem gräflichen Eheleben? Da von Randow in geschwächtem Zustand mehrere Straßenzüge weit gelaufen war, noch dazu mit seinem treuen Jagdhund, war er bei diesem letzten Gang vielleicht

gesehen worden oder jemandem begegnet. Der Zeitpunkt seines Eintreffens im fraglichen Lokal müsste sich genauer bestimmen lassen. Falls die königlichen Polizisten wirklich jene exorbitanten Qualitäten besaßen, die man von ihnen erwarten sollte, dürften sie hierüber Klarheit herstellen können und auch die Personen am Tatort verhört und denselben ausgiebig untersucht haben.
Die Purpur-Glocke zu finden, stellte keine besondere Schwierigkeit dar, denn sie war bekannt wie das königliche Schloss. Unter den Gästen wurde sie ungebührlich, aber nicht ohne Charme das »Berliner Sans Souci« genannt.
Der bürgerliche Name der Betreiberin dieser Institution lautete Gubitz, doch sie hatte ihn ebenso rasch abgelegt wie den zugehörigen Ehemann und ihre Anfänge als Kupplerin. Madame Myers, wie sie sich jetzt nannte, war vor knapp vier Jahren im Schlepptau eines zweifelhaften Indienfahrers von Hamburg nach Berlin gekommen, wo sie sich schnell zu erstaunlichem Wohlstand emporarbeitete.
Hartnäckige Gerüchte behaupteten nach wie vor, dass Madame Myers den Indienfahrer Gubitz, der eines Novembermorgens tot aus dem Hafenbecken am Fischmarkt gezogen worden war, eigenhändig ermordet hätte. Die Untersuchung aber hatte einwandfrei den Fusel und den Nebel als Causae immediatae für den Fehltritt und schmählichen Untergang des ihr zu unvornehm gewordenen Ehegemahls angegeben.
Die Gubitz-Myers hatte in der Folge Mägde von feinerer Lebensart bei sich aufgenommen und einen gewissen, gesitteten Ton in ihrem Hause eingeführt. Sie hielt sehr auf Ordnung und Reinlichkeit und begegnete ihren Kostgängerinnen mit Achtung und Freundschaft, wie sie sich im Übrigen auch gegen ihre Gäste stets auf eine anständige und unterhaltende Art gesprächig zeigte und nichts litt, was ins Pöbelhafte fiel. Ihr Haus glich so schon bald einer kleinen Feenhütte. Mit kostbaren Mobilien und Trümaux ausgeziert, war es zum beliebten Treffpunkt avanciert, an dem sich

Herren verschiedenen Standes trafen, um bei Musik, Akrobatik und Tanzvorstellungen zwangloser Unterhaltung und Spielereien zu frönen, wobei Standesunterschiede verschwanden und nur das Geld den Ton angab.

Die Damen, die es nach dem Edikt gegen die Hurenhäuser von 1698 selbstredend gar nicht geben durfte, wohnten als gewöhnliche Logiergäste im Haus, und ihre Anwesenheit in der Schankstube, den Separées und dem kleinen Saal war rein dekorativer Natur, wovon sich die Polizeioffiziere stets aufs Neue beruhigten und mit mehr interessiert als tadelnd hochgezogenen Brauen überzeugten. Die Aufgabe dieser von Amts wegen neugierigen Inspektoren war freilich die schwierigste auf der Welt, denn sie sollten regeln, was gesetzlich gar nicht bestehen durfte und erfahrungsgemäß doch nicht zu unterdrücken war.

Langustier, der solches nur dem Vernehmen nach wusste, da er in derlei Lokationen für gewöhnlich nicht verkehrte (ganz im Gegensatz zu den nobelsten der Herren, gar einigen Prinzen, wie es hieß), durchmaß das Portal, nachdem ihn ein vor der Tür postierter kräftiger Livrierter eindringlich gemustert und für passabel taxiert hatte. Im Entree, das mit einem Buddha aus grün gestrichenem Sandstein und achtbaren gelben Statuetten chinesischer Teepflückerinnen vor blauen Seidentapeten ausstaffiert war, zeigte sich linkerhand die Türe zur Gaststube, während man rechts wohl in Küche und Weinkeller gelangt wäre, wenn es denn eine Tür hinter der ohrenscheinlich dünnen Wand gegeben hätte, hinter der man Töpfe klappern und Gläser klirren hörte. Eine mächtige hölzerne Treppe begann vor der mit fernöstlich anmutendem Rankenwerk ausgemalten, mit Blumenkränzen und Girlanden geschmückten purpurroten Wand aufwärts zu klettern. Hübsches, aber etwas einfältiges Stuckwerk aus stilisierten Teekannen und Mohnblüten schloss die Bemalung zur himmelblau gestrichenen Decke ab, die sich wie ein Spiralband über dem höllisch flammenden Rot hinaufzog. Im ersten Obergeschoss öffnete sich ein hübscher Saal mit kleiner Bühne und zahlreichen abgedunkelten Separées oder kleineren Nebenkammern, wo sich bisweilen Tanz-, Theater- oder Konzertveranstaltungen ereignen mochten und wohl fünfzig bis hundert Gäste leicht ein bequemes Unterkommen fanden.

Langustier ging die Treppe hinauf bis ins dritte Stockwerk, ohne einer Menschenseele zu begegnen. Zu den folgenden zwei Geschossen war der Zugang mit schweren Türen voller Schnitzereien von nicht geringer Kunstfertigkeit verschlossen, die Schiffe, ja eine ganze Flotte zeigten, nebst Palmbäumen, Meerungeheuern, fremdländischen Menschen und Tieren: Affen, Elefanten und Kamelen. Die Treppe reichte noch ein weiteres Karree aufwärts, doch nur bis zu einer abschließenden und in der Tat ebenfalls verschlossenen Tür, hinter der wahrscheinlich die Bodenräume lagen. Im letzten Treppenaufschwung nahm Langustier einen eigenartigen Geruch wahr, als dessen Quelle er in geschmackvoll dekorierten Nischen aufgestellte Pfannen mit würzigem orientalischem Räucherwerk erkannte. Offenbar sollte hier den aufsteigenden und sich unter dem allerobersten Ende des Treppenhausplafonds stauenden Tabak- und Küchendünsten Paroli geboten werden.

Vor der Tür zum zweiten Obergeschoss hatte man – von seinem Jagdhund dahin geleitet – den Grafen gefunden. Unter den vielen Dingen, die dem unlustig wieder treppab steigenden Langustier bei der Geschichte Kopfzerbrechen bereitete, nahm das Verschwinden dieses Hundes durch die schwere Eichenpforte des Hauses einen exponierten Platz ein. Das Tier, das die Tür ja keineswegs selbsttätig zu öffnen imstande gewesen wäre, war vom Türsteher unzweifelhaft bemerkt worden, entweder weil er ihm selbst hinausgeholfen bzw. es doch beim Hinauspassieren eines anderen Gastes als davonspringend bemerkt haben musste. Und überhaupt: der Türsteher! Er hatte wohl alle Hereinkommenden der Reihe nach gesehen. Wenn der Täter nicht in der Gaststube oder auf der Stiege oder in einem der oberen Geschosse auf von Randow gewartet hatte, so war er kurz nach ihm durch die Eingangstür gekommen. Und wenn er sich nicht im Haus versteckt gehalten oder durch andere Ausgänge verschwunden war, so musste er ja auch wieder durch den Haupteingang entkommen sein. Langustier schnaufte über die geringen Aussichten, hier durch Befragen Erfolg zu haben.

Er betrat die Gaststube im Parterre, die wie ein langes, gleichschenkliges L den Grundriss des Hauses ausmaß. Der Tresen zog sich um den verbleibenden Raum in der Mitte, an den sich zur rechten vorderen Hausecke hin die bereits erwähnte Küchen- und Kellerregion und das Treppenhaus anschlossen. Er nahm an einem Tisch nahe am Knick des Raumes Platz und sah sich um. Ein paar Soldaten saßen an den übrigen Holztischen mit fernöstlich anmutenden Schnitzereien und Perlmuttintarsien, tranken Bier aus bunten Glaspokalen und prosteten einigen jungen Damen zu, deren artige Kostümierung Langustier keineswegs anrüchig fand. Mochten Auge und Nase auch fremdländische Eindrücke empfangen, so hatten die Laute, die ans Ohr drangen, doch etwas unleugbar Einheimisches: Eine hübsche Brünette mit einer Stimme, welche durchaus der berühmten Sängerin Signora Astroa Konkurrenz machen konnte (die leider für vier Monate von der Berliner Opernbühne verschwunden war, da der Herzog von Savoyen sie sich vom König für die eigene Vermählung mit der spanischen Infantin Donna Maria Antonia Ferdinanda ausgeliehen hatte), sang zur Freude der Anwesenden gerade jenen Gassenhauer, der Langustier von seiner Tochter und den Enkeln her hinlänglich bekannt war. Er entstammte einer vom König selbst vertonten Arie der Graunschen Oper »Coriolan« und begann mit der luftigen Liedzeile:

»Sitz ich auf der Wiese, tralalalala – zupfet mich die Liese, tralalalala …«

Langustier mochte nicht lange um den heißen Brei herumreden, als Madame Myers, die ihn schon beim Betreten der Wirtsstube aufmerksam observiert hatte, zu ihm an den Tisch trat und nach seinen Wünschen fragte. Er zeigte der Patronin sein Permissschreiben und ließ sich, ungeachtet des lautstarken, aber gesitteten Verdrusses der dunkelhaarigen Dame (nämlich darüber, die unliebsame Geschichte zum dritten Mal herbeten zu müssen), haarklein erzählen, was ihm an der Auffindung des toten Grafen auf der hölzernen Treppe nur irgend seltsam vorkam. Doch wie er erwartet hatte, zerrann alle Hoffnung auf Gesprächigkeit sofort. Zu allem Unglück hatte der Türsteher an besagtem Tag die Erlaubnis erhalten, nachmittags und abends wegen der Leichenfeier für einen Oheim seinem Posten fern zu bleiben. Die Eingangstür war also völlig unkontrolliert von jedermann – und jedem Hund – passiert worden.

Über die oberen Stockwerke genaue Aufklärung zu erlangen, glich der Sysiphusanstrengung, einem Porzellanfabrikanten die Rezeptur seines Erdgemisches aus der Nase ziehen zu wollen. Madame Myers wiederholte nur, indem sie die mit Tusche geschärften Krummsäbel ihrer Augenbrauen nach oben riss, dass diese »neuen Kammern« gerade erst frisch eingerichtet worden und samt und sonders an ehrbare Damen vermietet seien. Die Neugier der königlichen Polizeioffiziere, fügte Madame Myers hinzu, hätte ihr selbst und ihren Mieterinnen schon zweimal unangenehm genug zugesetzt; vor einer Stunde erst seien alle Zimmer erneut durchsucht worden; er möge sich, bat sie inständig, doch gnädigst an die Berichte hierüber halten und von einer weiteren Nachsuche Abstand nehmen. Da er keinerlei Lust verspürte, von einer wilden Amazonenhorde verfolgt zu werden, ließ Langustier den Punkt vorerst auf sich beruhen, fragte jedoch mit deutlicher Ironie in der Stimme, wie es sich wohl erklären lasse, dass der Ober-Hof-Jägermeister mit Jagdhund die Treppe dieses Hauses bis halb unters Dach hinaufgeklettert wäre, wenn nur verschlossene Türen auf ihn gewartet hätten? Offenbar müsse er doch zumindest einer der ehrenwerten Damen bekannt gewesen sein, denn was sollte er

sonst dort oben gesucht haben? Ob es ihr denn nicht absonderlich vorkomme, dass jemand einfach so da hinaufsteige?
Hierauf antwortete Madame Myers, ihr schwarzes Samtkleid ärgerlich zusammenraffend, dass sie dies in der Tat befremde und sie auch inskünftig ihren Damen rate, sich gegen Diebstahl besser zu wappnen. Die Diebereien in der Stadt wären ja nachgerade ins Groteske angewachsen.
Langustier verwahrte sich gegen diese Abstrusitäten, immerhin war der Aufgefundene eine Person höheren Standes und schwerlich des Diebstahls zu verdächtigen, noch dazu nach seinem Ableben!
Madame Myers war nicht aus der Ruhe zu bringen. Sie könne, was ihre eigene Person beträfe, nur wiederholen, dass sie bezeugtermaßen den ganzen Nachmittag entweder in Küche oder Schankstube gewesen sei, was ihre Helferinnen ohne Schwierigkeiten bestätigen würden. Hierbei zeigte die Dame ein asiatisches Lächeln um ihren roten, nun gondelförmigen Mund, das jeden denkenden Menschen zur Vorsicht gemahnen musste. Langustier lupfte seinen schönen federbesetzten Dreispitz, lächelte ebenfalls so breit er konnte und wendete sich nach dem Austausch verabschiedender Belanglosigkeiten zum Gehen.
Sein ursprüngliches Vorhaben, die obere, verschlossene Etage öffnen zu lassen, verschob er auf einen der folgenden Tage, denn es kam ihm wichtiger vor, zunächst Klarheit über von Randows letzte Stunden zu gewinnen. Er gedachte daher als nächstes das Logis des Grafen zu inspizieren und eventuell mit dem hinterbliebenen Bedienten des Herrn ein Wörtchen zu wechseln.
Auf dem Katzensprung dorthin (welcher ihn einfach die Französische Straße entlang führte, die in den Friedrichsstädtischen Markt einmündete) kam er am Bücherladen von Monsieur Jacques Kleber vorbei, bei dem er sich regelmäßig nach den neuesten Werken der französischen und englischen Literatur erkundigte. Trotz seiner prinzipiellen Eile konnte er der Versuchung nicht widerstehen und ging hinein.

Zu seiner Freude war die vierte und letzte Abteilung von Fieldings »Tom Jones« eingetroffen, die er auch sogleich für seine Tochter erwarb. Die Gelegenheit, einen ausführlichen, unentgeltlichen Blick in die aktuelle Ausgabe der »Berlinischen Nachrichten für Staats- und Gelehrte Sachen« zu werfen, die dem langweiligen Konkurrenzblatt, der »Berlinischen Privilegierten Zeitung«, in jedem Falle vorzuziehen war, ließ er sich nicht entgehen: Ein prominenter Augenarzt war seit einer Woche in Potsdam aktiv, wohingegen am Donnerstag ein Spezialist für alle Krankheiten, »so ihren Sitz in der Harnröhre haben, des Weiteren gänzliche Verhaltung und Verstopfung des Urins sowie Fisteln und alle die Zufälle so von einem übel curierten Saamenfluß ihren Ursprung nehmen« in Berlin Aufenthalt genommen hatte. Wer von dieserlei Gebrechen verschont war, fand möglicherweise bei Meister Lüdicke in der Cronengasse dienliche »neuartige Maschinen«, um trotz seiner Brüche zu laufen.
Langustier schüttelte sich und wechselte in die kulinarische Rubrik, wo ihn die Beschreibung einer Hochzeitstafel, die im Februar am Dresdener Hof stattgefunden hatte – beim Beilager des Grafen von Heym mit des verstorbenen Herrn Ober-Stallmeisters Graf von Brühl hinterlassener ältesten Comtesse –, besonders fesselte, denn er war stets bemüht, was den Service anging auf dem Laufenden zu bleiben:
»Die Tafel war so serviert, als man hier kaum je gesehen hat. Der mittelste Aufsatz, von dem feinsten Porcellain, stellete den Tempel des heydnischen Hochzeits-Gottes vor, und war mit schönsten Sinnbildern gezieret. Oben auf dem Tempel hatte man vier Singe-Uhren in den Thürmen sehr künstlich angebracht, welche alle viertel Stunden spieleten. Dieser Aufsatz betrug dreieinhalb Ellen in der Höhe. Übrigens waren die angenehmsten Gärten, und springende Wasser auf der Tafel zu sehen, wobey alles mit lebendigen Blumen und frischem Obste, von Kirschen, Pflaumen etc. verkleidet war.«

Langustier fand nun, dass er sich die Finger genug mit Druckerschwärze befleckt hatte. Ein kleines Gespräch über dies und das beschloss seinen Buchhandelsbesuch. Monsieur Kleber unternahm eine schwache Anstrengung, dem vormaligen Geheimkommissär des Königs eine Meinungsäußerung zum Toten in der Purpur-Glocke zu entlocken: Längst pfiffen es ja sämtliche Spatzen von den Dächern der Friedrichsstraße, welches Stündlein dem Grafen geschlagen hatte. Der Kunde hielt seine Zunge jedoch im Zaum und entkam glücklich nach einigen nichts sagenden Floskeln.
Ein Gang durch die Friedrichsstadt erweckte in Langustier heimatliche Gefühle, denn aus den Fenstern der hugenottischen Küchen wehten süße, lang entbehrte Düfte. Die gläubigen Franzosen hatten die städtische Küche ohne Zweifel ungemein bereichert, sei's durch ihren regen Obst- und Gemüseanbau in Vorgärten und Gärtnereien (etwa die Späthsche am Hallischen Tor, die Langustier, wann immer er die Gelegenheit fand, aufsuchte, um sich an den üppigsten Dschungeln aus Obstbäumen und Wogen aus Salat und Kohl zu ergötzen), sei's durch althergebrachte französische, nicht selten elsässische Gerichte. Was er gerade roch, war eine französisch-berlinische Erfindung und hieß aus Spottsucht gegenüber den zur Extravaganz neigenden Sachsen »Leipziger Allerlei«: Blumenkohl, Erbsen, junge Möhren, die ersten Spargel – getrennt gekocht und dann mit Zwiebeln, getrockneten Morcheln und abgekochten Flusskrebsen vermischt, mit Semmelnbröseln in einer Sauce aus Eigelb, Krebsbutter und Sahne angerichtet – ein Genuss, von dem bereits der Duft genügte, um aus dem Häuschen zu geraten.
Von Randows Wohnung lag in einem hübschen Stadthaus am immer belebten, bunten Markt der Gens d'armes. Hier standen zwei eher unscheinbare, spielzeughaft wirkende Kirchlein – Cayarts so genannte »französische Kirche« von 1705 und Simonettis nach Grünbergs Rissen erbaute »Neue Kirche« von 1708, deren fünfeckiger Grundriss selbst einem architektonischen Laien Bewunde-

rung abnötigte. Das Wort »Kirche« aber besaß für Langustier, der unter dem Straßburger Münster aufgewachsen war, einen Klang, der auf diese Schächtelchen absolut nicht passen wollte.

Zwischen den ungleichen Gotteshäusern hatte sich eine Horde von Marktlauben, Pferdeställen und Wachhäuschen niedergelassen, umringt von einem Kranz aus kleinen Läden in den Parterres der nahtlos aneinanderklebenden Stadthäuser. In der Patisserie des Herrn Petit direkt neben dem Aufgang zur von Randowschen Wohnung erstand Langustier einen Papiertrichter mit drei beachtlichen, von Danziger Liquer erfüllten und in Chocolade gehüllten, wunderschön einzeln mit roten und grünen Bändern umschlungenen Langues des chates en chocolade, die ganz exquisit mundeten. Er betrat mit deutlich gehobener Laune des Opfers geräumige Wohnung von elf Zimmern in langer, doppelter Enfilade im ersten Stock. Sie erinnerte ihn stark an sein ehemaliges eigenes Domizil in der Rossstraße, das nun der Tochter und ihrem Mann gehörte. Er hatte ja in Potsdam seine Bedientenkammer, die ihm momentan vollauf genügte.

Untermann, der Diener des Grafen, hatte Langustier geöffnet und – nachdem der vornehm drapierte Herr sich kraft seines höfischen Volumens und königlichen Passes als höchst befugt ausgewiesen hatte, ein paar unangenehme Fragen zu stellen – ihn demütigst hereingeführt. Nein, erklärte er dem Eintretenden, der als Erstes nach der Gräfin gefragt hatte, die Dame weile seit geraumer Zeit außer Landes.

Die Anwesenheit zweier uniformierter Gestalten, in denen Langustier auch ohne besondere Kombinationsgabe die königlichen Polizeilehrlinge erkennen konnte, senkte sich auf seine Laune sofort wie ein heißes Plätteisen auf ein kunstvoll aufgefächertes Spitzentüchlein. In aller Ruhe hatte er hier seine Erkundigungen einziehen wollen und sah sich mit den beiden unfertigen Nachfolgern des seligen Jordan konfrontiert, quelle Prétension! Die Herren trugen grüne Uniformen nach Art von Flügeladjutanten, silberne

Tressen und Zweispitze in Halbmondform und waren sehr von sich eingenommen.
Ihre Begrüßung geriet einsilbig, und obwohl er den Beamten bereits durch Expressordre als außerordentliches ermittelndes Subjekt des Königs angekündigt war, schien man beamtlicherseits nicht geneigt, dem zivilen Ankömmling großartig behilflich sein zu wollen. Nachdem der hochgewachsene Leutnant von Trotha lange und mit ausdrucksloser Miene Langustiers Permiss zwischen den seidenbehandschuhten Fingern gezwirbelt hatte, gab er das Ausweispapier an seinen kleinen Kollegen von Manteuffel weiter.
Alter und gesellschaftliches Ansehen sind zweitrangig und garantieren keine Hochachtung, wenn Fragen der beruflichen Reputation im Raum stehen. Und die eifrigen Herren von Trotha und von Manteuffel sahen sich in puncto Berufsethos empfindlich pikiert: Was wollte der König ihnen mit diesem in die Jahre gekommenen Chevalier de cuisine beweisen? Dass sie in Paris nichts gelernt hätten? Hatte ihnen nicht der Polizeichef von Paris persönlich Anschauungsunterricht in Sachen Verbrechensaufklärung und Vorbeugung gegeben? Waren ihnen nicht sämtliche nötigen Instrumente zum Aufbau eines ertragreichen Spitzelwesens und sicheren Polizeistaates vorgeführt geworden, um beim Preußenkönig auf die Anlage ähnlicher Strukturen zu drängen? Was musste ihnen also dieses antiquierte Möbel, dieses bemooste Küchenfossil in die Quere gelegt werden?
Langustier konnte leicht ermessen, welcherart Fragen durch ihre jungen, aufstrebenden, sauber ausgefegten und tatendurstigen Köpfe spukten. Die eklatante Geringschätzung, die sie ihm gegenüber an den Tag legten, war jedoch ganz dazu angetan, seine Seele wieder zu erheitern, denn für gering geachtet zu werden hat den unbestreitbaren Vorteil, dass ein sicherer Triumph am Ende umso glänzender erscheint! Der Zweite Hofküchenmeister Sr. Königlichen Majestät ließ das schon siedende Öl seiner Gefühle wieder vorsichtig abkühlen und statt Zorn nun Schmeicheleien vom Sta-

pel. Er lobte die frische, unvoreingenommene, unbeugsame und doch zuvorkommende Art der beiden Fachkräfte, von denen ihm der König bereits vorgeschwärmt hätte. Er wolle sich keineswegs hervortun, sondern agiere nur einer gewissen kombinatorischen Neigung folgend. Hier sträubten sich ihm selbst die Nackenhaare, so faustdick schnellte diese Lüge vorwärts, die zumindest insofern fruchtete, dass ihm von Trotha nun widerstrebend Auskunft über die Tatortuntersuchung, die in der Purpur-Glocke angetroffenen Personen, ihre Aussagen und den Verbleib des aufgetauchten verschlüsselten Dokumentes gab.

Die Liste der im Parterre angetroffenen Personen war nicht lang – auch handelte es sich ausnahmslos um durchreisende Engländer, die nicht einen Schritt aus der Gaststube hinaus getan hatten, bevor oben die Leiche auf dem Treppenabsatz des zweiten Obergeschosses gefunden worden war. Der Saal hatte leer gestanden, und in den oberen Etagen waren nur die Damen der Madame Myers anzutreffen gewesen – und zwar allein, wie der neben von Trotha stehende von Manteuffel mit einer absonderlichen Spitze in der Stimme hervorhob, als wolle jemand das Gegenteil vermuten und die Arbeit der Polizei in Zweifel ziehen.

In den Zimmern hätte nichts über das Gewöhnliche hinaus beobachtet werden können. Die Tür zum Dachstock sei verschlossen gewesen, berichtete mit Widerwillen von Trotha. Man habe lange und vergeblich nach dem Schlüssel gesucht und es schließlich bis zur Stunde noch nicht dahin gebracht, dass geöffnet werde, doch sei man keineswegs der Ansicht, dass sich dort mehr als Spinnenweben versteckt hielten, setzte von Manteuffel pikiert hinzu. In seiner rechten Hand hielt er einen kleinen Leinensack, und es interessierte Langustier sehr, was sich darin befand, doch es gelang ihm nicht, einen Blick auf den Inhalt zu erhaschen. Eine Frage verbot sich selbstredend aus Gründen der Berufsehre. Nach dem Geheimdokument, so Trotha zum Beschluss seiner knappen Informationslieferung, möge sich Langustier beim Akademiker Euler erkundigen, der an der Entschlüsselung arbeite. Er könne sich diesen Gang aber durchaus sparen, weil es angesichts der Schwere der Verschlüsselung und den Augenproblemen des besagten Herren wohl noch lange bis dahin dauern und er ohnehin gar nichts erfahren würde, da Euler Befehl erhalten habe, nichts vom lesbaren Inhalt an eine dritte Person weiterzugeben, bevor er ihnen Bericht erstattet hätte.

Langustier schluckte selbst diese abschließende Unverschämtheit mit einem Lächeln, das fast so asiatisch war wie das der Madame Myers, und wandte sich, nachdem die Polizisten aufgebrochen waren, an den Bedienten Untermann, um von ihm genauere Angaben über den Ablauf des Freitagnachmittags zu erhalten. Er ließ sich ein weiteres Mal die Umstände der späteren Auffindung des Grafen schildern, wobei Untermann, als er zum Ende gekommen war, ein Schluchzen nicht vermeiden konnte. Er hatte dies nun schon zum dritten Mal erzählt.

Die vorangegangenen Nachmittagsstunden schienen bei weitem interessanter zu sein. Besonders freute es Langustier zu erfahren, welche Personen den Herrn Grafen zuletzt besucht hatten, bevor der Diener auf den Markt gegangen war und die Gräfliche Durchlaucht noch brav das Bett am Balkonfenster gehütet hatte. Es waren dies kurz nach Mittag der Kapitän zur See Glass Nevin, dann der Geheime Justizrat von Cocceji, der Direktor der Seehandlung Graf von Hattstein, der Garde-Capitain von Diercke und als Letzter, gegen halb vier Uhr, der Abbé Bastian gewesen. Ob sich während seiner Abwesenheit noch weitere Besucher eingestellt hätten, so Untermann, müsse leider offen bleiben. Er habe erst nach dem Fortgang des Abbés das Haus verlassen und dabei dummerweise – Untermann fügte dies betont sachlich hinzu – seinen Türschlüssel vergessen mitzunehmen, so dass der Graf, dies offenbar bemerkend, später nicht hätte abschließen können, um ihn mit seinen Einkäufen nicht auszusperren. Irgendwann nach seinem – Untermanns – Fortgehen gegen vier Uhr, wahrscheinlich schon recht bald, müsse es von Randow nicht mehr im Bett ausgehalten und sich, im Gefühle erstarkender Gesundheit, mit dem Hund auf den Weg gemacht haben. Die Wohnung habe somit stundenlang offen für alle Diebe gestanden. Mit den Diebstählen sei es ja momentan so prekär! Untermann, angetan mit einer etwas abgetragenen braunsamtenen Livree, schien sich zu erinnern, dass dies nun leider nicht das Entscheidende war, das Langustier interessierte, und kehrte noch einmal zum Verhalten der Besucher zurück.

»Es hatten, soweit ich mich entsinne, sämtliche Herren teures Konfekt mitgebracht, jeder eine Tüte (worin sich übrigens je zwei Chocoladenstücke mit grünem Band und ein rot umschlungenes befanden), was wohl daran lag, das Monsieur Petit eine große Pyramide davon so dekorativ-verlockend in seinem Schaufenster neben unserem Treppenaufgang aufgebaut hatte. Bevor ich den Grafen verließ, dessen große Neigung zu wohlschmeckender Chocolade allbekannt war, lagen vier Tüten am Eingange zum Krankenzimmer auf der Kommode und eine dagegen auf einem kleinen Tischchen neben der Chaiselonge am Fenster. Ich kann freilich nicht beschwören, dass jeder Gast jeweils nur eine Tüte mitgebracht hat, aber bei einem Preis von zwei Groschen das Stück will ich es einmal vermuten. Ach, was erzähle ich Euch viel von den Tüten – da habt Ihr ja selbst eine solche in der Hand!«

Er wies auf das papierne Behältnis in Langustiers Hand. Dieser betrachtete die beiden darin verbliebenen Katzenzungen aus Chocolade. Die knochenförmigen Gebilde von der Größe einer länglichen Praline waren in der Mitte mit je einem grünen Band umwickelt. Ein rotes Band lag lose in der Tüte. Langustier nahm es heraus. Es gehörte zu dem Chocobisquitlöffel, den er vorhin genüsslich verspeist hatte.

Untermann erblickte es und ergänzte:

»Als ich die Herrschaft fand, hielt sie, das vergaß ich eben, ein solches Band in der Hand. Ich habe das Konfekt übrigens in die

Dose geschüttet, nachdem der letzte Besucher, von dem ich weiß, der Abbé, sein Tütchen hereingetragen hatte. Ich konnte die Unordnung nicht mehr ertragen. Insonderheit der Anblick der herumliegenden kleinen Papierhüte kam mir gar zu unmöglich vor, weshalb ich alle einsammelte und den Inhalt jeder Packung vorsichtig in die chinesische Dose umpackte – ich fand nichts Passenderes, denn es ist eigentlich ein Pot-d'oille-Gefäß, das normalerweise im Chinesischen Zimmer steht. Der Graf hinderte mich jedoch, auch die ihm zunächst liegende Tüte zu nehmen. Er hatte zu Mittag erstmals wieder mit gesundem Appetit gespeist und wollte sich wohl jene drei Stücke aus dem Tütchen auf dem kleinen Tisch für den anstehenden Coffee reservieren. Nach meinem Besorgungsgang beabsichtigte ich ihm diesen zu servieren. Er hantierte aber, statt Chocolade zu essen, mit seiner Tabatiere, und ich kann Euch nicht sagen, was mit den drei Konfektstücken in diesem Papiertrichter geschehen ist, denn ich habe nichts weiter davon gesehen.«
Langustier erblasste: Der Graf war an einer Petitschen Katzenzunge gestorben! Sein treuer Diener schien nicht einmal zu ahnen, welche möglicherweise tödliche Ladung noch bis vor einigen Minuten in seiner Nähe stand!
Und wie ging es ihm selbst? Würde ihm vielleicht auch gleich schwarz vor Augen? Doch die Schwäche in seinen Kniekehlen schien nur eingebildet. Langustier riss sich zusammen und dachte nach. Immerhin hatte Petit seit gestern jede Menge Kundschaft gehabt, und entlang seines Weges durch die Friedrichsstadt hatte er keine Leichen liegen sehen. Es würden wohl nur einige der gestrigen Löffelbisquits voll Gift gewesen sein; und Monsieur Petit dürfte kaum aus plötzlichem Wahnsinn seine ganze Kundschaft vergiften wollen. Oder? Es gab freilich die schrecklichsten Verirrungen in den Köpfen der Menschen …
Langustier bot Untermann die zwei übrig behaltenen Bisquitpralinen an. Der Diener griff erfreut zu und betonte, dass ihm nie einfallen würde, etwas zu stehlen. Mit Blick auf eine chinesische

Porzellanurne unter einem Blumenstrauß ergänzte der Diener arglos, während er am Chocoladenmantel des getränkten Bisquits nagte:
»Die Herren Polizisten haben gerade sämtliche Reste – es waren noch genau neun Bisquits – mitgenommen, aber nicht gesagt warum.«
Langustier notierte sich die Zahl auf der leeren Konfekttüte und besah sich dann in Ruhe die exzellente Meißener Arbeit, die vor ihm stand. Das schöne Gefäß hatte die Abmessungen einer hypertrophen Kokosnuss und gab sich deutlich als Teil jenes berühmten 100-teiligen Speiseservices »Fliegender Hund« zu erkennen, das der berittene und siegreiche Graf von Randow nach der Schlacht von Kesselsdorf vom König erhalten hatte. Der Name des Services erklärte sich durch die grün-rote Drachenfigur, die neben ansonsten friedlichen Blümchen und Vögelchen auf der reich façonnierten weißen Oberfläche mehrfach auftauchte. Eine reliefierte Leiste mit eierstabähnlichem Ornament und einem schwach grünen Knauf in Rosenblütenform fielen am Deckel auf, den Langustier nun abhob und Leere vorfand.
Langustier fragte noch einmal genauer nach, ob denn alle Besucher tatsächlich Konfekt geschenkt hatten, doch es war nicht mit Sicherheit herauszubekommen. Untermann erklärte bedauernd, dass er seine Augen nicht überall hatte haben können bei so vielen Gästen hintereinander. Der Justizrat von Cocceji aber – oder der Capitain Diercke? –, er schien nicht mehr sicher, aber einer von diesen beiden Herren hätte diese hübschen abgeschnittenen Blumen mitgebracht. Von wem das Tütchen auf dem kleinen Tisch neben dem Lager des Grafen stammte und wie es dorthin gelangt war, wusste er leider nicht zu sagen. Langustier seufzte. Es wäre ja auch zu schön gewesen.
Das mit den Blumen, erklärte Untermann, sei ja eine hierzulande nach wie vor seltene Mode, die aus Übersee oder Turkien stamme – war es vielleicht doch der Kapitän Nevin oder der Abbé ge-

wesen, von dem die Blumen stammten? Nun, jedenfalls habe er lange nach einem Gefäß gesucht, um sie schicklich aufstellen zu können. Nun verlören sie bereits wieder die Blüten! Langustier besah sich die farbig bekrönten Stängel und entsann sich des arabischen Blumenalphabets, in dem alle geschenkten Gewächse eine Bedeutung hatten. Es waren Türkenbundlilien, welche sicherlich Tod durch Krummsäbel bedeuteten, und sie hatten kein Wasser.

IV

Herr Petit war, als Langustier wieder zu ihm in den Laden trat, um ihn nach vermeintlichen Katzenzungenkäufern des vergangenen Nachmittags zu befragen, gerade dabei, die Pyramide aus Chocolade zu demontieren.

»Monsieur Langustier, helft einem Landsmann in der Not! Man will mich meiner ganzen Chocobisquits berauben! Ich muss die Löffel abgeben! Die Gens d'armes lassen sie unter Bewachung ins Krankenhaus transportieren. Ist das eine neue Heilmethode? Wer soll das bezahlen? Der König? Kann Euer Hof-Patissier nicht für derlei Späße herhalten? Soviel Chocolade ist außerdem ungesund. Und für Kranke schon garzumal.«

Langustier schmunzelte, weil er an den lieben Eller dachte und sich vorstellte, wie er zunächst alle mutmaßlich vergifteten Katzenzungen aus von Randowschem Besitz feinsäuberlich getrennt untersuchen, jedoch die Petitschen Chocoladenlöffel (wenn heute und morgen keine weiteren Leichen einträfen) cum grano salis für unbedenklich befinden und sich für Wochen während der Arbeit an den Präparaten nur noch von Konfekt ernähren würde.

»Es tut mir sehr Leid für Euch, doch es scheint, als habe sich gestern ein Unhold Eurer Bisquitkünste bedient. Daher muss die Polizei alle Vorsicht walten lassen. Ich denke, man wird Euch den Schaden ersetzen. Ich werde versuchen, was ich tun kann. Aber sagt mir bitte, wem ihr am gestrigen Nachmittag diese – im Übrigen köstlichen – Gebilde …« (er verwies auf die leere Tüte in seiner Hand) »… verkauft habt. Taucht ihr die Bisquits in die Kuvertüre, nachdem Ihr sie mit Liquer getränkt habt, oder geschieht dies nach dem Anbringen der Chocoladenrinde?«

»Ihr seid der Erste, der so eine gelehrte Frage stellt!«, entgegnete Petit. »Die Polizisten haben mich dagegen sogar angewiesen, keine Kuvertüre mehr anzusetzen, bis ich wieder die Erlaubnis dazu erhielte. Ist das nicht allerhand, Monsieur Langustier? Aber um Euch zu antworten: Es ist in der Tat ein schwieriges Problem. Taucht man die Bisquitlöffel oder -zungen eingeweicht in die heiße Masse, zerbrechen sie entweder oder fallen zusammen. Das Zerbrechen wird verhindert, indem ich sie sehr gedrungen und kurz mache, dass gerade noch die Zungenform erhalten bleibt. In jedem Fall geben sie aber beim Eintauchen den Liquer an die flüssige Chocolade ab. Die Kuvertüre wird schnell mit Bisquitflocken durchsetzt und erhält einen seltsamen Beigeschmack. Taucht man die kleinen Dinger aber trocken ein, muss man den Liquer nachher, wenn die Zungen hart geworden sind, mit einer feinen Spritze in ein kleines Loch drücken, das man vorher mit einer Nadel ausgestochen hat. Das ist ein mühsames Geschäft bei einer größeren Menge, wenn es auch bei einigen wenigen noch relativ rasch geht.«

Petit hatte somit nebenbei alle wesentlichen Geheimnisse seiner Katzenzungen preisgegeben, die andere Frage aber darüber ganz vergessen. Langustier hakte noch einmal nach.

»Du meine Güte! Wollt ihr ein Verzeichnis meiner ganzen Kundschaft? Wendet Euch ans Königliche Zentralregister. Jeder, der hier hereinkam, hat diese süßen, verdammten Zungen gekauft. Jeder! Wie soll ich da beschwören, ob der Kapitän Neffin, Monsignore Bastani, Graf von Hatzbach (oder so ähnlich), Capitain Driecke oder Justizrat von Cochächi dabei waren? La Barbärina zumindest war nicht bei mir, denn sie hätte ich freilich nicht übersehen.«

Trotz seiner verständlichen Aufregung musste der Konfekt verräumende Petit nun lächeln und Langustier schloss sich ihm an. Woher Petit wusste, was er ihn erst hatte fragen wollen, lag auf der Hand. Die beiden eifrigen Spürhunde hatten ihre Schnauzen schon in die Chocolade gesteckt, von Ellers Obduktionsbericht und den unübersehbaren Indizien immerhin glücklich auf die Spur gebracht. Säuberlich hatten sie im Krankenzimmer gesucht und die Urne entdeckt. Sie hatten nachgezählt, Untermann nach den fehlenden Katzenzungen gefragt, und dieser hatte erschrocken geantwortet, dass Se. Gräfliche Durchlaucht sie gegessen oder mit auf den Weg genommen haben musste, da ihm jeglicher Diebstahl gegen die Natur ginge.
Langustier konnte sich das nach dieser Bedientenbehauptung erfolgende höhnische Grinsen des zwergenhaften von Manteuffel lebhaft vorstellen.
Auf die roten und grünen Bänder angesprochen, erklärte Petit, dass er zwei Rollen grünes und eine Rolle rotes Band zur Verfügung habe und dass die Farbe Rot zwischen doppelt soviel Grün auch besser wirke. Er habe penibel darauf geachtet, dass in den Tüten immer zwei grün- und eine rot umbundene Zunge zu liegen gekommen seien. Langustier zog grüßend seines Weges. Das Einzige, was bisher als gesichert gelten konnte, war des Grafen tödliche Passion für alkoholgetränktes Chocoladenbisquit.
Über alledem war es Abend geworden. Langustier ging in die Rossstraße und überlegte, ob er Marie wohl zu Hause antreffen würde. Es wäre schade, ihr »Tom Jones, Teil Vier«, nicht selbst überreichen zu können.
Die töchterliche Wohnung zeigte sich leider bis auf das Dienstmädchen verwaist. Marie war auf dem Land bei Mann und Kindern, wie ihm die Haushälterin eröffnete. Die Geschäfte im töchterlichen Delikatesskontor bedurften ja kaum ihres persönlichen Eingreifens und lagen bei zahlreichen Fachangestellten und der Vorsteherin, der Gerberin, in den besten Händen. Glücklicher-

weise durfte der Vater stets in der Rossstraßenwohnung nächtigen, wenn Not am Mann war.

Tausenderlei Dinge schwärmten Langustier nach der zurückliegenden Tour de force durch den Kopf, doch er gab es bald auf, sie zum Innehalten bewegen zu wollen. Wenn einmal dieser Zustand erreicht war, halfen nur noch ein gutes Glas Wein, Brot und Käse und die sichere Aussicht auf ein ruhiges, weiches Nachtlager.

Über den ersten eigentümlichen Worten seiner Bettlektüre: »Herr Jones kam vor der festgesetzten Stunde und früher als die Dame in deren Hause an« entschlummerte er unselig, aber tief.

Sonntag, 5. April 1750

I

Es war über Nacht deutlich wärmer geworden. Langustier saß auf dem Balkon über der Rossstraße, aß ein Omelett mit Geflügelleber, trank einen starken Coffee dazu und jonglierte im Kopf mit einer sich ständig veränderten Zahl von Katzenzungen, ohne einen Ruhepunkt zu finden. Schließlich verscheuchte er diesen Spuk, da ihm Zahlenprobleme am frühen Morgen überhaupt nicht nahe kommen wollten. Er dankte der Hausfrau für empfangene leibliche Wohltaten und brach zu einer neuen Befragungstour auf.

Nach einer gemütlichen Viertelstunde Wegs strebte er dem Großen Königlichen Stalle zu. Auf der rückwärtigen Seite des lang gezogenen Gebäudes in der Letzten Straße betrat er den fünfgeschossigen Mittelturm, der mit obskuren Aufbauten auf seiner Plattform wie der Segelmast eines mythischen Schiffes aussah, das bereit stand, die Argonauten aufzunehmen.

In Wahrheit waren die obersten Stockwerke der Sitz einiger utopischer Sternenschiffer der königlichen Akademie der Wissenschaften, und was von unten wie Takelage wirkte, war die vielrohrige Bewappnung einer exzellenten Sternwarte. Als oberster Sternenwart fungierte der berühmte Mathematiker Leonhard Euler, ein gebürtiger Basler, der sich schon frühzeitig am Petersburger Zarenhof wissenschaftliche Lorbeeren erworben hatte. In einem schönen weiten, ovalen Raum fokussierte er nun das astronomische Wissen Preußens. Malereien mathematischer und sternenkundlicher Instrumente bedeckten die Wände, vor denen in Glaskästen verpackte Globen und edel glänzende Tuben standen. Ein über den Türen und Fenstern rundlaufender Fries zeigte in zahlreichen Alabasterreliefs die Köpfe berühmter Wissenschaftler, unter anderem die von Archimedes und Eulers Lehrer Johann Bernoulli. Bevor er daranging, von Randows letzte Besucher zu befragen, wollte Langustier mehr über das ominöse chiffrierte Dokument erfahren, von dem ihm Eller und die Polizisten erzählt hatten. Der geheiligte Sonntagmorgen hätte ihm freilich jede andere Tür verschlossen gehalten, doch einem Akademiker bedeutete dieses Datum wenig, und so durfte er hoffen, beim Direktor dieser Etage nicht umsonst vorzusprechen.

»Einen Wissenschaftler erkennt man entweder an der dicken Brille«, überlegte Langustier beim Anblick des Hausherren, der nun den Eintretenden bemerkt hatte und durch eine kleine Raumflucht heranschritt, »oder an seinem Kopfputz!«

Eulers oberes Ende bot in der Tat einen grotesken Anblick: Eine Mischung aus Hausfrauentuch und Turban war unordentlich um den Schädel gewickelt, so dass zu jeder Seite unförmige Lappenauswüchse herausstanden oder herabhingen und dem Träger das Aussehen einer verblühten Pfingstrose verliehen. Den Hals zierte ein seidenes Tuch, das fest wie ein Verband angelegt war, wohingegen der Leib von einem bequem aussehenden, blau-gelb längsgestreiften Casaquin umschlottert wurde. In der Einöde des Sternenausgucks brauchte der Morgenmantel nie abgelegt zu werden. Eulers rechtes Auge linste starr und eulenhaft aus einer Hautfalte und erwies sich bei genauerem Hinsehen als ein naturähnliches Erzeugnis aus mehrfarbigem Glas, das dem großkurfürstlichen Glasmacher Kunckel und seinem Labor auf der Kanincheninsel Ehre gemacht hätte. Eulers intaktes Auge funkelte Langustier indes schalkhaft entgegen, wenngleich es deutliche Ermüdungserscheinungen zeigte, die von ausschweifender Sternenguckerei und mathematischer Formelakrobatik beim rauchenden Licht von billigen Unschlittlampen herrühren mochten.

Der Mann hatte mit seinen 43 Jahren bereits schier Unendliches für die Mathematik geleistet, weit mehr als andere seiner Profession in ihrem ganzen Leben. Langustier kannte sich nicht gut aus in diesen Gefilden, selbst die numerischen Zeichen auf Kochrezepten waren ihm ein Gräuel, doch so viel wusste er immerhin aus gelegentlichen langen Blicken ins Bücherregal seines Freundes Maupertuis: Eulers gedrucktes Werk umfasste bereits über ein Dutzend Bände, darunter neben vielerlei zur Rechenkunst auch absonderliche Seitenblicke auf christliche Offenbarungslehre, Ballistik und Schiffbau. In einer preisgekrönten Schrift hatte er zum Beispiel 1726 eine Formel für die günstigste Bemastung eines Schiffes entwickelt, obgleich ihm als Schweizer bis dahin nie ein Schiff begegnet war, und vor sieben Jahren war er, nach der Entdeckung der nach ihm benannten Knickformel sowie der achromatischen Linsen, mit einer bemerkenswerten Veröffentlichung zum Turbinenbau hervorgetreten, in der er vorgeschlagen hatte, Schiffe mit Schaufelrädern und flügelschraubenartigen Drehkörpern anzutreiben, die er »Schiffsschrauben« nannte. Dass er sich anschließend mit den »Neuen Grundsätzen der Artillerie« 1745 in den Dienst der preußischen Kriegskunst gestellt hatte, mochte manchen theoretischen Mathematiker speichelleckerisch dünken, doch waren die Probleme beim Kanonenschießen viel zu interessant, als dass ein hochfliegender und zielgenauer Geist wie Euler, der zu Recht der »Archimedes des Nordens« genannt wurde, sie hätte unbeachtet lassen können.

Euler kannte Langustier dem Ansehen nach, ohne dass sie sich bisher gesprochen hatten. Daher begann er seine Begrüßung nach Mathematikerart mit einer kühnen Vermutung:

»Lasst mich raten, Monsieur: Ihr wollt einem armen, brotlosen Gelehrten eine königliche Sonntagsmahlzeit servieren, damit er satt und träge wird und nicht länger mit dem Gedanken Ernst macht, das öde Berlin bald wieder zu verlassen?«

Langustier verneinte lächelnd und rückte, sich ausweisend, mit seinem wahren Anliegen heraus. Euler bat ihn freundlich in einen Seitenraum, wo er aus einem Sekretär ein zerknittertes Blatt mit seltsamen, sinnlosen Buchstabenagglomerationen hervorkramte. Er kannte den Inhalt längst auswendig und wälzte im Geiste bereits allerhand Lösungsansätze, um die Entzifferung der Chiffrenschrift zu bewerkstelligen.

»Hierzulande glaubt man immer, der Euler könnte sämtliche Probleme lösen. Fehlt dir der Stein der Weisen? Keine Bange, geh zu Euler!«

»Womit man ja, wenn ich an die Liste der von Euch erledigten Fragen denke, so ganz Unrecht nicht hat.«

»Nun ja, ich tue was ich kann; aber allwissend bin ich leider noch nicht. Sonst wüsste ich mich besser vor den Zudringlichen zu schützen.«

Langustier entgegnete: »Ich kann leider mit diesem Buchstabengewusel hier gar nichts anfangen. Das ist so wenig nach meinem Geschmack wie die strenge Zahlenspielkunst. Wie wollt Ihr damit verfahren?«

Er hätte sich auf die Lippe beißen können, denn so weit kannte er die echten, genialischen Wissenschaftler bereits, um zu wissen: Frage nie einen Spezialisten, wie etwas Diffiziles gemacht wird, wenn es dich nicht wirklich interessiert! Du wirst sonst garantiert die trockenste, fruchtloseste Stunde deines ohnehin viel zu kurzen Lebens vor dir haben …

Immerhin vermochte Langustier es dahin zu bringen, dass sie sich ein Geschoss höher auf die Plattform an die frische Luft begaben, wo der Besucher die Fernrohre des sprießenden astronomischen Lehrgärtleins zerstreuungshalber auf verschiedene Punkte der näheren Frühlingsgegend ausrichtete, während die Rede des Fachmanns im Wind verwehte.

Die »Zelte« im Tiergarten, ein beliebtes Ausflugslokal, standen so klar vor Langustiers Augen, als wären sie gegenüber am Straßenrand aufgeschlagen worden. Ein holdes Fräulein, in dem er für einen Moment absoluter Sehschärfe das Fräulein von Sonsfeld mit einem äußerst ungestalten Kavalier zu erblicken meinte, hob gerade ein zierliches Teetässchen an den liebreizenden roten Mund …

doch war das zauberische Bild sogleich verschwunden, als er mit der Manschette am Gehäuse hängen blieb und das Gerät herumriss, weshalb nun wechselweise Himmel und Waldesgrün vor der Linse herumflutschten und er sich vergeblich bemühte, den Apparat wieder auszurichten.

Die Purpur-Glocke stahl sich ihm wenig später in den Blick, und es schien, als habe man mittlerweile den Schlüssel für die leeren Dachböden gefunden, denn es waren ohne Zweifel deutliche Bewegungen und Lichter hinter den Fenstern zu erkennen. Leider konnte man nur beobachten und nicht ins Geschehen eingreifen, um etwa die schweren roten Vorhänge, die einen genaueren Einblick unmöglich machten, zur Seite zu schieben. Sollte er gleich hinübergehen, um eine Durchsuchung zu erwirken? Doch er sah ein, dass er ganz auf sich allein gestellt, wenig Chancen haben würde, diesen Wunsch durchzusetzen. Und mit den Polizisten gelüstete es ihn nicht, gemeinsame Sache zu machen. Also musste dieser Punkt noch warten. Vielleicht aber waren dort ja die Ermittlungsoffiziere bereits am Werk, dann könnte er später ihren Bericht lesen? Das würde ihm die Sache wohltuend vereinfachen.

Zum Spaß suchte er noch nach dem Haus seiner Tochter Marie in der Rossstraße, welches er auch fand, aber noch immer keine Spur von Familienleben in der vierten, von Beerenschen Etage. Gerade dachte Langustier an die herrliche Käsetheke in der Delikatessenhandlung im Parterre, als ihn die Stimme des Mathematikers wieder erreichte:

»... Und so werdet Ihr, wenn uns Euklid und Fermat nicht enttäuschen, die Lösung schon binnen weniger Tage in Händen halten; und zwar sollt Ihr sie, weil mir die beiden Offiziere mit ihrem soldatischen Getöns ums Verrecken nicht gefallen wollen, um einiges eher erhalten als diese; vorausgesetzt freilich, dass Ihr Euch wirklich eines armen, hungrigen Gelehrten erbarmt und seine verstärkten Bemühungen um Dinge, die ihn eigentlich nur ganz peripher berühren dürften, durch einige sehr erwünschte Einblicke in die kalte Küche des Königs belohnt –?! Mariniertes Rindfleisch, Soleier von Wachteln, eine hübsche Geflügelleber- oder Trüffelpastete? Dazu ein Fläschchen Tokayer oder Vin de Champagne? Ich überlasse es ganz Eurem ausgezeichneten Gusto und denke, Euch wird schon etwas Nettes einfallen.«

Langustier staunte nicht schlecht über die Direktheit dieses Angebots, doch es verärgerte ihn keineswegs. Sehr froh, sich auf so einfache Weise einen Vorsprung gegenüber den Herren von Trotha und von Manteuffel zu verschaffen, sicherte er freudig alles zu. Er dankte im Voraus für Eulers Mühen und bekam noch im Enteilen ein Exemplar artifiziell zu mehrgliedriger Trapezform gefalteter Billette zugesteckt, von denen Euler einen nie versiegenden Vorrat für scheidende Besucher in einer hübschen Schachtel aus Weidenwurzelholz parat hielt.

»Kennen Sie das Problem der Königsberger Brücken? Es ist recht amüsant, Monsieur, Sie werden sehen.«

Selbiges lebhaft bezweifelnd, verließ Langustier das Gebäude höchster mathematisch-astronomischer Wissenschaft und kulinarischer Nötigung und strebte in größtmöglicher Kometengeschwindigkeit der Wilhelmsstraße zu.

II

Neben dem Marquis de Valory, dem langjährigen französischen Gesandten, für dessen in knapp drei Wochen anberaumte Abschiedsaudienz Langustier bereits die Speisenfolge auszuknobeln hatte, wohnten in der Wilhelmsstraße die Coccejis; besser gesagt: dort hatten sie die längste Zeit residiert, denn die Tage ihres Verweilens in der Hauptstadt waren gezählt. Die Verzweiflung des jungen Pärchens über die Aussicht, Berlin alsbald verlassen zu müssen, war riesengroß, doch es gab keine andere Möglichkeit, wenn sie ihre junge und heftige Liebe vor Schaden bewahren wollten.

Frau von Cocceji hatte eine traumhafte Primaballerinenkarriere hinter sich. König Friedrich bewunderte ihre Tanzkünste einstmals stark und verliebte sich auf der Stelle in ihre Anmut und wohl auch in ihre großen Augen. Die häufigen Tête-à-têtes und Teezeremonien des Königs mit der schönen »Barberina« hatten die Gerüchteköche auf Hochtouren arbeiten und bereits eine Märchenhochzeit in Berlin an den purpurroten Himmel malen lassen. Ein Bild der Barbara de Campanini von Pesne schmückte seinerzeit des Königs Arbeitszimmer in Charlottenburg.

Nachdem sie ein halbes Jahrzehnt der hellste Stern des Berliner Opernhimmels und das Glanzlicht am Musenhof des großen Friedrich gewesen war, sah sich »la Barberina« nun in schmählichste Ungnade gestürzt. Grund dafür war ihre Liebe zu Carl Ludwig von Cocceji, dem Sohn des viel gerühmten Rechtsgelehrten und Großkanzlers Samuel Freiherr von Cocceji, dem ehemaligen Präsidenten des Kammergerichts und des Oberappellationsgerichts und jetzigen Oberhaupts der gesamten preußischen Justiz.

Der junge Liebhaber, ein bärenstarker und baumlanger Mann, packte vor zwei Jahren in der Oper, während die Barberina auf der Bühne tanzte und, wie er glaubte, seinem Logennachbarn gar zu flammende Blicke zugeworfen hatte, den vermeintlichen Nebenbuhler beim Kragen und stürzte ihn auf die Bühne hinab. Der König, welcher in seiner eigenen Loge ebenfalls anwesend war, zeigte keine Regung und ließ trotz des Vorfalles weiterspielen. Am nächsten Tag verbannte er den ungestümen Cocceji für 18 Monate aus der Hauptstadt nach Glogau ins eroberte Schlesien. Da er jedoch Entschlossenheit schätzte und auch an der noch so verrücktesten Entscheidung Gefallen fand, solange sie nur Mut und Konsequenz bewies, sorgte er dafür, dass es Cocceji in seinem Exil an nichts fehlte.

Nach der Rückkehr des Verbannten hatte das Paar dann im vergangenen Jahr in aller Heimlichkeit geheiratet, was den Großkanzler fast um den Verstand gebracht hätte: Sein ehrbarer Sohn und die Tänzerin Barberina! Das durfte nicht möglich sein! Aber der König gab seinen Segen zu dieser Verbindung. Cocceji junior wurde zum Geheimen Justizrat ernannt und musste – diesmal aber für alle Zeiten – nach Glogau zurückkehren, wo der König ihm ein sicheres Amt eingerichtet hatte. Seine Ehefrau, die Barberina, wurde vom König als Tänzerin gewissermaßen suspendiert und traf jetzt gerade die nötigen Anstalten, dem Gatten in die Amtsverbannung zu folgen. An Komödianten herrschte ja kein Mangel, hatte sich der König vielleicht gedacht, dem die Dame ohnehin zu teuer geworden war, und Fredersdorf andere interessante Kontrakte abschließen lassen, etwa mit der nunmehr berühmten Astroa, die weitaus preisgünstiger zu bekommen war.

Frau Justizrätin von Cocceji bereitete in diesen Tagen den Auszug aus ihrem prächtigen kleinen Palais in der Wilhelmsstraße vor, zu welchem Behufe auch ihr Gatte seit Mitte März mit Sonderurlaub bei ihr weilte. Finanziell war das Ganze ein ziemliches Debakel, denn als »Barberina« hatte die scheidende Hausherrin zuletzt über 12 000 Taler Jahresgehalt verfügt – bei 5 Monaten Urlaub. Aber das war schon zwei Jahre her, und die Reisen nach Schlesien sowie der bevorstehende Transport von Möbeln und Büchern würden sehr teuer werden. Ein repräsentatives Haus gab es auch in Glogau nicht umsonst.

Der junge Justizrat verdiente, so schätzte Langustier, etwa 1500 Taler im Jahr (während er selbst auf lumpige 1000 kam). Die Verbannung brächte die Kleinstfamilie somit sicher in einen heiklen Engpass, wenn die Dame keine größeren Rücklagen hatte.

Langustier läutete, bat um Verzeihung für die sonntagvormittägliche Störung und fragte das öffnende Hausmädchen, ob ihre Herrschaft anwesend sei. Da dies bejaht wurde, nannte er sein Begehr und wurde hereingebeten. Es empfing ihn aber nicht die Barberina selbst, wie er gehofft hatte, sondern der Justizrat, der sich angesichts des im Entree herrschenden atmosphärischen Chaos den Anschein der Aufgeräumtheit zu geben bemühte.

Langustier deutete behutsam an, was ihn herführte, und der Justizrat besah sich das Permissschreiben Sr. Königlichen Majestät mit verletztem Gesichtsausdruck. War es schon so weit mit der Berliner Polizei gekommen, dass man sich der Köche bedienen musste, um Licht in die heiklen Fälle zu bringen? Er wusste von Langustiers früheren Eskapaden rein gar nichts, denn damals war er noch zu jung, um sich für derlei Hofgeschichten zu interessieren. Würden bald auch die Kutscher oder am Ende gar die Gärtner zu königlichen Inspektoren umgemünzt? Er empfand es als große Zumutung, gar als einen Affront, dass ihn niedere Chargen in persönlichen Angelegenheiten observierten. Nach außen hin bewahrte er indes die Contenance, denn gerade er musste sich allen Launen widerstandslos beugen, die den König als selbst ernannten »ersten Diener« seines Staates heimsuchten. Von der gefundenen Leiche des Grafen hatte er freilich gehört, doch er war sichtlich entrüstet, dass man ihn deswegen aufsuchte. Was denn damit angedeutet werden solle?

Langustier war bemüht zu beschwichtigen und betonte, dass man lediglich die letzten Besucher nach ihrem Eindruck über die körperliche Verfassung von Randows befragen möchte, denn es sei nicht unwahrscheinlich, dass der Graf an den Spätfolgen einer Intoxikation verstorben sei, die schon einige Tage zurückliege. Da von Randow selbst seinen Besuchen an der Krankenchaiselongue von dieser Vergiftung erzählt haben dürfte – soweit sie es nicht schon wussten –, verriete er damit nichts Brisantes, überlegte Langustier.

Er suchte hinter die Fassade vis-à-vis zu kommen. Hatte der Justizrat den Wallungen der Eifersucht endgültig Valet gegeben? Nach der Heirat und ihrer erzwungenen Demission von der Bühne war die Zahl der Verehrer seiner Frau zwar deutlich kleiner geworden, aber sicher vor schmachtenden Blicken waren sie und er nach wie vor nicht. Der kranke Graf Rothenburg zählte freilich nicht, und auch der schwarz gelockte Graf Algarotti hatte seine schmerzliche

Abfuhr längst erhalten und sein Heil in der Flucht nach Sachsen gesucht. Nur mit äußerster Überredungskunst sowie einem königlichen Kammerherrenpatent hatten Se. Königliche Majestät ihn wieder an Ihren Hof zurückbeordern können.
Die knapp ein Jahr zurückliegende nähere Bekanntschaft der nachmaligen Frau von Cocceji mit dem meist von seiner Ehefrau getrennt lebenden Grafen von Randow mochte allerdings durchaus, so überlegte Langustier, noch bis vor wenigen Tagen als schwelende Gefahr zwischen den beiden Männern gegolten haben. Langustier konnte sich deutlich entsinnen, dass er die beiden im letzten Mai zusammen im Tierpark bei den Zelten gesehen hatte. Es war ein schöner Tag gewesen, an dem er die lange Jahre von ihm heimlich Verehrte, das Fräulein von Sonsfeld, endlich einmal hatte allein ausführen können, ohne dass ihre aufdringlichen Freundinnen das Terrain sondierten. Daher war ihm die Szene noch im Kopf, als sei es gestern gewesen: Der Graf von Randow hatte nur Augen für seine Begleiterin gehabt, und das war eben die Barberina gewesen. Später hinterbrachte ihm Fredersdorf dann den neusten Klatsch, der damals in Berlin die Runde machte: Während der Cocceji in Schlesien auf glühenden Kohlen saß, tröstete sich seine Schöne mit dem hübschen von Randow in dessen Wohnung beim Tee. Niemand freilich wusste genau, ob da noch mehr gewesen war, aber für den Eifersüchtigen wiegen ja allein die Möglichkeiten schon schwer genug.
Nachdem er von Coccejis nichts sagende Antwort auf die Frage der gräflichen Gesundheit hatte verklingen lassen, probierte er es mit einem direkten Vorstoß in Richtung Eifersucht, und in der Tat schien er hier in ein nach wie vor gut besetztes Wespennest gestochen zu haben. Er blickte nachdenklich auf die teuren roten Seidentapeten des Empfangszimmers, während er der wüsten Rede des Justizrats lauschte, die eine seltsame Mischung aus Beschimpfungen und Beschwichtigungen darstellte. Nicht um diese Gerüchte, so erklärte Cocceji endlich seinem unerschrockenen Befrager,

sei es bei seinem Besuch vor dem Ableben des Grafen gegangen – derlei kümmere ihn schon lange nicht mehr, denn er hätte sonst bereits halb Berlin im Eifersuchtswahne umgebracht haben müssen –; vielmehr seien es in der Tat Gefühle des Mitleids gewesen, die ihn zu dem bettlägerigen Grafen getrieben hätten. Er habe ihm einen Strauß Blumen mitgebracht, wie es neuerdings in China Mode sei, und zwar Türkenbundlilien, sowie überflüssigerweise eine Tüte mit Naschwerk für die Zeit nach seiner Besserung, auch wenn es dem Herrn seinem Eindruck nach schon wieder blendend gegangen sei und er das liegende Empfangen am offenen Balkon genossen habe wie die Kaiserin von China. Der Justizrat sinnierte einen Moment, als reue ihn die sinnlose Geldausgabe für Blumen und Süßigkeiten, und fuhr dann fort:

»Die Pralinen waren zwar eine sichere Freude für den Chocoladenliebhaber von Randow, aber keine sehr originelle Idee! Der alberne Käpten Nevin, den ich im Fortgehen kurz gesehen, hatte doch vor mir prompt das gleiche Konfekt oben angeschleppt! Immerhin haben es meine Blumen herausgerissen. Schließlich gehörte in dieses steife von Randowsche Porzellanmuseum ein wenig Farbe und Lebendigkeit. Da der Herr eine Passion für alles Exotische besitzt, pardon, besaß, dürfte ich mit diesem Blütengemüse den Vogel abgeschossen haben.«

Langustier, glücklich, dies ohne Befragen herausgebracht zu haben, gab sich noch nicht zufrieden, sondern präsentierte von Cocceji eine weitere, gut vorbereitete Ungeheuerlichkeit.

Fredersdorf, der sich in allen Affären des Hofes wie in einem frisch gebohnerten Spiegelkabinett bewegte und in dem einsamen Sans Souci öfters willige Zuhörer fand, um die Last seines Geheimwissens gleichmäßig zu verteilen, hatte Langustier kürzlich erzählt, dass der Herr von Cocceji nicht geringe Spielschulden bei verschiedenen anderen angesehenen Herren in der Stadt besitze. Der Graf von Randow hatte, laut Fredersdorf, zu eben diesen Schuldnern gezählt, allerdings auch der Abbé Bastian. Sogar das

Spiel, das man gespielt habe, hatte Fredersdorf angegeben. Es nannte sich »Vert-Vert« nach dem bekannten Gedicht von Gresset, in dem der Papagei Vert-Vert mit nachgeplapperten Derbheiten ein Nonnenkloster in Aufruhr bringt, und bestand darin, dass auf die zweifache Abfolge der Farbe Grün beim Ablegen gut gemischter rot-grüner Spielkarten gewettet wurde.
Auf die angeblichen Spielschulden angesprochen, rollte der Geheime Justizrat gefährlich mit den Augen und fauchte seinen harmlos dreinschauenden Befrager an:
»Welcher Lebensmüde tradiert derlei Ammenmärchen?«
Langustier wollte nun keineswegs mit der Sprache heraus und verfluchte seine an sich völlig unhaltbare Position. Selbst als Polizeioffizier hätte er sich hüten müssen, einen angesehenen Beamten des Königs derlei zu fragen, einen Juristen noch dazu, oder nur auf die Idee zu kommen, solches zu tun.
Diesem unmöglichen Protegé des Königs, begriff von Cocceji langsam, war nur mit Gelassenheit zu begegnen.
»Ach, sagt es nicht, ich kann es mir schon denken. In diesem Staate gibt es nur einen Allwissenden, und das ist des Königs Kammerdiener. Wohlan, beim heiligen Fredersdorf, da hilft kein Leugnen: Es ist wahr, ich habe mir im Verlaufe einiger Pechsträhnen in der Purpur-Glocke kleinere Summen bei von Randow geliehen, doch über meinen Willen zur Rückzahlung gab es nie einen Zweifel. Ich hatte ihm mein Wort gegeben, und bei meinem gestrigen Krankenbesuch stand dies gar nicht mehr zur Debatte.«
Für einen kurzen Moment zeigte sich die Dame des Hauses als der Liebreiz selbst, in türkisfarbenem, stoffblumenbesticktem Samtkleid, schlank und zierlich, mit vornehmem Gesichtsoval, scheu erröteten Wangen und einem Decolleté, das die Farbe edelsten Chinaporzellans aufwies. Mit zwei Helferinnen im Schlepptau querte sie den Raum und schenkte dem überraschten Gast einen kurzen Augenaufschlag, die Andeutung eines begleitenden Lächelns sowie eine Zentimeter messende, huldreiche Vorneigung

ihres Kopfes. Nun würde allein dieser Blick genügt haben, Langustier in Anbetung erstarren zu lassen, doch die Gegenwart des bärenstarken Ehegatten brachte ihn augenblicklich zur Besinnung.
Die zwei Sicheln ihrer Augenbrauen glitten noch wie Sternenschiffe durch Langustiers Gedanken, als er die Zeichen bemerkte, die ihm seitens des Herrn von Cocceji bedeuten sollten, dass die Audienz sich ihrem Ende zuneige. Immerhin besaß der geblendete Langustier Geistesgegenwart genug, um den ungeduldig werdenden Herren nach seinen Nachmittagsbeschäftigungen im Anschluss an den Besuch beim Grafen zu befragen.
Die Art, wie eine Frage aufgenommen wird, sagt oftmals mehr als die Antwort selbst. Ob dies im Falle des Justizrats so gewesen, überlegte Langustier, als er längst wieder vor der Türe war. Bei den Zelten im Tiergarten habe er mit seiner Frau den Tee eingenommen, bläffte Cocceji, doch es stehe Langustier nicht an, derlei Unterstellungen, wie sie mit dieser intriganten Frage sich zwangsläufig verbinden würden, vorzubringen.
Und nun, herrschte von Cocceji ihn an, möge er gefälligst zusehen, dass er Land gewinne! Was Langustier sich nicht zweimal sagen ließ. Eine persönliche Befragung der Barberina entfiel, denn sie war leider beim besten Willen nicht nötig.

III

Der kreisförmig umbaute Platz, auf dem Langustier wenig später stand, war der südlichste Endpunkt der Friedrichsstadt, jener noch unter dem Soldatenkönig gebauten größten Mietskaserne, die man sich denken konnte. Umgeben von diesen unglaublich hohen, völlig ebenmäßigen Häuserfronten hatte man das Gefühl, in einem Amphitheater zu stehen. Strahlenförmig liefen hier, wie in einem Brennglase, die Friedrichsstraße, die Wilhelmsstraße und die Lindenstraße zusammen. Hinter dem Hallischen Tor dagegen, zu dem nur noch wenige Schritte in die entgegengesetzte Richtung fehlten, begann das flache, menschenleere Land. Sich langsam sattgrün färbende Wiesen und Kornfelder mit junger Saat erstreckten sich von dort immer weiter nach Süden. Jubilierende Lerchen waren zu hören, die sich in den blauen Himmel schraubten.

Nach einer Menge unguter Gedanken, von Cocceji betreffend, betrat Langustier die schlichte Soldatenwohnung des Capitain von Diercke am Rondellmarkt. Vier Stockwerke hoch wohnte er mit seiner netten, unscheinbaren Frau und zwei Kindern, deren eines ganz offensichtlich noch zu klein war, um die Elementarschule und ihre Freuden kennen zu lernen. Für einen populären Kriegshelden und ein soldatisches Vorbild erster Klasse war es die bestmögliche Wohnung, denn nichts erweckt mehr Bewunderung bei den einfachen Menschen als die Bescheidenheit eines Großen; für einen Capitain der Zweiten Bataillons Garde jedoch, der regelmäßig an der Tafel des Großen Königs in Potsdam speiste, war dies eine ungewöhnliche, ja man mochte sagen, skandalös ärmliche Wohnung. Langustier hatte etwas mehr erwartet.

Capitain Ferdinand von Diercke war sich dieses Missverhältnisses bewusst. Um den Neid und die Missgunst seiner Regimentskameraden gering zu halten, harrte er schon fünf Jahre lang in der Enge und Spärlichkeit dieses Verschlages am Rondell aus. Nun aber, da der Krieg und die an ihn geknüpften Erinnerungen immer ferner rückten, wollte er endlich den Ausbruch wagen. Er habe, berichtete er Langustier, der zögernd in die niedrige, muffige Stube getreten war, wo Frau von Diercke gerade den jüngeren Knaben versorgte, nun endlich ein eigenes kleines, aber sehr schmuckes Haus für sich und die Seinen gefunden, nicht weit entfernt in der Werderstraße, wohin man im Laufe des Jahres umzuziehen gedenke. Es freue ihn vor allem wegen seiner Frau und den Kindern, die in einer großzügigeren Umgebung sicher besser gedeihen und sich wohler fühlen würden.

Langustier konnte von Diercke hier nur zustimmen und teilte seine Freude aufrichtig. Seine Visite hatte freilich das für den Hausherrn

höchst traurige Faktum des von Randowschen Ablebens zum Anlass, denn von Diercke war des Grafen bester Freund und Kriegskamerad gewesen. Es lag Langustier nicht nur daran zu ergründen, was bei dem gestrigen Krankenbesuch gesprochen worden war; er wollte auch mehr über den Grafen herausbekommen. Er wies dem Hausherrn seinen improvisierten Polizeiausweis vor, doch das war unnötig, da sich der Capitain trotz seines damals noch sehr jugendlichen Alters lebhaft an die Falckenberg-Affäre erinnerte und den Zweiten Hofküchenmeister seither als Liebhaberkriminalisten bewunderte. Und so war er nachgerade stolz, in die Ermittlungen dieses stadtbekannten Mannes einbezogen zu werden. Selbstredend wusste der Garde-Capitain durch die Gesprächigkeit des von Randowschen Dieners längst über die Ereignisse des vorgestrigen Nachmittags Bescheid. Langustier verfluchte dieses Plappermaul wenigstens einmal herzlich und schwor sich, sollte er sich jemals einen Diener halten, dass er aufrichtig und ehrlich, aber stumm sein müsste.
Von Diercke bat Langustier in ein kleines privates Residuum, den einzigen Ort, an dem man ungestört sei: in eine winzige Stube auf dem unteren Boden, die man über eine selbst gezimmerte Stiege und eine Luke in der Küchendecke erreichte. Langustier schaffte es glücklich, die Engstelle zu durchschlüpfen, und war gespannt, ob ihm der Rückweg ebenso glücken würde.
Droben waren statt schreiender Kinder nur noch tschilpende Spatzen und gurrende Tauben zu hören. Auf rohen Dielenbrettern stand ein kleiner Tisch, und an der Seite überraschte ein nicht unvornehmes Schreibkabinett mit chinesischem Dekor, dessen Oberfläche durch die winters unbeheizte Umgebung leider etwas gelitten hatte. Langustier sinnierte, wie man das Möbel wohl hier heraufgeschafft habe, und kam zu dem Schluss, dass es zerlegbar sein musste. Neidisch strich der Liebhaber edler Hölzer über die hie und da aufgeplatzten Furniere aus Eiche, Eibe und Kirschbaum mit vergrüntem Blaulack und Halbreliefs in Gold, Rot,

Braun und Schwarz. Die sparsame ornamentale Dekoration zeigte Anzeichen des gegen 1715 einsetzenden Bandelwerkelstils.
Zu Langustiers Freude prangte auf einem Regalboden des leicht lädierten Prunkmöbels eine prächtige Porzellanfigur Meißener, genauer gesagt: königlich-polnisch-kurfürstlich-sächsischer Provenienz.
Von Diercke hatte seinen erstaunten Blick bemerkt und erklärte, dass hier leider der einzige sichere Ort sei, an dem dies Kleinod, das ein Geschenk des Königs sei, nicht Gefahr lief, von den Kindern heruntergestoßen zu werden. Langustier verstand dies gut und lobte die praktische Voraussicht des Vaters. Vielleicht könnte der Verkaufswert dieses kleinen Kunstwerks die Familie in schlimmen Zeiten vor dem Untergang retten? Es handelte sich um die Figur einer Chinesin. Die plastisch dargestellte Dame trug einen mit feinen rotbraunen Ranken überzogenen Kimono über gelbem Untergewande, der von einem Gürtel mit schwarzen und goldenen Streifen zusammengehalten wurde. Ihr Kopfschmuck bestand aus einem zart rosafarbenen Tuch. Brachte man ihre leicht gedrehte, nach vorn geneigte Haltung in Erwägung, sah es so aus, als sei sie mitten in Tanze erstarrt, was in dieser nicht sehr einladenden Berliner Dachkammer einen vollends grotesken Eindruck hervorrief. Vorsichtig besah Langustier die ihm wohl vertraute Signatur »JJK« auf des Sockels Kehrseite, was »Johann Joachim Kaendler« bedeutete und auf den Modellmeister der Meißener Porzellankunst verwies.
Als von Diercke umständlich begann, ein kleines Fenster in der Dachschräge zu öffnen, um etwas Luft hereinzulassen, wendete Langustier die Figur ebenso rasch wie vorsichtig, um die vertraute, Dignität veranschaulichende blaue Schwertermarke auf dem unglasierten Boden zu bewundern.
Von Diercke kam nach einem heftigen Ruck mit seiner Prozedur zu Ende, und Langustier, achtsam genug, sogar ein in die Höhlung der Figur gestopftes rotes Tuch wieder an seinen Ort zu drücken,

konnte das wertvolle Stück gerade rechtzeitig in ihre durch Spuren im Staub am Holzboden markierte Ausgangsposition zurückbewegen. Er sagte:

»Des Königs eigene Sammlung im Knobelsdorffflügel des Charlottenburger Schlosses besteht fast ausschließlich aus Kaendlerschen Erzeugnissen, die nach eigenen Entwürfen des Monarchen angefertigt worden sind. Mon compliment, Monsieur!«

Von Diercke lächelte und sah durch das jetzt offene Fensterchen hinaus, während frischeste, über Wiesen und Kornfelder dahergewehte Luft fühlbar in den Raum strömte. Langustier, der sich nach den durchmessenen Kohlsuppengerüchen des Treppenhauses momentan nichts Schöneres vorzustellen vermochte, war hierfür überaus dankbar.

»Wo habt Ihr von Randow kennen gelernt?«, fragte er den Capitain, der für einen Mann seines Dienstgrades mit 30 Jahren noch sehr jung war. Was das Faktum dieses Ranges noch unglaublicher machte, war der Umstand, dass er seine Position bei der Garde bereits im Alter von 25 Jahren errungen hatte.

Interessiert lauschte Langustier den Erinnerungen an die letzte Schlacht des zurückliegenden Krieges am 15. Dezember 1745, wo von Diercke und von Randow sich zuerst begegnet waren, denn sie riefen Bilder hervor, die beinahe schon einer ganz anderen Welt anzugehören schienen. Auch er hatte diesen großen Sieg über Sachsen und Österreich vor vier Jahren hautnah miterlebt. Zwar war er als Kampagnekoch nicht beim Vorpreschen der Truppen gegenwärtig gewesen, aber auf seine Weise hatte er das Geschehen recht drastisch verfolgt und etwa anhand der Zahl der ausgeteilten Essensportionen die Erfolge und Misserfolge sämtlicher Operationen auf dem Schlachtfelde ablesen können. Von Diercke erinnerte sich mit sichtlichem Vergnügen:

»Die Musik schmetterte den Dessauer Marsch, selbst dann noch, als längst die fürchterliche Orgel der vor Ort liegenden feindlichen Batterie brausend zu spielen angefangen hatte. Die Musketen setzten ihren Diskant über diesen Bass, unbeeindruckt von den grausamen Wirkungen der feindlichen Kartätschen, von denen jede zwanzig Mann in Stücke riss. Mit meinem treuesten Gefährten hatte ich mich seitwärts in die stacheligen, eisstarren Eibenbüsche geschlagen; meinen Musketieren voran – denen ich Befehl gegeben hatte, strikte weiter den umkämpften längeren Weg auf die Höhe entlang vorzurücken –, waren wir, mein guter Johann und ich, eine Abkürzung gegangen, durch heftiges Stückfeuer hindurch, in die Steilschlucht des Zschoonengrundes mehr hinabgerutscht als geeilt, waren unten im Morast gelandet und durch die halb gefrorene Brühe an den Fuß des Felsenhanges gerobbt, von wo eine harte Kletterei losging, immer weiter über die vereisten Blöcke hinauf. Ein Flankenstoß feindlicher Reiterei gegen meine entfernt sichtbaren Männer war zum Glück im Peletonfeuer schnell formierter Deckung stecken geblieben.«

Die Erzählungen riefen in Langustier eher bestürzende Bilder wach, denn derlei Blutbäder schätzte er keineswegs. Doch er hörte mit mählichem Interesse notgedrungen weiter zu.

Unbeeindruckt, so von Diercke, habe er seinen waghalsigen Plan einer persönlichen Attacke des allzu exponiert auf dem Felsvorsprunge oben stehenden gegnerischen Obersten weiter verfolgt und schließlich, als die Entfernung endlich günstig verringert war, seinen Schuss abgesetzt. Nachher sei ihm dieser hoch angerechnet worden, aber damals habe er ihn für kaum mehr als einen glücklichen Treffer gehalten.

»Die Sachsen, die oben standen, sahen sich ihres Anführers beraubt und glaubten sich jetzt auch von der Schluchtseite aus angegriffen, was sie in die Flucht trieb. So konnte ich dem Obersten von Randow, der von der gegenüberliegenden Seite mit seiner Reiterei herangerückt war, die Hand reichen. Gemeinsam blickten wir den Sachsen nach und waren ausgelassen froh über die unübersehbaren Spuren der gegnerischen Flucht, längs des Höhenzuges von Kesselsdorf weg auf Wurgwitz und Kohlsdorf zu. Zu hunderten lagen die Musketen im Schnee. Die Verfolgung durch die 250 Dragoner der von Randowschen Esquadron brauchte nicht weiter als bis zum Ende der Höhe zu gehen, denn die sächsische Feigheitslawine rollte allerorten bereits unaufhaltsam. Der Gegenangriff des linken Infanterieflügels der Sachsen wurde von der aus Kesselsdorf hervorbrechenden Infanterie in der Flanke und von der Kavallerie auch im Rücken gefasst.«

Von Diercke hatte noch immer die genaue Ordre de bataille im Kopf:

»General von Jasmund entkam mit 800 Mann Richtung Dresden. Der Angriff der Kavalleriebrigade Kyau von rückwärts bis zum Wüsteberg erstickte jeden Versuch einer weiteren sächsischen Konterattacke; die Husarenregimenter sechs und sieben verfolgten die Reste des linken sächsischen Flügels bis zur Dunkelheit und machten jede Menge sächsisches Kauderwelsch stammelnde Gefangene. Zwischen Zöllmen und Pennrich hatte inzwischen die Brigade Bredow, gefolgt vom Infanterieregiment vier, durch eine Schlucht die Höhe erklommen und sich in Trupps von dreißig bis sechzig Mann auf die Infanterieregimenter Allnpeck, Cosel und Rochow geworfen, ihren Gegenstoß zerschlagen und einen Angriff des Kürassierregimentes l'Annonciade zusammengeschossen. Haxthausen ging auf Ockerwitz, Gompitz zurück; sein letzter Widerstand bei Pennrich wurde gebrochen. Binnen zwei Stunden war die Schlacht entschieden, ohne Einsatz des linken Kavallerieflügels.«

Von Diercke schnaufte, als sähe er, erschöpft vom gerade erfolgten Aufstieg, den flüchtenden Sachsen nach. Zwei Tage nach der Schlacht hatte er neben von Randow und den beiden Dessauern, dem alten und dem jungen, gestanden und auf den König geblickt, der mit Gefolge stürmisch herangesprengt und behände von seinem weißen Pferd gesprungen war. Der König habe, nachdem alle ranghöheren Offiziere gelobt und beglückwünscht waren, sich an ihn gewandt und gesagt:

»Monsieur, ich bin noch im Zweifel, was mit Ihme zu tun, denn er hat selbsttätig die Ligne de bataille verlassen. Ich kann Ihme köpfen oder umarmen.«
Für einen bangen Moment – denn der König habe schon einmal seinen hübschen Degen mit dem genoppten Griff gezogen – sei es still geworden, dann habe der König gesagt: »Ich umarme ihm!« und selbiges getan, den Degenknauf dabei ziemlich heftig in seinen Rücken pressend. Den Orden Pour le mérite hatten alle Teilnehmer der Schlacht erhalten – auch Langustier! Dummerweise schien er beim letzten Umzug verloren gegangen.
Von Diercke war nach des Obersten von Randows ausführlichem Rapport bei Sr. Königlichen Majestät vom Leutnant zum Capitain ernannt worden und hatte zum Dank für seinen Heldenmut noch diese Porzellanfigur geschenkt bekommen.
In Meißen hatte der Regent, die Porzellane der Manufaktur bewundernd, den Geschützdonner von Kesselsdorf beinahe ungläubig vernommen und am späten Nachmittag die Siegesbotschaft empfangen. Sachsen, welches bis zur Ankunft der Österreicher standhalten sollte, hatte kapituliert. Der preußische König verzichtete großmütig auf sächsisches Territorium, forderte jedoch eine Million Taler Kriegsentschädigung und die vertragliche Zusicherung, niemals einem Feinde seiner Krone den Durchmarsch zu gestatten. Der Abgesandte Maria Theresias, der böhmische Großkanzler Graf Harrach, schloss kurzerhand und etwas voreilig, wie sie ihm später vorwarf, Frieden mit Preußen.
Von Diercke durfte sich rühmen, ein zu alledem wichtiges Stück Blei abgefeuert zu haben. Allerdings, erklärte er, so müsse er der Bescheidenheit halber betonen, sei von Randows Anteil am Sieg viel größer gewesen, da er die Sachsen erst recht eigentlich durch das Nachsetzen seiner Truppe vertrieben habe. Wie die Rosse des Peliden hätten die Gäule den Sachsen Beine gemacht! Dafür habe von Randow auch eine Porzellanarmee, er selbst nur ein Bataillon Garde gewonnen.

Man lachte. Der König, so wusste Langustier von Fredersdorf, der ihm den Brief viel später einmal gezeigt hatte, schrieb diesem damals, am 16. Dezember 1745 (und er hatte sich den Wortlaut, der schönen fliegenden Hunde wegen gemerkt):
»Du wirst wissen, Was hier passiret ist. wiehr haben viel leüte verlohren, aber die Säksische armée ist fast gäntzlich zu Grunde gerichtet. ich gedenke so viel geldt und Pohrzellan mit zu bringen, daß ich dahrvor Meine kosten ersetze. Dem von Randoh gebe zum Orchester noch die Fliechende HundServis. Mihr jameren die tohten und blessirten unentlich, aber doch ists besser, daß dieß bei Dresden als bei Berlin geschieht. Der friden Sihet wieder Weitläüftig aus; gott weiß, was es werden wirdt. gottbewahre Dihr!«
Langustier fragte den Capitain weiter nur noch, was Randow für ein Mensch und welches der Inhalt ihrer gestrigen Unterhaltung gewesen sei.
»Von Randow war ein aufrechter preußischer Offizier, dem alles eher eingefallen wäre, als etwas Unsoldatisches oder Ehrenrühriges zu unternehmen. Er hatte sich unter anderem in den Kopf gesetzt, eine Porzellanfabrik zu gründen, und war mit seinen Vorbereitungen schon sehr weit gediehen. Noch in diesem Monat wollte er mit dem König hierüber sprechen, da er wusste, wie sehr diesem daran gelegen ist, statt des kaum erschwinglichen chinesischen und des immer noch sehr teuren sächsischen doch endlich eigenes, preußisches Porzellan zu haben. Ja, wir sprachen vorgestern am Rande über diesen Punkt, und ich bestärkte ihn sehr in seiner Idee. Er hegte den Gedanken, ich könnte an seinem ökonomischen Projekt als Teilhaber mitprofitieren, und ich machte ihm diesbezüglich eine feste Zusage.
Als ich des Freitags gegen fünf Uhr nach Hause gekommen bin – und mich bald zur Ruhe gelegt habe, da gestern früh in Tempelhof wieder für die Maiparaden geübt wurde –, sagte ich zu meiner Frau, dass wir, Randow und ich, etwas Ökonomisches vorhätten, was unser künftiges, keineswegs billiges Haus bald schon wieder

zu ärmlich erscheinen lassen würde. Sie lachte, und genau betrachtet, war es ja auch zum Lachen. Ich könnte mich mir selbst kaum als Porzellanfabrikant denken. Im Grunde ist mir alles Chinesische und Türkische und Japanische oder was immer ihr wollt ganz einerlei. Keine zehn Pferde brächten mich dahin, und ich kann nicht verstehen, wie sich jetzt alle für die Preußische Seehandlung begeistern.«

Langustier wiegte den Kopf, denn er wäre schon gerne einmal mit zur See gefahren, und dabei fiel ihm eine wohl vertraute Tüte aus Petitscher Produktion ins Auge, die unscheinbar an einigen Büchern auf einem Regalbrett lehnte. Er zeigte von Diercke das rote Band, das er immer noch in der Tasche mit sich herumtrug, und dieser erkannte es sogleich als zu den Chocoladenzungen gehörig, die er am Freitag bei Petit gekauft und dem Kranken mitgebracht hatte. Auch er habe sich ein Päckchen geleistet, erklärte von Diercke, um Frau und Kinder heute am Sonntag, nach dem Essen, damit zu überraschen.

Bei der Vorstellung von Kohl mit Chocolade verging Langustier jeglicher Appetit, der zwischenzeitlich rege geworden war. Dann aber erinnerte er sich an die polizeilichen Schutzmaßnahmen und überlegte, wie er es dahin bringen könnte, die Katzenzungen zur Überprüfung sicherzustellen.

»Wisst Ihr noch, wo Ihr das Mitbringsel bei von Randow deponiert habt? Die Polizei nimmt an, dass der Diener sich nebenbei an der Chocolade vergriffen hat.«

»Das kann ich mir nicht vorstellen!«, entgegnete von Diercke und ergänzte: »Dummerweise war mein Präsent nicht originell. Es hatte schon eine wahre Invasion von gefüllten Katzenzungen stattgefunden. Untermann war gerade dabei, alle Tüten auszuleeren und das Konfekt in die große Porzellandose zu legen. Ich gab ihm meine mit hinzu.«

Langustier bedankte sich für die Auskünfte und schlenderte zum kleinen Fensterchen, scheinbar um einen letzten Blick durch die

Luke hinaus ins weite Land zu werfen. Als er das Fenster wieder zu schließen versuchte, verhakte es sich sofort und klemmte, so sehr Langustier auch daran rüttelte.
Von Diercke trat hinzu und mühte sich nun ebenfalls, das Scharnier zu bewegen. Langustier bedauerte sein Missgeschick und gab seine Hilfsbemühungen rasch auf. Das Tütchen stand noch ganz unscheinbar und brav im Regal, als von Diercke hinter Langustier über die Bodentreppe wieder aufs Küchenniveau hinabstieg, wo der Gemüsedunst ihnen den Atem nahm.

IV

Für eine kleine Rekreationsstunde passierte Langustier durch das gut bewachte Hallische Tor mit seinen zwei schwarz-weiß geringelten Schlagbäumen in die Späthsche Gärtnerei und die zugehörige Feldflur hinaus. Die um die zweite Mittagsstunde im April noch recht hoch stehende Sonne erinnerte ihn an etwas weit Zurückliegendes, aber er wusste nicht, was es war. Er zog eine Tüte mit Schokoladenzungen aus seiner Jackentasche. Auf wundersame Weise hatte sich das leere Behältnis seines eigenen Konfekteinkaufs, das er samt rotem Band in der Jacke deponiert hatte, wieder mit Langues des chates gefüllt. Von Dierckes kurze Ablenkung mit dem Dachfenster hatte vollends ausgereicht, um sich unbemerkt des fremden Tüteninhalts zu bemächtigen. Er sollte die Konfektstücke rasch zu Doktor Eller bringen, überlegte er, bevor sie schmolzen in dieser Sonne. Er dachte nach, woran ihn die hoch stehende Sonne erinnern wollte, aber er kam noch immer nicht darauf.
Das Eulersche Brückenbillet war ihm beim Herausziehen der Katzenzungentüte aus der Tasche gefallen, und so hob er es auf und rätselte lustlos einige Minuten an der Frage herum, ob man seinen Weg durch alle Königsberger Stadtteile nehmen könne, indem man jede der vielen Brücken mindestens einmal benutzte, jedoch keine

ein zweites Mal? Er war erst einmal in Königsberg gewesen und legte wenig Wert auf Wiederholungen. Es ging und ging nicht auf, ganz gleich, wie er auch mit seinem Bleistiftstummel über die Zeichnung kritzelte. Als offensichtlich unlösbar landete das Problem der Königsberger Brücken im jungen Salat.

Er verweilte nicht so lange wie sonst zwischen Bäumen und Frühgemüsen, sondern wandelte schon bald wieder im schützenden Kranz der Stadtmauern auf der sich kerzengerade hinziehenden Lindenstraße in Richtung auf den Spitalmarkt zu. Ein anvisierter Besuch beim Abbé Bastian in der Taubenstraße kam nicht zustande, da Hochwürden nicht zu Hause weilten. Langustier bestieg auf dem Schlossplatz eine Mietkutsche und fuhr zur Charité. Bei Eller hielt er sich aber nicht mehr lange auf, um noch vor Mitternacht nach Potsdam zurückzukommen. Der Professor versprach, seine Chocoladenergebnisse umgehend nach Sans Souci zu expedieren und nichts durcheinander zu bringen. Ein riesiger Berg Chocoladenzungen wartete auf toxikologische Sondierung.

Das Geholper der Rückfahrt unterstützte Langustier nicht sonderlich beim Nachgrübeln. Immerhin gelang es ihm, sich einige wesentliche Fakten klar vor Augen zu führen:

An dem vertrackten Giftmord widerstand alles einem vernünftigen Beikommen. Die Suche nach so genannten Alibis schien unnötig. Sämtliche Besucher kamen in Frage, einer von ihnen musste der Täter gewesen sein, wenn man zur Vereinfachung einen großen Unbekannten ausschloss, der in Abwesenheit des Dieners den Grafen noch besucht und beschenkt haben konnte.

Langustier ventilierte das Problem, das ein Vabanque spielender Giftmörder haben müsste, bei mehreren identisch wirkenden Behältnissen mit gleich aussehendem Inhalt dem Opfer eine vergiftete Praline unterzujubeln. Wäre es nicht gewagt, einem zu Vergiftenden etwa zu sagen:

»Lasst doch die anderen Tüten noch stehen und esst erst aus meiner? Ich selbst warte noch ein wenig …«

Graf von Randows Chocoladenliebe hatte krankheitsbedingt noch nicht wieder das volle Ausmaß erreicht. Wie man aus der Zahl der Besucher und der Restmenge leicht errechnen konnte, fehlten sechs Bisquits, wenn alle Gäste eine Tüte mitgebracht hatten. Der Grund für von Randow, gerade die manipulierte Packung zu erwischen, bestand – worin?

Langustier blickte auf seine mittlerweile eng beschriebene Tüte und resümierte, welchen Vorzug das Päckchen mit den vergifteten Katzenpralinen für von Randow gehabt hatte:

»Zungen auf kl. Tisch entgehen Untermanns Aufräumwut – wer hingelegt? Wo restl. Giftz. geblieben?«

Gab sich der Schuldige mit dieser Art von Chocoladenroulette nicht als Spieler zu erkennen? War es von Cocceji? Oder war es der Abbé? Grün-Rot statt Vert-Vert? Eine neue Spielidee nach Art eines preußischen Adligen oder bigotten Pfaffen?

Donnerstag, der 14. Mai 1750

I

Langustier trug sein Kaninchen aus der Küche in die Bibliothek von Sans Souci hinüber, wo ihn der König trotz später Stunde bereits sehnsüchtig erwartete.

»Ah! Très bien! Nur herein, Monsieur! Es freut mir doch sehr, Ihm im Dunkeln herumtappen zu sehen!«

Die Kleine Galerie lag in der Tat unbeleuchtet, und Langustier hatte seinen ganzen Orientierungssinn bemühen müssen, um nicht samt Karnickel auf dem roten Läufer zu landen. Der voranschreitende, ihm äußerst schwach leuchtende Kammerlakai Igel war keine große Hilfe gewesen – doch der König spielte mit seiner Bemerkung selbstredend mehr auf die Kriminalermittlungen an.

Langustier stellte das verlockend duftende Kaninchen nach Languedocer Art auf eine gelb-rot gemaserte Platte von schlesischem Marmor über einem reich geschnitzten und blattvergoldeten Untergestell aus Engelchen und Greifengestalten. Die zurückliegenden Wochen waren in der Tat ein einziger Irrweg gewesen.

Die jungen Polizeioffiziere des Stadtkommandanten von Hacke hatten sich in ihrer Not, um nicht untätig und unfähig zu erscheinen, den armen Herrn Petit und seinen Handlungsgehilfen zu Schuldigen auserkoren. Die beiden waren inhaftiert und tagelang verhört worden, bevor der oberste Chef des preußischen Justizwesens, Samuel von Cocceji – der Vater des Justizrats – am Kammergericht einen Prozess gegen sie angestrengt hatte. Langustier war über seinem Bestreben, den Landsleuten in ihrer unbegreiflichen Not beizustehen, selbst zum beredten Gutachter geworden, der über die Probleme der Chocoladenzungenproduktion lebhaft und wortreich Auskunft geben konnte. Am Ende stand das misstrauisch beargwöhnte »Petitsche Füllungsverfahren für chocoladeummantelte Bisquitlöffel« als ein uraltes, immer schon gebräuchliches, in keiner Weise neuartiges oder gefährliches da. Die Anklage hatte sich darauf versteift, dass eine Verunreinigung der Spritze, mit der Petit seinen Liquer in die Pralinen füllte, die Ursache der gräflichen Intoxikation gewesen wäre. Dummerweise hatte der Konditor sein Hilfsmittel wirklich von einem Apotheker gekauft, schwor jedoch heilige Eide, es vor der ersten Benutzung stundenlang abgekocht zu haben.

In den freien Minuten zwischen Küche und Gerichtssaal, nach ungezählten Ritten und Kutschfahrten zwischen Potsdam und Berlin, hatte Langustier die zahlreichen Berliner Apotheken aufgesucht, um nach Käufern von Belladonnalösung zu fahnden. Bislang ohne Erfolg.

Gerade als die Maiparaden begannen und der König so gut wie unabkömmlich war, hatte sich mit dem Eintreffen von Ellers abschließendem Bericht vor Gericht die Lage noch zugespitzt. Von Cocceji senior zweifelte die Korrektheit der ärztlichen Forschungsergebnisse an, denn ein Mann wie Eller, dem der König das Vertrauen entzogen habe, sein Leibmedicus zu sein, könne auch in diesen Dingen nicht unfehlbar sein, und so war eine Wiederholung der Proben bei drei auswärtigen Doktoren erwirkt worden, die jedoch alle so negativ ausgefallen waren wie die Ellersche. Keiner der Gutachter hatte das Belladonnagift in den beachtlichen Mengen von Chocolade aus Petits Laden nachweisen können, und auch in den neun Pralinen aus der von Randowschen Wohnung hatten sich nicht die geringsten toxischen Spuren entdecken lassen. Die von Langustier konfiszierten Katzenzungen aus von Dierckes Studierstube waren schließlich ebenfalls für harmlos befunden worden. Dieses Ergebnis kannte jedoch nur Langustier, denn er hatte, um den Garde-Capitain nicht grundlos öffentlich zu belasten, Eller hierfür privat engagiert. Alle untersuchenden Fachleute hatten im Übrigen die hohe Güte der Petitschen Erzeugnisse hervorgehoben und damit für Heiterkeit bei den Zuschauern des Prozesses sowie für Zornesröte im Antlitz des alten Cocceji gesorgt. Hatte dieser vielleicht mit dem ganzen zeitraubenden Verfahren von eventuellen mörderischen Verstrickungen seines Sohnes, des Justizrats, ablenken wollen?

Der König, nachdem er sich etliche Stücke Kaninchen still und genüsslich auf der Zunge hatte zergehen lassen, eröffnete nun Langustier:

»Habe Cocceji gestern angewiesen, den Chocoladenhändler aus seinem Spandauer Verlies auszulassen, denn das Ansinnen, ihme eine Mordtat in sein Gewissen dreinzuoktroieren, kömmt mich doch jetzt gar zu hanebüchen an. Was hätte er davon gehabt, Gift zu versprützen? Seine Chocoladen seindt ausgezeichnet, und er wäre doch einen großen Tölpel, falls er sich selbsten durch Giftskandale um die Erträge bringen wöllt. Und sein Gehülfe seindt weder helle genug noch genug dunkel, um irgendwas im Schilde zu führend. Glaubt Ihr immer noch, der Abbé hätte was mit dem Casus zu schaffen?«

Langustier sah es vor allem als äußerst verdächtig an, dass sich der Abbé Bastian gleich nach ihrer kurzen, fruchtlosen Unterredung nach Breslau in seinen Dom begeben hatte. Während der König höchst umständlich einen geschmorten Steinpilz aufgabelte, erinnerte der Zweite Hofküchenmeister sich an sein knapp eine Woche zurückliegendes Gespräch mit dem Kirchenpatron.

Im Studierzimmer von Bastians kleinem Palais in der Taubenstraße hatte Langustier zuerst sprachlos die Wände angestarrt, die über und über mit ausgeschnittenen Karikaturen aus den Flugblättern der Kriegszeit beklebt waren, die der jetzt so auf Weltferne und Gottesnähe bedachte Kirchenmann gesammelt hatte. Eine etwas schlüpfrige Zeichnung, sehr zentral platziert, zeigte die Kaiserin Maria Theresia, die sich entblößt hatte und in der Bildlegende mit den Worten zitiert wurde: »Ich will lieber mein Kleid als Schlesien missen.«

Der Gottesanbeter hatte, mit verschränkten Armen vor einer mit Nadeln an die Wand gehefteten Seekarte stehend, auf der die Routen zahlreicher berühmter Handelsschiffe eingezeichnet waren, Langustiers eindringlichen Fragen stoisch getrotzt. Hinweise auf die Chocoladenbisquits und die immerhin bedenkliche Tatsache, dass er als letzter Gast bei von Randow gewesen war, hatten ihn keineswegs aus der Ruhe bringen können. Außer einigen Sottisen oder Verbalinjurien gegen die ortsansässigen Calvinisten, Reformierten und Lutheraner vermochte Langustier ihm nicht viel zu entlocken. Als er sich zu einem theologischen Exkurs über das Vergiften in der Heiligen Schrift aufschwang, entzifferte Langustier aus Langeweile auf der Seekarte die denkwürdigen Worte »Wo ihr an Bord gehet«, und auch dies erst nach mehrminütigem Herumrätseln – nebst einer von Emden nach Kan-Ton in China reichenden Bleistiftlinie.

Selbstredend hatte er sich nach dem Grund für dieses gespielte Desinteresse des Würdenträgers am Tod des gräflichen Bekannten gefragt, aber nichts mutmaßen und sich nur zerknirscht verabschieden können. Verdächtig war es zu hören, dass der Abbé trotz seines Augenglases offenbar so kurzsichtig gewesen war, dass er nicht gesehen haben wollte, was für Spezereien er bei Petit gekauft hatte. Ja, es könnte sich um löffelförmige Gebilde gehandelt haben, oder auch um Würfel. Vielleicht war es Chocolade, möglicherweise Marzipan – in jedem Fall sei es ein Anstandsgeschenk gewesen, dem er keine große Aufmerksamkeit beigemessen und das er achtlos irgendwo im Krankenzimmer abgelegt habe.

Die Stimme des Königs riss Langustier aus seinen Gedanken: »Ich halte es nicht vor klug, ihme durch eine Ordre herzurufen, denn der kluge Abbé könnte die Lunte riechen! Dasselbe gilt für den Hattstein, der sich ruhig noch mit seinem Käptn Nevin weiter soll an der Emdener Hafenmole tummeln, wo sie nicht viel Schaden anrichten könnend. In vier Wochen mögen sie wieder dahier aufkreuzen. Bis dahin seindt Euch so oder so die Hände gebunden, denn Ihr werdet mich auf die Fahrt nach Königsberg begleiten und verkostieren müssen. Geht daher jetzt und ruht noch etwas, denn es seindt eine ordentlich anstrengende Strecke. Kennt ihr übrigens den Casus mit denen Brücken von Königsberg? Euler hat mich davon berichtet, und ich rätsele viel daran herumb.«

Langustier bemerkte, dass er es wohl kenne und für unmöglich lösbar halte. Der König wollte aber so schnell noch nicht aufgeben. Er entließ seinen Koch in hervorragender Laune, ihm dankbar versichernd, dass die Kaninchenkunst im verstrichenen Jahrzehnt nicht gelitten, sondern gewaltigen Auftrieb bekommen hätte.

Während Langustier an Fredersdorfs Zimmer vorbei in den Bedientent rakt hinüberwechselte, schwor er sich, es im Falle von Randows wie der König mit den Königsberger Brücken zu halten. Die vier Wochen Luftveränderung würden ihm in jedem Falle gut tun. Er dachte an die nichts sagenden Berichte der Polizisten über das oberste Stockwerk der Purpur-Glocke, in dem sich offenbar tatsächlich nur Spinnennetze hatten finden lassen. Der erpresserische Mathematiker schien nicht mehr im Mindesten versessen darauf, von des Königs Tafelspezialitäten mitgeteilt zu bekommen – dreimal hatte Langustier in der Zwischenzeit bei Euler vorbeigeschaut und immer nur kleinste Fortschritte bei der Suche nach bestimmten alten Dechiffrierungsverfahren detailliert geschildert bekommen. Das Problem sei schwerer als gedacht, und nur die Seelenkunde könnte jetzt helfen, hatte der seltsame Mann zuletzt gemeint. Wenn ihn das Geheimnis nur überhaupt noch tangierte?

In Langustiers kleiner Kemenate neben der Silberkammer hatten die Arachnen trapezförmige Netze unter dem Plafond ausgespannt, wie er nun im Liegen gut sehen konnte. Er löschte seine Kerze und fiel in einen unruhigen, von Schweißausbrüchen begleiteten Schlaf. Königsberger Brücken, über welche riesengroße Tüten mit menschengesichtigen Chocoladenzungen wanderten, zählten noch zum Angenehmsten, das ihm im Traume erschien.

Sonntag, 14. Juni 1750

I

Vier Wochen Rundreise durch die schlesischen Provinzen im Gefolge des Königs hatten Langustiers Tatendrang auf das Format einer getrockneten Tomate zusammenschnurren lassen. Endlich zurück in der Küche von Sans Souci, bemühte er sich auf wackeligen Beinen, eine einfache Methode zu finden, Puddinggallerte leuchtend rot zu färben und dabei seine darbende Seele wieder etwas zu befeuchten.

Er experimentierte gerade mit unterschiedlichsten Substanzen, um ein schönes Purpurrot hervorzurufen – getrocknete Pollen der Mohrrübenblüte, in Wasser aufgelöst, ergaben ein ansehnliches Ergebnis, wohingegen mit Wasser verdünnter Holundersaft in der Gallerte zu blässlich-schlierig daherkam –, als sich ein unbefugter Eindringling von hinten anschlich und ein lautes Kreischen hören ließ.

Wo eben noch weiße Wand war, sah es jetzt nach Blutbad aus: Langustier hatte einen recht wohlgeratenen Wackelpudding in zuckendem Schrecken von sich geschleudert. Einige Stücke waren von der Wand abgeprallt und wie Meteore in die Farbenschüsseln eingeschlagen, mit allen unvermeidlichen fontänenartigen Zusatzeffekten. Noch mehr erschrak er, als er sich jetzt umdrehte und sich dem verrückten Kammerherrn La Mettrie gegenübersah, der selbst über die Wirkung seines Auftritts erstaunt schien.

Er trug einen schlabbrigen, unordentlich zugeknöpften Rock von orangener Farbe sowie ein weißes Rüschenhemd, dessen Ausschnitt bis zum Bauchnabel reichte und in den sich bietenden Einblicken einen goldenen kammerherrlichen Hausschlüssel sehen ließ. Der Hut des Wahnsinnigen war von einer Form, wie sie zu Zeiten des

Erasmus von Rotterdam für modern gegolten haben mochte – allerdings war der La Mettriesche von leuchtendem Purpur und stimmte gut zur Gesamterscheinung à la turque.
»O – das tut mir aber Leid! Ich wollte mir mit diesem kleinen Experiment die menschliche Schreckhaftigkeit vor Augen führen, die ich in einer künftigen Abhandlung zu betrachten gedenke, doch es lag keineswegs in meiner Absicht, Euch an der Entdeckung des Steins der Weisen zu hindern.«
La Mettrie besah sich die kleinen, bereits recht erröteten Puddingproben und half dem zitternden Langustier, die gröbsten Spuren des Desasters mit nassen Lappen zu beseitigen. Trotz etlicher Begegnungen auf den täglichen Wegen und kürzeren Gesprächen über belanglose Dinge war es bislang zwischen Koch und Kammerherr zu keiner längeren Unterredung gekommen. Der Zweite Hofküchenmeister bedauerte dies ein wenig, da ihm La Mettrie als ein sehr ungewöhnlicher Zeitgenosse erschien, den es sich sicher lohnte näher kennen zu lernen. Doch erinnerte er sich auch an Bemerkungen, die teils von Fredersdorf, teils vom König und teils von Maupertuis ausgegangen waren und die allesamt auf die geistige Unzurechnungsfähigkeit des königlichen Vorlesers, Leibarztes und Kammerherrn angespielt hatten.
Langustier verfolgte die gelenkigen Bewegungen, mit denen sich der etwa gleich große und gleich schwere Mann um die Beseitigung glibbriger Abspaltungen des Puddingkometen bemühte.
Der König hatte seinem Schützling La Mettrie 1748 versprochen, in Berlin furchtlos den Mund aufmachen zu können und keine Angst mehr vor staatlichen Repressalien haben zu müssen wie zuvor in Frankreich und Holland. Also hatte er, auf dieses Königswort vertrauend, eine Schrift in Druck gegeben, genannt der »Anti-Seneca«, in der so vehement die Freiheitsrechte der Menschen gegen die Ansprüche von Religion und Staat verteidigt wurden, dass der Drucker in Haft genommen und die Restauflage verbrannt werden musste. Der König hatte eigenhändig ein Dutzend

Exemplare dem Feuer übergeben und ließ deutlich erkennen, dass er seinen nominellen Leibmedikus fortan eher als Hofnarren zu betrachten gedachte.
Seine gesammelten Schriften vorzubereiten (mit Ausnahme des »Anti-Seneca«, versteht sich), war für La Mettrie seither zu einer Art Beschäftigungstherapie geworden, doch hielt man sich lange mit der Zensur auf – einer Zensur, die es hierzulande einmal mehr und einmal weniger gab, ganz davon abhängig, ob etwas für gefährlich gehalten wurde oder nicht. La Mettries Werk wurde für gefährlich gehalten; offiziell wurde aber der Anschein erweckt, dass der Autor nicht mehr Herr seines Verstandes sei.
Langustier hatte die Widersprüchlichkeit im Umgang mit Taten und Schriften des Philosophen wohl bemerkt und erkannte die Chance, jetzt vielleicht zu einem unverfälschteren Eindruck zu gelangen. Ellers Andeutung bezüglich einer Rivalität zwischen La Mettrie und von Randow kam ihm in den Sinn. Er bemühte sich, möglichst gelassen zu wirken, und sagte:
»Ihr braucht kein schlechtes Gewissen zu haben, Monsieur La Mettrie, es war ohnehin erst ein recht unbedarfter Versuch. Wäre es die Leibspeise des Königs, sähe die Sache freilich anders aus!«
La Mettrie lächelte und mutmaßte:
»Für eine echte Götterspeise wäre es doch recht seltsam, wenn man sie einfärbte, findet Ihr nicht? Die Götter sollten das Unverfälschte lieben. Nur an den irdischen Tafeln wird gefärbt, gepanscht und vergiftet!«
Auf dieses Stichwort hin fragte Langustier wie nebenbei und als würde er der Antwort nicht die geringste Bedeutung beimessen:
»Kanntet Ihr eigentlich den toten Grafen näher?«
La Mettrie angelte mit einem Schürhaken nach einem Quäntchen Gallert, das unter die Bratenwendemaschine gerollt war, bevor er entgegnete:
»Den toten noch weniger als den lebendigen. Warum fragt Ihr? Hegt Ihr vielleicht einen Verdacht gegen mich? Das kommt reich-

lich spät, ich dachte, die Sache sei längst vom Tisch? Zugegeben, ich gelte hier nach einer stillschweigenden Übereinkunft als durchgedreht, doch Ihr sollt wissen, dass dies keineswegs meiner eigenen Wahrnehmung entspricht. Als ich vor Jahren meine erste Schrift Maupertuis gewidmet habe, war ich mit Sicherheit weiter vom Zustand völliger geistiger Klarheit und Gesundheit entfernt, als ich es heute bin. Nun, kurz und gut: Ich habe von Randow weder näher gekannt noch in irgendeiner Weise um seine bevorzugte Stellung beim König beneidet. Eher schon hatte er mein aufrichtiges Mitgefühl, denn große Gnade wird insgeheim meist doch nicht ohne Gegenleistung gewährt. Nehmt Voltaire, der bald hierher kommt – der Mann tut mir jetzt schon Leid! Wusstet Ihr übrigens, dass der Abbé Bastian, dieses fromme Schaf im Wolfspelz, dem Herrn von Randow das Ober-Jäger-Amt beim König erschwatzt hat?«
»Ihr hattet also keinerlei Grund, von Randow zu beseitigen?«
La Mettrie lachte lauthals, denn das war schon reichlich komisch, als Kammerherr des Königs vom königlichen Leibkoch en passant des Mordes an einem Grafen verdächtigt zu werden.
»Bei Gott oder was immer Ihr wollt – nein! Ich möchte die wenigen Jahre, die mir hier in diesem irdischen Elysium noch bleiben, wo ich eine halbunsterbliche Wiedergeburt von Diogenes, dem Wanderlehrer, verkörpere, durchaus genießen und nicht wegen unsinniger Mordtaten vorzeitig abdanken. Habt Ihr meine Abhandlung über die Glückseligkeit nicht gelesen?«
»Pardon, ich kam zu spät. Als ich sie kaufen wollte, war sie schon verboten und verbrannt.«
»O – na ja. Aber das macht gar nichts: Für verständige Geister habe ich noch einen kleinen Vorrat zurückbehalten. Ich fürchtete, es würde sich gar niemand mehr dafür interessieren und ich könnte auf allen diesen Exemplaren sitzen bleiben. Wollt Ihr wissen, wie ich den Drucker herumgekriegt habe, meinen »Discours sur le bonheur ou l'anti-Sénèque« trotz der königlich-maupertuisschen Vorbehalte und Einwände zu drucken und zu verlegen?«

Langustier hatte nichts dagegen, wenn es auch etwas vom Thema abführte, und die lustige Geschichte nahm ihm die letzten Zweifel an der geistigen Gesundheit des Kammerherrn. Und so akzeptierte er das freundliche Anerbieten La Mettries, ihn in der Kutsche nach Berlin mitzunehmen, mit Freuden.

An diesem Tag wurde der Statthalter Aga Mustapha in der Metropole erwartet, der dem ruhmreichen preußischen König die Grüße und Ehrenbezeigungen des türkischen Sultans überbringen sollte, was man sich wahrlich nicht entgehen lassen durfte, allein schon des farbenprächtiges Aufzugs und der stinkenden Kamele wegen. Joyard war bereits in Berlin; nur Langustier hatte der König nach ihrer Rückkunft aus Königsberg einen Tag Schonung verordnet. Doch mit einem Mal fühlte er sich schon wieder ganz ordentlich.

Angeregt über die Auswirkungen unterschiedlicher Speisen und Getränke auf die geistige Verfassung der Menschen disputierend, rollten sie die steile Rampe vor dem Schlösschen hinab, argusäugig vom zurückbleibenden Fredersdorf verfolgt, der zu ihrer plötzlichen Vertraulichkeit den Kopf schüttelte. Er saß an einem kleinen Holztisch unter den Kollonnaden des Ehrenhofes und brütete über seinen Bilanzen.

»Dabei sind die Genüsse stets nahe daran, der Giftwirkung zu gleichen«, dozierte La Mettrie, »auch die geistigen, versteht sich! – Apropos – lassen Sie uns, um die verderbliche Wirkung der wissenschaftlichen Forschung auf den suchenden Geist nur recht anschaulich zu sehen, den melancholischen Forscher Maupertuis bei seinen momentanen Frondiensten aufsuchen. Sie werden gleich sehen, was ihn momentan so unleidlich erscheinen lässt. Aus seiner Aufgabe, die noch geheimer ist als die Ihre, erklärt sich die gereizte Art, mit der er neuerdings die Teller umdreht, nach geheimen Zeichen darauf sucht und am liebsten Stücke herausbeißen würde.«

Sie schwiegen eine Weile, dann begann La Mettrie erneut zu plaudern.

»Wussten Sie, dass der ehrenwerte Akademiepräsident sich neben der unleidlichen Ehegattin – deren franzosenfeindliche Familie von Borck ihm alles andere als grün ist – eine Reihe junger Mätressen hält?«

Langustier zog die Brauen hoch, denn das hätte er nicht für möglich gehalten. La Mettrie indessen, der selbst ein Buch über die Wollust geschrieben hatte, erfreute sich, wie er nun stolz bekundete, noch einmal die Woche – Langustier konnte nicht vermeiden, »in maschinenhafter Regularität« zu ergänzen, – mit seiner Geliebten Thémire, der Mademoiselle Lecomte, die ihm nach Preußen gefolgt war und in Potsdam wohnte, ohne Hoffnung, je von ihm geehelicht zu werden. Der König liebte es nicht, wenn seine Vertrauten heirateten, denn er wollte sie ganz für sich alleine haben. Der Marquis d'Argens hatte heimlich geheiratet, und bisher war es noch nicht heraus. Aber der Tag der Entdeckung würde todsicher für alle Beteiligten ein schwarzer Tag werden.

Sie hielten vier Meilen vor Berlin unter den Eichen der Chaussee an einem kleinen Gasthaus, welches der Alte Krug oder die Freiluftakademie hieß und einem Dahlemer Wirt namens Fabeck gehörte, wo sie sich bei dem allerschönsten Sonnenscheine und der lauesten Luft an zwei stattlichen Humpen Coffee und Backwerk gütlich taten. La Mettrie vervollständigte seinen Exkurs über die Einflüsse der Genussmittel:

»Wir halten uns für rechtschaffene Menschen und sind es doch nur im heiteren oder aufgeräumten Zustande; alles hängt davon ab, wie unsere Maschine in Gang gebracht wird. Man könnte in gewissen Augenblicken sagen, die Seele wohnt im Magen, und van Helmont, der ihren Sitz in den Pförtner des Magens verlegt, habe sich dabei nur insofern getäuscht, als er den Teil für das Ganze hielt. Ich bin mir fast gewiss, dass ein Mörder daran zu erkennen ist, dass er rohes Fleisch isst.«

Langustier mochte seinem Begleiter in diesem letzten Gedanken ebenso wenig folgen wie in der These als solcher, wiewohl er die

Ausführungen über die Steuerung der menschlichen Körper durch verschiedene Arten der Ernährung prinzipiell nicht abwegig fand. Nur leider gab es keinen Anlass, von einer sehr direkten Beeinflussung auszugehen. Mit dem großen Voltaire hatte er ähnliche Probleme diskutiert, als dieser 1740 in Rheinsberg weilte, und der Mann aus Cirey hatte geraten, um die aufbrausende Natur des Königs zu mildern, ihm die scharfen Gewürze aus der Plat-de-menage zu entfernen und schon durch die dezentere Zubereitung der Speisen dem royalen Magen Gnade und Milde anzuempfehlen. Es hatte nicht gefruchtet, und nun – nach zwei Kriegen mit an die siebzigtausend Toten – schienen sich derlei theoretische Spekulationen als überholt erwiesen zu haben.

Gegen zwei Uhr des Nachmittags erreichten La Mettrie und Langustier den Großen Stall, wo sie erst Euler besuchten, der von interessanten Büchern berichtete, an die er durch seelenkundliche Kombination herangekommen sei, und die ihn der Lösung der Dechiffrierung der Geheimschrift aus von Randows Tasche schon um Längengrade nähergebracht hätten. Langustier stellte ihm, auf einem Globus nach den Türkenländern suchend, noch einmal seine Belohnung in den leuchtendsten Farben vor Augen, wobei La Mettrie, der zu allem vornehm geschwiegen hatte, sichtliche Erheiterung nur schwer zu verbergen vermochte. Dann durchschritten sie die eine Etage tiefer gelegene Tür zum Labor des Akademiepräsidenten Maupertuis, den sie mit einigen Geologen bei der Untersuchung verschiedener Erd- und Gesteinsarten antrafen.

Maupertuis, der es sich zur Angewohnheit gemacht hatte, bei schwierigen Experimenten seine alte Lapplandkappe aufzusetzen, ungeachtet der schrecklichen Schweißausbrüche, denen er sich damit unterwarf, begrüßte Langustier sehr herzlich und bezeugte auch La Mettrie gebührende Achtung. Langustier beäugte aufmerksam die kuriosen Dekorationen dieses Mehrzwecklabors: Ein akademischer Scherzbold hatte ein Schild über der Tür angebracht,

auf dem zu lesen stand: »Hier wird von Gott weder im Guten noch im Bösen gesprochen!« Nach kurzem Blick in die Runde kam er zu dem Schlusse, dass man hier Anstrengungen unternahm, etwas zuwege zu bringen, das sich wie Porzellan geben sollte.
Maupertuis zögerte, bevor er die unverhofften Gäste bat, ihm bei einem Rundgang zu folgen; was er hier tat, war an sich streng geheim. Allerdings wollte er weder in La Mettrie, dem jede praktische Forschung gänzlich fern lag, noch in seinem Kriegskameraden Langustier einen fremdländischen Spion mutmaßen. Außerdem waren beide Besucher ordentliche Mitglieder der Königlichen Akademie der Wissenschaften (Langustier genoss die Ehre der gelehrten Mitgliedschaft aufgrund zahlreicher Kultivierungserfolge exotischer Früchte), so dass im Grunde keinerlei Gefahr von ihrer Anwesenheit ausging.
Auch würden die beiden, und dies beruhigte ihn völlig, durch bloße Blicke keinerlei Rezepturen aufschnappen können, von denen man ohnehin noch weit entfernt war. Zu seinem Leidwesen musste Maupertuis sich dies selbst eingestehen. Die Geologen und Mineralogen waren mit ihren Hämmern, Spachteln, Glührohren und Sieben der Zusammensetzung der chinesischen Porzellanmischung noch keinen Deut näher gekommen. In Sachsen agierende königliche Spitzel konnten bislang nur falsche Angaben übermitteln oder waren entdeckt und unschädlich gemacht worden. Verschärfte Sicherheitsbestimmungen in allen europäischen Porzellan- und Fayencehochburgen, in Venedig ebenso wie in Delft, in Wien wie in Chelsea, in Höchst, Frankenthal, Fürstenberg, Nymphenburg, Ludwigsburg, Ansbach, Fulda, Kassel, Volkstedt, hatten die königlichen Spione überall abblitzen lassen. Die Hochburg des weißen Goldes, Meißen, glich einer Bastion, in der man geboren werden musste, um hineinzukommen.
Fredersdorfs Versuche, »Menschen«, sprich: Kundschafter, dort aktiv werden zu lassen, hatten zu diplomatischen Verwicklungen geführt, weshalb der König, als er Anfang Mai inspizierend durch

die Provinzen unterwegs gewesen war, in einem verärgerten Brief an seinen Geheimen Kämmerer weiteres Spionieren verboten hatte, die ihn zu alledem noch von wichtigerer Arbeit abhielten:
»Was deine porcellaine-Spionerei angehet, hatte ich gehoffet, daß du das alles vergessen hättest. dar Komt nichts mit heraus als noch Krig, und ich beklage Dihr würklich nicht, daß du nun zum bettler darüber wirst, wenn Du die Borzelane-Menschen alle bezahlen musst! Die Menschen Schreiben mihr 20 briwe alledage; ich Kan ohnmöglich auf alldas tzeuch antworten! Maupertuis soll den Borzellän selber machen!«
Langustier und La Mettrie blickten angeregt auf die immensen Materieumwälzungen, die nun in diesen hübschen, blauseiden tapezierten Räumen vor sich gingen. Diverse Spielarten des märkischen Sandes sowie Tonerden aus verschiedenen schlesischen Regionen wurden gereinigt, von ausgeschlämmten Grob- und Feinkieseln getrennt und einem ausgeklügelten Vermengungszyklus unterworfen, den ein Schreiber akribisch in einem dicken Experimentierprotokollbuch festhielt, und den resultierenden Mischungen kleine Zettel beifügte, um ihr weiteres Schicksal verfolgen zu können. Die entstandenen Teige kamen in einen Brandofen und wurden wie Ton gehärtet; nur dass die Oberflächen der kleinen Kuchen ungleich feiner ausfielen als die von Blumentöpfen, oder aber – auf der Stelle zu feinem Grus zerfielen …
Langustier gewann den Eindruck, dass man mit dieser Methode, gewissermaßen ganz ab urbe condita oder im Urweltschlammparadiese ansetzend, ziemlich lange brauchen würde, um auch nur den kleinsten Porzellantopf zu brennen. Es lag ihm aber keineswegs daran, dem guten Maupertuis die Illusionen zu nehmen, denn auch in der fruchtlosesten Forschungsarbeit findet der Gelehrte sein unteilbares Vergnügen.
Man schied mit freundlichen Worten und artigem Kopfnicken, was in La Mettries Fall eher den Anschein von hoffnungslosem Kopfschütteln machte. Maupertuis sah es nicht oder wollte es nicht be-

merken. Von Gesteinsmehl überstäubt, begab er sich zu seinen Schlammalchemisten zurück.
Langustier nutzte den frühen Nachmittag, um in Begleitung des erfrischend unköniglichen, orangenen Kammerherren, der über diese interessante Art des Müßigganges entzückt war, noch zwei Apotheker aufzusuchen und nach Käufern von Belladonnaextrakt zu fragen, womit eine vor langer Zeit begonnene Liste endlich als erledigt abgehakt werden konnte. Nirgends waren – renommierte Augenärzte oder Mitarbeiter des Herrn Professors Eller ausgenommen – derartige Käufer in Erscheinung getreten respektive in Erinnerung geblieben. Die stinkenden Kamele beim Einzug der Türken würde dagegen niemand so schnell vergessen, darüber zeigten sich Langustier und La Mettrie vollkommen einig.

II

Der König empfing am Abend eine höchst disparate, farbenfrohe und mit jeglichem Hofprotokoll unvertraute Abordnung im Berliner Stadtschloss. Der Ober-Hof-Marschall von Gotter kam aus dem Stöhnen nicht mehr heraus: Dreißig mit tatarisch wuchernden Bärten und unglaublichen Kopfumwicklungen angetane Personen sowie eine doppelt so große Zahl von angeblichen Hofdamen, die man leider unter ihren alles verhüllenden Gewandkaskaden nicht zu Gesicht bekam, waren orientalisch vielfarbig am schlichten blausilbernen König vorübergetanzt. Dieser hatte interessierte, lächelnde Miene zu derlei südländischen Fisimatenten aufgesetzt und Herrn von Gotter flüsternd angewiesen, dass man die Stoffpuppen inskünftig entweder draußen lassen oder enthüllen sollte; derlei Mummerei sei ihm verleidet, außer am Karneval. Man wisse nicht, ob wirklich Weibsleute darunter seien; es könnten die Kokons genauso gut Spitzelmenschen oder Mörder enthalten.
La Mettrie wohnte der diesmal prächtigen und ausladenden nachmittäglichen Begrüßungstafel für die sonderbaren Gäste im Ala-

bastersaal des Berliner Schlosses bei. Der Erste Hofküchenmeister war sehr über Langustiers unerwartete Unterstützung an seinem verordneten Ruhetag erfreut und wollte ihn kaum wieder gehen lassen. Langustier schied untröstlich von dem Kollegen, nicht ohne vorher noch eigenhändig in zwei riesigen Kannen mit je einem Kilo Zucker und feinst pulverisierten Coffeebohnen eine Lage türkischen Mokka für die Versammlung bereitet zu haben, nebst eines Zuckerschaumbaisers in Rocaille- oder Halbmondgestalt.

Der Serviteur Igel nämlich, mit dem er seit der kleinen Unterredung in Potsdam konspirativ verbunden war und der Langustiers Sonderauftrag kannte, hatte sich ihm mit einer höchst interessanten Nachricht dienlich erwiesen. Diese ließ ihn auf eine abenteuerliche, ja man musste sagen: verwegene Idee kommen, in seinen Untersuchungen rascher fortzuschreiten und zum vielleicht Nützlichen an diesem Abend noch etwas rundheraus Angenehmes zu unternehmen.

III

Langustiers Enkel waren begeistert: Obwohl der Karneval längst vorüber war, hatte sich der Opa Küchenmeister, der gerade vom nahen Schloss hierher gelaufen war, mit ihrer spielerischen Mithilfe in einen waschechten Osmanen verwandelt. Tochter, Enkel und Schwiegersohn hatten ein paar Stadttage eingelegt, denn selbst im Sommer war das Landleben manchmal gar zu öde.

In Windeseile hatte Marie die Kostümierung aus Stoffresten derart blendend ins Werk gesetzt, dass Adrian von Beeren, als er gegen acht Uhr abends ins Ankleidezimmer seiner Frau in der Rossstraßenwohnung trat, erschrocken vor dem Anblick zurückprallte, der sich ihm bot: Ein unglaublich dicker Scheich oder Sultan flammte ihm mit Ehrfurcht gebietendem Blicke und zürnenden schwarzen Augenbrauen entgegen, angetan mit einem grünen Seidenkaftan mit Weinblattmuster und einem riesigen roten Turban. Erst das Lachen der abseits stehenden Marie und den nun hinter der Furcht einflößenden Erscheinung hervorlugenden Kinder vermochte ihn darauf zu bringen, dass es sich wohl nicht um ein morgenländisches Original, sondern um eine spaßhafte Fälschung handelte. Auch war die Hautfarbe des augenscheinlichen Orientalen deutlich unterentwickelt, so dass er es schließlich glücklich dahin brachte, das Gesicht seines Schwiegervaters aus diesem leuchtenden Katarakt aus Samt und Seide herauszufiltern.

Unter kurzen Erklärungen wurde der Gesichtsfarbe mit etwas Holzkohle, Rouge und Safran aufgeholfen, dann musste der Getürkte bereits seinen Weg in die Französische Straße antreten. Der Schwiegersohn entbot sich, ihn das kurze Wegstück im Zweispänner zu fahren, was Langustier alias Scheich Nefzawi, der sich zudem noch unter einem unverfänglichen Zeltumhang aus blauem Leinen verborgen hatte, sehr zupass kam. So blieben ihm etwaige neugierig-verschlingende Passantenblicke erspart.

Vor der Purpur-Glocke kam er wie ein Schmetterling aus der Hülle, sprang mit sich bauschendem Gewand und Turban vom Trittbrett der etwas abseits haltenden Kalesche und brauchte den Türsteher nicht erst durch Worte oder wortähnliche Imitate der türkischen Sprachmelodie von seiner Zugehörigkeit zum Gefolge des Agas zu überzeugen, denn dieses wallte gerade vielseidig durch die Tür. Igels Hinweis war goldrichtig gewesen. Langustier zwinkerte von Beeren zu, der mit vor der Brust gekreuzten Armen und einer artigen Verbeugung Abschied signalisierte, und verschwand im Inneren des verrufenen Hauses, während die eisenbeschlagenen Kutschräder über die Kopfsteine davonrollten.

Im festen Glauben, die türkische Gesellschaft in den ersten Stock hinaufsteigen zu sehen, wo der Saal einigermaßen ausreichend Platz bot, wandelte Langustier unter den zierlichen Knicksen einiger einheimischer Frauenzimmer, die das Entree bevölkerten, über die Treppe hinter den echten Osmanen dort hinauf; die Verkleidung

wirkte sicherer als gedacht. Doch zu seinem Erstaunen gähnte der Saal so leer wie eine Terrine nach der Mahlzeit. Die Gewänder vor ihm schritten weiter treppauf, und so wurde er sicher und unbemerkt an den wahren Ort des nächtlichen Geschehens geleitet.
Ohne Zeit für das eigene Erstaunen zu haben, gelangte er in den vormals unzugänglichen Dachstock, direkt durch jene ominöse Tür, die den königlichen Polizisten verschlossen geblieben war. Ein schmaler Gang, dessen Boden mit feinen Perserteppichen ausgekleidet und dessen Wände mit bemalten Seidentüchern drapiert waren, führte in einen saalartigen Raum, in dem durch äußerst gedämpftes rotes, blaues und grünliches Licht eine schummerige Halbweltatmosphäre geschaffen war. Langustier kam sofort das Wort Räuberhöhle in den Kopf, doch richtig beschrieben war die Örtlichkeit damit nicht.
Beleuchtung und räumliche Aufteilung unterstützten freilich den Eindruck, in einer Kaverne mit zahlreichen, vom Zentralraum abzweigenden Seitenhöhlen zu stehen, doch die versammelte Gesellschaft machte ganz und gar keinen gaunerischen, sondern einen sehr vornehmen, wenn auch im Gemisch mit den heutigen Gästen eher exotischen Eindruck. In der Mitte hatten sich Fremde und Einheimische unter schwach glimmenden Lampions, die an langen Schnüren von der bemalten Decke baumelten, umgeben von Palmen und Farnen aus buntem Papier, in trautem Vereine um einige Nargilen oder Wasserpfeifen gelagert. Der Ankömmling, den im Dämmerlicht zum Glück niemand erkannte, ließ sich bei einigen unverkennbar preußischen Gestalten nieder, tunlichst auf Distanz zum Aga und seinen Mannen bedacht, um den Moment seiner Enttarnung etwas hinauszuzögern und sich wenigstens vorher ein bisschen umzusehen. Einer der Nebensitzenden reichte ihm einen Schlauch mit Mundstück, den er sogleich ergriff und munter eine Lungenladung des zur Kühlung durch Wasser geleiteten Tabakrauches einsog, der Tatsache uneingedenk, dass er dergleichen Rauchbelustigung wenn nicht verabscheute, so doch überhaupt

nicht gewohnt war. Nur mit Mühe und unter Anspannung aller Seelenkräfte konnte er beim ersten Mal Hustenreiz und Herzattacke dahingehend steuern, dass er nicht gleich dem Grafen von Randow in die ewigen Jagdgründe folgte. Von Mal zu Mal ging es besser, auch weil er vorsichtiger mit der Rauchleitung operierte und am Ende bloß noch zum Schein nach dem Schlauche griff. Amüsiert hatte er in seinem Nebenmann den Fabrikanten Braquemart erkannt, der bereits wiederholt den Stoff des Langustierschen Tarngewandes gemustert hatte, aber wohl die edle Seide nicht mit letzter Sicherheit als solche seiner eigenen Herstellung identifizieren konnte.

Die Maskierung verhüllte Langustier anscheinend vollkommen, weshalb er nun Rauch und Mut genug geschöpft hatte, sich dem preußisch-türkischen Tabakskollegium zu entwinden und zu einem kleinen Spaziergang durch das Geheimkabinett aufzubrechen. Vor allem stand ihm der Sinn nach einer Observierung des Geschehens in den ringsum angrenzenden kleineren Räumen, in die man durch weit geschwungene, muschelförmige Durchbrüche der Wände gelangte.

Diese äußeren Kammern, von denen es im Ganzen zehn gab – drei zu jeder langen und zwei zu jeder kurzen Seite –, waren niedriger als das zentrale Schiff der Lasterkirche, denn sie lagen offenbar bereits unter der Dachschräge des Gebäudes. Sie boten Tischen mit Spielenden sowie weiteren Rauchzirkeln Platz, wovon besonders einer, ob der seltsamen Pfeifen, die dort in Benutzung waren, Langustiers Interesse auf sich zog. Es handelte sich um längliche Meerschaumröhrchen mit kleinen kugeligen Köpfen, auf denen bräunliche Kieselsteine oder Pillen lagen, die beim Einsaugen des Rauchs durch die seltsam entrückten Tabagiers leicht aufzuglühen schienen, was aber auch nur von dem Widerschein der darunter liegenden Glut auf ihren spiegelnden Oberflächen herrühren mochte. Da ihm der Geruch, der von diesen Pfeifenhöhlen ausging, gar zu wunderlich vorkam, wandelte er weiter an den Wänden des zentralen Raumes entlang, dessen Seitengelasse nun gleich alle inspiziert waren. Bisher hatte ihm keiner der türkischen Gäste sonderliche Beachtung geschenkt, was ihn zu dominanterem Auftreten verleitete, so dass man ihn leicht für den Geist des mächtigen vormaligen Sultans Süleiman hätte halten können.

Plötzlich erscholl lebhafter Beifall, und er gewahrte, wie in der Mitte des Saales, wo eine kleine Bahn freigeräumt worden war, drei verschleierte Damen des türkischen Begleitkorps zu den höchst wunderlichen Klängen einer Flöte zu tanzen begannen, während aus der oberen Öffnung eines schwarzen Tonkruges in pendelnder Bewegung des verbreiterten Kopfes eine Furcht erregende Schlange mit Augenglaszeichnung emporstieg. Fasziniert sowohl von den schlangenartigen Bewegungen der Tänzerinnen als auch von den weichen, schmelzenden Melodien, vergaß der falsche Scheich für einen Augenblick sein Vorhaben und wurde erst durch den Klang einer ihm sehr vertrauten Stimme wieder zur Aufmerksamkeit gerufen. Mühsam riss er den Blick vom Liebreiz der mittleren der drei Tänzerinnen los. Was hätte er darum gegeben, ihr Gesicht so unverhüllt zu erblicken wie ihren weich gebetteten Bauchnabel und ihr Decolleté, dessen volle Rundungen von bunten Strasssteinen und Silberstreifen umklimpert wurden. Ihre Augen leuchteten hin und wieder im Halbdunkel auf, wenn sich eines der spärlich verteilten Lichter in ihnen spiegelte, und es war ihm, als funkelten sie ihm allein entgegen, obschon jeder der ihr zuschauenden Herren wohl das Gleiche oder doch zumindest etwas sehr Ähnliches wahrzunehmen vermeinte.

»Schlangen sind taub, Eure Scheinheiligkeit, die sehen bloß den Musiker und werden von den rhythmischen Bewegungen seiner Flöte fasziniert; so wie die Scheichs von den Bewegungen der drei anderen Schlangen!«

Ein unangenehmes Lachen erklang seitlich in der noch vor ihm liegenden Nebengrotte, das offenbar auf seine, Langustiers, gut verhüllte Gestalt gemünzt war, weshalb er sich mit theatralischer

Langsamkeit dem verführerischen Geschehen ab- und dem schändlichen zuwendete.
Zwei gleichermaßen schreckliche wie jämmerliche Figuren schoben sich in seinen zürnenden Blick, die von der Wirkung ihrer Unterhaltung offenbar gar nichts mitbekamen. Langustier musste die Hand vor den Mund nehmen, um seine Überraschung zu bemänteln, denn dort im Seitengelass saß kein anderer als der schon reichlich angesäuselte puterrote Abbé Bastian mit einem ähnlich umnebelten Mann, dessen Profession nicht sofort zu erkennen war. Langustier siedelte ihn aber weder in den Höhen der Kirche noch in den Niederungen des gewöhnlichen Straßenschmutzes an. Entsetzt bemerkte er, dass an der Stelle, an der normalen Menschen eine rechte Hand gewachsen ist, bei diesem bemitleidenswerten Subjekt eine messingfarbene Kralle aus der Spitzenmanschette des grünseidenen Jackenärmels ragte.
Langustier glitt, unbemerkt für die beiden in ihre Unterhaltung vertieften Herren, auf eines der weichen Paradekissen unweit hinter ihnen. Willig nahm er die Meerschaumpfeife mit dem kleinen Stein entgegen, die ihm ein Diener des Hauses reichte. Eine Belebung setzte ein. Langustier erhob sich sofort wieder. Ohne recht zu wissen, woher ihm die plötzliche Sicherheit und Kraft zuwuchs, begann er zuerst langsam, dann immer schneller, schließlich wie ein Derwisch zu tanzen. Rhythmisches Klatschen der anderen Männer feuerte ihn an, und die glutäugige Schöne, die er tanzend umrundete, funkelte ihm aufmunternd zu.
Doch dieser Zustand währte nur einige Minuten. Dann verschleierte sich sein Blick, und er fühlte, wie die Knochen erst weich und dann bleiern schwer wurden. Mit Müh und Not erreichte er wieder das Kissenlager, das er sich zuletzt erwählt hatte. Stimmen drangen an sein Ohr.
»Ach Formalitäten! Was zählt, ist der Preis. Und der ist gut genug, um uns ein Pfeifchen zu gönnen! Das Zeug ist verteufelt – wie Sie es sein werden, wenn Sie davon gekostet haben!«

Das Lachen des grünseidenen Piraten klang erneut an Langustiers Ohr, bevor es in der Ferne verhallte. Alle Geräusche inklusive der Janitscharenmusik schienen bald ein Gleiches tun zu wollen. Der getürkte Scheich ließ die Pfeife sinken, und all sein Keyif oder Wohlbehagen war dahin. Der Schwindel, der seinen Organismus ergriffen hatte, konnte nicht länger für die bloße Wirkung einfachen Tabaks gelten und wollte ihm, bei trübem Rotlicht besehen, ganz und gar nicht gefallen. Ein seltsamer Geschmack hatte sich in seinem Munde breit gemacht. Mehrfach fielen ihm die Augen zu und er fühlte, dass sein Körper langsam wie in einem Mahlstrom in eine unbekannte Tiefe gezogen wurde.

Als es ihm unter Mühen noch ein letztes Mal gelang, seine Augenlider gleich zwei schweren Brokatvorhängen anzuheben, gewann er den Eindruck, aus unbekanntem Grund die Aufmerksamkeit der Mitwelt erregt zu haben, denn einige schwankende Gestalten trachteten ihm mit seltsamen Gesten beizuspringen.

Das Bild wackelte, als er vom Kissen rutschte. Zuletzt erblickte er eine der liebreizenden Tänzerinnen, die – o Wonne! – ihren Schleier abnahm, so dass er den Bewegungen ihrer großen grünen Augen und sprachlosen, kirschroten Lippen zuschauen durfte, als sie sich über ihn beugte. So sehr es ihn dürstete, ihr Gesicht im Ganzen zu erfassen, blieb ihm dies leider verwehrt, denn seine Lider schlossen sich unerbittlich vor aller tief sich neigenden Schönheit.

Geräusche von Wind und Wellen drangen an sein inneres Ohr, fremdländische Rufe in einem großen Hafen, asiatisch gelbe Gesichter mit schwarzen Augenschlitzen, Zöpfen und Kinnbärten. Unheimlich starke Düfte wehten aus den Dschunken, die seitlich des großen Schiffes ankerten, auf dem Langustier sich nunmehr zu befinden wähnte. Der grünseidene Pirat geleitete ihn von Bord, wo er auf schwankendem Bretterboden verästelter Bootsstege von einer Abordnung chinesischer Kaufleute empfangen wurde, die sich nun anheischig machte, eine riesige getrüffelte Fasanpastete aus seinen darbringenden Händen entgegenzunehmen. Oder war es ein roter Pudding? Das Ding änderte permanent sein Aussehen und schien nun eine Flasche in einem endlosen Streifen roter Seide zu sein, den es Langustier nicht gelang gänzlich abzurollen. Noch während er sich bemühte, seine Handelsware ganz zu enthüllen, wurden seitlich in einem Käfig einige Herrn der königlichen Tafelrunde vorbeigetragen, damit man sie auf einer großen Waage mit Porzellan aufwiegen konnte. Einer von den Käfiginsassen, es war der Abbé, schrie laut und unbeherrscht nach Opium, ein anderer dagegen nach der Chocolade des Herrn Petit. Die Formen verschmolzen und wichen bloßem Lichterspiel.

Am Ende verschwanden selbst diese unklaren Visionen, und nur ein leuchtendes Purpur blieb zurück. Diese Farbe wie ein letztes Besitztum umklammernd, das ihm kein Buddha und kein Mohammed streitig machen sollte, streckte sich Langustier auf der unsichtbaren Bespannung eines himmelweit ausgedehnten Diwans aus. Ein süßer und befriedeter Zustand schien ihm von nun an eine Ewigkeit fortdauern zu wollen, wonniges Wohlbefinden hatte ihn gänzlich umfangen und er wehrte sich nicht länger dagegen. Ganz sanft begab sich sein Geist allda vollends zur Ruhe.

IV

Es war gerade dunkel geworden, und der Wachposten am Ende des Durchgangs unterm Parolesaal der königlichen Gemächer im Berliner Schloss, am südöstlichsten Portal No. I zum Schlossplatz hin, gähnte verhalten. Er durfte sich keine Nachlässigkeit erlauben, denn erst vor wenigen Minuten war der König – ganz allein, ohne Bewachung, wie er es viel zu oft tat – zu einem letzten Spaziergang mit seinen Hunden aufgebrochen. Wie gewöhnlich hatte der Monarch, aus seiner Wohnung im ersten Stockwerk kommend, den Abgang über die kleine Treppe neben dem Versammlungszimmer der Geheimen Kabinettsräte genommen. Freilich hatte der Posten weder die Hunde noch den Herrn aus dem Seitenportal des kurfürstlichen Flügels herauskommen sehen, denn dazu stand er am falschen Ende des Durchganges. Aber die Meute war laut bellend über den kleinen Schlosshof getobt, so dass er sich ihren Weg genau vorstellen konnte.

Unversehens hetzten die Tiere nun gar an ihm vorbei auf den Schlossplatz hinaus, von den Pfiffen des Königs keine Sekunde lang bei ihrem Treiben irritiert. Der Wachposten nahm Habachtstellung ein und richtete sein Gewehr kerzengerade in die Höhe, als er den Regenten aus dem Augenwinkel im Halbdunkel der Halle herankommen sah. Eilig schritt der König an ihm vorbei, ohne ihn groß wahrzunehmen, denn er hatte nur Augen für seine geliebten Hunde.

Am veränderten Widerhall ihres Gebells war abzulesen, dass sie durch das nächste Portal in den Großen Schlosshof gelangt waren – und da sich ihr Keifen nach wie vor vernehmen ließ, schienen sie dort auch weiterhin herumzutollen.

Als sich nach einer ganzen Weile wieder Schritte und Getrappel auf dem dunklen Schlossplatz näherten, hatte der Posten keinen Grund, etwas anderes anzunehmen, als dass der Hundespaziergang des Königs sein Ende nehmen wollte. Daher nahm er wieder Haltung an, unterdrückte mit äußerster Kraft ein Gähnen und wartete auf den vertrauten, wiewohl stets aufs Neue unheimlichen Anblick der kleinen, vorüberhuschenden Figur mit dem abgeschabten Uniformrock und dem schwarzen Filzhut, bis er bemerkte, dass sich eine vielköpfige Gruppe fremdländischer Gestalten in hellen seidenen Kaftanen um ihn aufbaute. Farbige Turbane und Krummsäbel ließen keine andere Schlussfolgerung zu: Er stand mutterseelenallein dem Einmarsch der Türken gegenüber!

Gelähmt vor Schreck versagte dem Posten die Stimme, als er nach Verstärkung rufen wollte, und so senkte er wenigstens drohend die Waffe, damit die Angreifer sehen konnten, dass er entschlossen war, das Haus des Königs bis zum letzten Blutstropfen zu verteidigen. Bei der Gelegenheit fiel ihm ein, dass der König selbst ja

jeden Moment zurückkommen könnte und diesen Eindringlingen schutzlos gegenüber stünde!
Die Ankömmlinge gaben sich indes für friedfertig aus. Ein Dolmetscher erklärte, der türkische Aga wünsche Se. Königliche Majestät in einer äußerst dringlichen unaufschiebbaren Angelegenheit zu sprechen, falls sich dies einrichten lasse, obwohl man freilich wisse, dass es bereits sehr spät sei. Im fahlen Schein der Laternen des Schlossplatzes konnte der Posten ein Kamel erkennen, das eine teppichbedeckte Matte aus eng verflochtenen Palmfasern hinter sich herschleifte, auf der eine menschliche Gestalt lag, die offensichtlich nicht bei Bewusstsein war. Was sollte er tun? Kammerdiener oder Kabinettsekretär des Königs wären wohl kaum noch aufzutreiben und zu bewegen, irgendwelche nächtlichen Audienzen zu arrangieren …
Das Auftauchen der königlichen Hunde und des Königs selbst enthob den verunsicherten Posten weiterer fruchtloser Bemühungen, seinen Verstand in Tätigkeit zu setzen. Der Monarch war von hinten an die türkische Abordnung herangetreten und erhob nun seine Stimme. Erschreckt wendeten sich die Besucher um und erblickten den Herrscher im fahlen Licht einer Laterne vor dem nächtlichen Schlossplatz. Windhunde umspielten ihn.
»Was seindt denn hier los? Messieurs, ich bitte Ihnen um eine Erklärung!«
Noch bevor der Posten seinen schwerfälligen Mund öffnen konnte, um dem König über die Gruppe hinweg Bericht zu erstatten, ergriff der Dolmetscher das Wort und schilderte das Anliegen des türkischen Gesandten:
»Eure Königliche Majestät mögen die Dreistigkeit verzeihen, mit der Sie der türkische Aga noch zu so später Stunde belästigt. Aber er hegt den begründeten Verdacht, man habe einen Spion auf ihn angesetzt, und verlangt jetzt Aufklärung hierüber.« Bei diesen Worten wies er auf die leblose Gestalt auf der Matte hinter dem Kamel.

Der König trat erstaunt hinzu und besah sich den Schlafenden. Er musterte eingehend die Kleidung und wendete sich dann ganz dem Antlitz des Bewusstlosen zu.
»Aber das seindt ja …«
Der König musste lachen, als er Langustiers dunkel geschminktes Gesicht erkannte. Ein weißlicher Streifen Haut auf der Stirn, wo der Turban verrutscht war, stach kräftig vom Übrigen ab. Er fragte:
»Bester Aga, was habt Ihr in dieser Nacht für Erkundungsgänge unternommen, dass Ihr auf dieses merkwürdige Fabelwesen getroffen seindt?«
Der Dolmetsch verdolmetschte, so gut er konnte:
»Der Aga hat mit seinem Gefolge nach dem vorzüglichen Mahl bei Eurer Königlichen Majestät einen langen Zug durch Berlin unternommen und dann mit einigen Männern seines Gefolges und drei Tänzerinnen ein Wirtshaus aufgesucht, welches die Purpur-Glocke heißt. Selbiges ist ihm empfohlen worden, weil orientalische Sitten und Gebräuche dort hoch geschätzt und kultiviert werden, und er fand daran auch absolut nichts Unwahres. Man kann dort nach türkischer Sitte sehr komfortabel rauchen und trinken. Im Halbdunkel der Gaststube wurde ihm aber plötzlich jener Herr bemerklich, den ein Opiumpfeifchen zu Fall gebracht hat. Daraufhin fand der vergnügliche Abend, wiewohl er gerade erst begonnen und die mitgenommenen Tänzerinnen –«
(er wies auf drei verschüchterte, in ihrer völligen Verhüllung fast unsichtbare Gestalten)
»– allerlei Furore bei den Einheimischen gemacht haben, ein sehr frühes Ende, denn die Wirtin zeigte sich äußerst ungebärdig über den Aufruhr in ihrem Lokal. Sie war nicht davon abzubringen, dass der Herr ein königlicher Polizeispitzel sei, und hat den Aga samt Gefolge wie den dahingerafften Spion aus ihrem Haus geworfen. Der Aga bittet mich nun, Eure Königliche Majestät untertänigst zu fragen, was das bedeute, ihm Spitzel nachzuschicken?«
Der König wiegte den Kopf und lächelte.

»Bester Aga! Es seindt dies keinesfalls ein Spione, denn ich lasse meine Gäste nicht durch Spionerei behelligen, dafür bürge ich, und es hat das Subjectum durch sein Privatvergnügen mit Sicherheit nichts Schlimmes im Schilde geführt. Ich kenne ihme, denn er ist mein Koch, und ich bitte Euch, ihm seine Rolle ruhig in Eurem Lager zu Ende spielen zu lassen. Dann mag er Euch auch erklären, was er dorten in der Nacht für ein obskures Spiel getrieben. Es soll ihm das eine Lehre seindt, dass er mit dieser Mummerei einmal zu weit gegangen. Bringt mich das spaßhafte Wesen nur rasch aus den Augen, doch bettet es weiterhin sanft, denn es wäre mir unlieb, ihme zu lange wegen Kreuzschmerzen zu entbehrend.«

Der Dolmetsch übersetzte, und die Miene des türkischen Gesandten entspannte sich zusehends. Die ärgerliche, bei Fackellicht besehen aber doch wohl harmlose Affäre schien dem weit gerühmten Monarch Spaß zu machen. Auf alle Fälle sollte der Koch dieses Herrn die nötige abschließende Erklärung persönlich abgeben dürfen. So bekäme man, abseits öffentlicher Ehrbezeugungen, vielleicht sogar nähere Einblicke in die hiesige, fremdländische Kultur und Küche.

Der König nutzte die Gelegenheit, seinerseits Interesse am Fremden zu stillen, und befragte den Aga, warum er vor der Stadt auf der Hasenheide kampiere und nicht das Angebot angenommen habe, im Schlosse zu logieren. Darauf ließ ihm der Aga entgegnen, dass ihm die luftige Art des Wohnens auf Reisen sehr angenehm sei. Es lebe sich unter dem Himmelszelt viel unbeschwerter als mit Steinen über dem Kopf. Auch für das Gefolge böten sich in Zelten weit bessere Bedingungen. Die Kamele bräuchten weichen Boden unter den Hufen, und die Menschen ließen sich besser in Zaum und Blick behalten.

Der König fand dies von seinen Campagneerlebnissen her sehr einleuchtend und wünschte der Gesandtschaft einen guten und künftig freudvolleren Aufenthalt. Freundlich stellte er dem Aga anheim, wenigstens bis zum bevorstehenden Reiterfest noch vor

Ort zu bleiben. Dann lüftete er seinen Hut, pfiff den Hunden und schritt durch eine sich bildende Gasse in den kleinen Hof, um seinen gewöhnlichen Weg in die Wohnung hinauf zu nehmen.

Der Posten, vor dem sich dies abgespielt hatte, blieb erstarrt zurück und hörte den Dolmetscher noch mehrere unverständliche Worte an den Aga richten. Die Türken lachten, weil sich die Bemerkung auf einen Harem von Philosophen bezog, den der große König in seinem Potsdamer Lager vor Berlin – nämlich in einem Serail namens Sans Souci – hege. Dann machte die kleine Abordnung kehrt und zog den ohnmächtigen Langustier mit sich fort gen Süden.

Dienstag, 16. Juni 1750

I

Honoré Langustier erblickte das Licht der Welt in zwei grünen Augen wieder, die zu einem bezaubernden Gesicht gehörten und ihn anfunkelten wie Smaragde! Sollte es nun doch geschehen sein? War er im Himmel?
Wenn sich dies aber so verhielt, dann mussten die Engel bunte Gewänder tragen, barfuß laufen und kleine farbige Perlenketten um die Fußknöchel tragen, ganz so wie der weibliche Engel, der neben ihm kauerte. Die zierlichen Füße der Erscheinung waren von hellem Sandpuder überstäubt. Sie schien ihm gerade mit einem Schwamm das Gesicht befeuchtet zu haben, und er glaubte, dass die ganze Welt nach Weihrauch und Myrrhe duftete – obwohl er in Wirklichkeit nur die Olivenseife roch, mit der ihm seine schöne Pflegerin die Reste der Kriegsbemalung abgewaschen hatte.
Ohne sich viel dabei zu denken, denn er war noch sehr benebelt, hob er mit scheinbar großer Kraftanstrengung den Arm und näherte seine Hand der Wange der ätherischen Dame, doch hierüber stieß diese einen Schrei aus, der halb Freude und halb Entsetzen ausdrückte, wich zurück und versteckte das schöne Antlitz hinter schwarzer Gaze, die Augen unverwandt auf ihn gerichtet. Einen Moment lang stand sie unschlüssig an der Liege mit Kamelhaardecken, auf der Langustier aufgebahrt lag, bevor sie sich zielstrebig entfernte.
Sich aufzurichten und ihr nachzublicken, löste einen heftigen Schmerz in seinem Nacken aus. Die gerade noch für wahr gehaltene elysische Kosmologie brach darob vollends zusammen, und er war überzeugt, sich das gerade Erlebte nur vorgegaukelt zu haben. Eine Halluzination!

Langustier hatte sich mühsam in eine halb vertikale Position gebracht, als einige Gestalten erschienen, die kaum Engeln glichen, sondern ihn stark an die Türken des Agas erinnerten. Bei genauerem Hinsehen konnte er feststellen, dass es der Aga selbst war, der sich nun zu ihm herabließ und einige unverständliche Laute ausstieß. Zum Glück für Langustier (wie zuvor für die preußische Majestät) gab es einen Major, der während seiner mehrjährigen Gefangenschaft im Lager des Chans von Bucak den schwierigen türkischen Zungenschlag derart flüssig zu verstehen, zu reden, ja sogar zu schreiben gelernt hatte, dass er nun zum ständigen Dolmetsch des Aga avanciert war:
»Der türkische Botschafter Mustapha lässt Sie fragen, mein lieber Herr Langustier, ob Ihr wohl geruht habt! Ich heiße übrigens von Schlettwein, aber Ihr könnt, wie jeder hier im Lager, Ojmar zu mir sagen.«
Langustier lag unter einem blauseidenen Baldachin inmitten eines respektablen Zeltes. Draußen erblickte er ein Dutzend großer, seltsamer Geschöpfe, die mit ihren rundlichen Aufbauten wie Kamele aussahen. Er blinzelte mit den Augen. Es waren Kamele! Verhüllte Gestalten mit Wasserkrügen auf den Köpfen defilierten am Zelteingang vorüber, fremdartige Rufe und Gesänge erschallten, die ihn dunkel an unlängst Gehörtes erinnerten.
Seine Bemühungen, einen ersten Ton herauszubringen, scheiterten an der wüstenartigen Trockenheit seiner Kehle. Eine herbeigebrachte Limonade mit Granatapfelsirup löste seine Zunge etwas, und er fragte vorsichtig, wo er sich denn eigentlich befinde? Im Himmel könne er wohl nicht sein, weil man da sicher keinen trockenen Hals bekäme, obwohl er vorhin einen Engel gesehen habe.
Der Dolmetsch lachte. Der Aga, nach Ojmars Übersetzung, zeigte ebenfalls ein Lächeln und ließ Langustier eröffnen:
»Habt keine Furcht – Allah hat Euch noch nicht abberufen! Ihr seid in meinem Reiselager vor Eurer Hauptstadt.«

Dann aber hieß er den Dolmetsch fragen, was Langustier in seinem Aufzug in der Spelunke getrieben habe, wo man um seinetwillen hinausgeworfen worden sei. Langustiers Geist kam sich selbst zum Lügen zu schwach vor. Mühsam fanden sich zusammenhanglose Erinnerungen an die Purpur-Glocke ein. Wann war das gewesen? Gestern, oder vor Wochen? Er fragte den Dolmetsch nach Zeit und Ort, und fühlte sich schon besser, als er vernahm, dass seither nicht Monate, sondern nur anderthalb Tage vergangen waren.

Die auf ihn gerichteten, leicht drohenden Blicke forderten eine Erklärung. Daher sagte er nun:

»O – das ist wohl leider ein sehr dummer Spaß geworden, fürchte ich? Ein Bekannter hat mich dazu verleitet, denn er trug vorgestern einen so leuchtenden orangenen Kaftan, dass ich auf die Idee kam, mich selbst türkisch zu drapieren und in der Purpur-Glocke, wo dergleichen Mode sicheres Aufsehen machen musste, triumphalen Einzug als Scheich zu halten. Wir wetteten, ob man mich erkennen würde, und wenn Ihr mit Eurem Hofstaat nicht aufgetaucht wärt, so hätte ich sicher etwas dabei gewonnen. Verratet mir nur, was mit mir geschehen ist, denn ich glaubte todsicher, das Elysium bereits betreten zu haben.«

Ojmar von Schlettwein schilderte ihm knapp die wichtigsten Einzelheiten seines ehrlosen Abganges, die Langustier rasch in der Sinkgrube seines Gedächtnisses verschwinden ließ. Er brachte sein aufrichtiges Bedauern über die unangenehmen Folgen zum Ausdruck, die sein Streich für den ehrwürdigen Botschafter gezeitigt habe, und erbot sich, den Türken bei ihren Bestrebungen, das preußische Königreich kennen zu lernen, mit einem kulinarischen Streifzug behilflich zu sein und ihnen bald einige Spezialitäten von des Königs Tafeln mitzuteilen.

Dies brachte nun seine Gastgeber auf den Gedanken, ihm mit achtbaren Spezereien türkischer Provenienz wieder zu Kräften zu verhelfen, ein Ansinnen, das Langustier höchst erfreut begrüßte,

denn es meldete sich ein ziemliches Hungergefühl. Er hatte den Eindruck, es hätte sich ein Vakuum in seinem Bauch gebildet! Außerdem war er auf alle neuen Geschmackserlebnisse äußerst begierig. Keine fremde Nationalküche durfte am Hofe eines Königs von Welt ganz unberücksichtigt bleiben.
Auf solche grundgute Weise wurde er doch noch zum Spion. Der blaue Baldachin schwankte langsam, von vier Trägern bewegt, aus dem Krankenzelt hinaus, um kurz darauf einen im Freien aufgestellten einfachen Tisch zu überspannen. Langustier sah sich verwundert um und hatte angesichts der Zelte, Turbane, Kaftane und Pluderhosen den Eindruck, in einem fernen Land zu sein. Deutlich sichtbar stand jedoch die wohlvertraute Silhouette Berlins hinter den Wiesen und Äckern.
Nachdem sich alle an der wind- und sonnenumfluteten Tafel niedergelassen hatten, hub der Aga zu einer kleinen Rede an, die der Dolmetsch in freier Verkürzung übermittelte.
»Sage nie, es sei einfach Essen, erklärt uns der weise Abdulhak Sinasi, das gesegnete Mahl ist eine ganze Welt für sich.«
Der ehrwürdige Scheich Langustier – dank seines Körperumfanges ging er hier auch ohne Verkleidung als solcher durch – ließ sich während des nun anhebenden Gastmahls vom turko-preußischen Major eingehend erklären, was es mit all dem Lockenden, Verzehrbaren, Gutriechenden auf sich hatte, das man ihm vorsetzte.
Kichererbsen, Okraschoten und Topinambur waren echte Novitäten; Rauke, Saubohnen und Auberginen indessen, von den Türken eingelegt mitgebracht, kannte er bereits. Vierzig Rezepte für die Aubergine versprach der Aga dem Major für ihn in die Übersetzungsfeder zu diktieren.
Das Mahl begann mit vielen Vorspeisen, nämlich kleinen Pasteten, kalten Kutteln mit Knoblauchsauce sowie im Öl von Oliven gebratenem Gemüse und Ziegenkäse. Nachdem er bereits so viele dieser Amuse-gueules verspeist hatte, dass mancher waschechte Türke vor Neid erblasste, jedoch statt Anzeichen der Sättigung

nur einen weiter ins Unermessliche wachsenden Appetit laut werden ließ, stieg er gewaltig in der Achtung der Fremden. Es folgten ein hauchdünn ausgerolltes Teigblatt mit einer Füllung aus Fleisch, ein Brei aus Reis sowie Weizengrütze mit in Butter sautierten grünen Pfefferschoten, Tomatenscheiben und ganzen Zwiebeln, in Rinderbrühe locker und körnig gekocht. Der Magen des Kochs hatte all das interessiert, doch unersättlich weggesteckt. Nach einer Suppe aus roten Linsen mit Minze – die aber, versicherte der Aga, auch noch auf tausendundeine Art könne zubereitet werden –, freute er sich auf die Fleischgerichte, musste aber dann eine gewisse Eintönigkeit feststellen, da hier durchweg sehr fein geschnittenes oder gehacktes Lammfleisch beziehungsweise Fleischwürfel neben Paprikaschoten, Tomaten und Zwiebeln aufgespießt, serviert wurden. Der Spieß mit Lammkoteletts, Leber- und Nierenstückchen, Kalb- oder Rindfleischwürfeln mundete ihm jedoch genauso hervorragend wie einige Frikadellen, die den Berliner Buletten nahe kamen.
Nun hätte er es ohne Probleme auch mit Meergetier aufgenommen, für das die Küche unter dem Halbmond nicht unberühmt war, doch mit den einheimischen Materialien, die er am Fischmarkt vorgefunden hatte, kam der Koch des Aga leider nicht zurecht. Imam Bayildi hieß er, und das stand stellvertretend für die hohe Qualität seiner Künste, denn es bedeutete übersetzt: »Der Imam fiel vor Entzücken in Ohnmacht«!
Obwohl es meist einfachste Rohstoffe waren, die zur Verarbeitung kamen, gewann ihnen dieser türkische Koch viele Feinheiten ab. Stets wurde der Eigengeschmack der Hauptzutaten bewahrt, Gewürze kamen sparsam und gezielt zum Einsatz. Dies galt nicht zuletzt für den Knoblauch. Langustier hatte sich vorgenommen, diese Lehre den Geschmacksnerven seines Souveräns einmal unübersetzt mitzuteilen.
Frisches Obst bildete den Nachtisch, doch Langustier hätte gedarbt, wenn er um die Desserts der türkischen Küche gebracht

worden wäre. So wurden dem Scheich Hofkoch noch Gelee aus Rosenblättern und »Lokma« aufgetischt: in Zuckersirup getauchter Hefeteig, der die poetischsten Namen trug: Lippen der Schönen, Frauennabel oder Nest des Liebesvogels.

Die süßen Benennungen brachten Langustier auf die nahe liegende Frage nach den verschleierten Damen, doch er scheute sich, tanzendes weibliches Dessert zu verlangen. Stattdessen äußerte er unumwundenes Lob für die türkische Küche, worüber die Umsitzenden befriedigt nickten. Langustier musste sich mit einem abschließenden Mokka begnügen. Vergeblich hatte er bereits während des Essens nach der grünäugigen Schönen der Nacht Ausschau gehalten. Die Männer waren völlig unter sich geblieben.

Langustier dankte für die überbordende Gastfreundschaft, bedauerte, nicht länger mehr verweilen zu können, und bemerkte schalkhaft:

»Sagt dem Aga, Monsieur Schlettwein, dass ich meinem Dienst bereits zu lange fern geblieben, um vom König Pardon zu erwirken. Sollte er mich verstoßen, so will ich mich mit Freuden Eurem Zug anschließen!«

Im Davongehen, nachdem Langustier sich von dem Aga und seinen Gefährten verabschiedet hatte und über die Wiese in der Hasenheide davongeschritten war, hatte es ihm von Weitem so geschienen, als blicke ihm eine verhüllte weibliche Gestalt nach. Aber das mochte ein Irrtum oder unfrommer Wunsch gewesen sein, denn beim zweiten Hinschauen schien sich jene Fata Morgana zwischen den Zelten in laue Frühsommerluft aufzulösen.

Auf seiner abendlichen Holperfahrt mit einer Mietkutsche nach Potsdam fand er Muße genug, die Ergebnisse seiner letzten Unternehmung noch einmal Revue passieren zu lassen. Aus der Unterredung des Abbés mit dem grünen Piraten in der Purpur-Glocke, soweit er es belauscht hatte, ging nur hervor, dass man hier mit Opium handelte, was wiederum ein Grund für den Grafen gewesen sein mochte, dort einzukehren. War von Randow in die dunklen Geschäfte verstrickt? War er ein unliebsamer Mitwisser oder ein geprellter Gläubiger, dessen man sich geglaubt hatte erwehren zu können, indem man ihn beseitigte?

Langustiers nachgiebiger Leib begann in der Nacht zur Ungestalt eines riesigen Zuckerschaumgebäckes oder einer aufgetriebenen Wasserleiche anzuschwellen und wollte drei Tage lang fast bersten.

Freitag, 19. Juni 1750

I

Nachdem sowohl die grandiosen Opiumbilder des sagenhaften Schlaraffia, die Langustier gesehen hatte, als auch die Nachwirkungen des türkischen Gelages langsam verblasst waren – bis auf die restlos betörende Vision einer schlangengleichen Tänzerin, die sich im Gegenteil immer mehr verstärkte und einen Flächenbrand in seiner Seele entfachte –, war man im Sommerschloss für die Ankunft des Philosophen und Dichterfürsten Voltaire endlich gerüstet.

Der Weißbinder packte flugs seinen Farbeimer, in dem der letzte halbe Liter Crème-Citron nun getrost eintrocknen mochte, und verließ mit einem flüchtigen Gruß den kleinen und wie Langustier fand, vollendet geschmacklosen Raum. Er stand mit La Mettrie im vorletzten Zimmer des Gästeflügels von Sans Souci. Graf Rothenburg, der bisherige Bewohner der beiden abschließenden Räume, war zu einer längeren Kur nach Böhmen aufgebrochen.

Langustier besah sich das Werk des Malers, und auch Fredersdorf kam kurz herein, um sich zu versichern, dass die Sache noch rechtzeitig ins Reine gebracht worden war. Der Handwerker hätte keine Sekunde später fertig werden dürfen, denn der Herr Voltaire näherte sich bereits mit jagenden Rossen und rumpelndem Kutschkörper.

Das Schachbrett des Parketts, die Stühle mit silbernen Beinen und blassgelbem Seidenbezug, der Kandelaber mit künstlichem Efeu umgarnt, die Decke mit Blumenranken verwuchert – all das mochte ja noch angehen; aber hatten diese Papageien, diese Reiher oder Störche und vor allem: hatte dieser Affe inmitten tropischer Früchte, der sich wie alle diese Verzierungen recht bunt und plastisch aus der Wandtäfelung hervorschälte, denn wirklich sein müssen? Sicher war das Äffchen eine liebe Erinnerung an des Kronprinzen selige Mimi, aber konnte der hohe Gast mit dem Anblick dieser Tiergestalt etwas anderes verknüpfen als die impertinente Darstellung seiner eigenen künftigen Rolle in des Königs Menagerie? Wäre es nicht die eines königlichen Papageien, einer tropischen Frucht, ja eines Affen gar, dem der preußische König hier einen gelb-goldenen Käfig hatte einrichten lassen?

La Mettrie ging neben Langustier durch das rot-weiße Gästezimmer, das blau-weiße Gästezimmer und schließlich durch sein eigenes, das grün-weiße Gästezimmer, das in ziemlicher Unaufgeräumtheit glänzte. Sie querten das festlich-elegante Speisesälchen aus Carraramarmor mit überreichen Boden- und Deckenverzierungen sowie 16 kanellierten korinthischen Säulen, wo Langustier noch rasch Joyard beim Zurechtrücken der Plat-de-menage auf der bereits vorbereiteten Begrüßungstafel behilflich war – dann lauschten sie auf die Schritte des Königs, der mit Fredersdorf aus seinen Gemächern die Kleine Galerie herunterkam, das Vestibül durchmaß und auf den Kies des Schlossvorplatzes hinaustrat, um seinen künftigen Mitbewohner gebührend zu empfangen.

Vorsichtig stahlen sich die beiden Beobachter, gefolgt vom zögerlichen Joyard und einigen vorwitzigen Lakaien, durchs Vestibül in die Kleine Galerie, die ansonsten strikte tabu war, und huschten bis zum Abzweig vor Fredersdorfs Zimmer, wo sie sich links hielten, um anschließend, von den seitlichen Fenstern des Bediententrakts aus, ohne Gefahr zu laufen, entdeckt zu werden, die rührenden, holzigen Willkommensumfassungen der beiden Größten mit anzusehen.

Voltaire wirkte auf Langustier wesentlich eingefallener als beim letzten Mal, da er ihn gesehen hatte, was kein Wunder war angesichts der verstrichenen Dekade. Im Munde des Philosophen, soweit sich das von hier aus sehen ließ, gähnten große Zahnlücken. Allen Voyeuren verendeten die Worte angesichts der übertriebenen

Pompage, mit der Voltaire im Lieblingsschloss des großen Königs Einzug hielt.

Die geplättete, tausendfach geringelte weißblonde Allonge stürzte fontänenartig auf die Schulterpartie eines erdbeerroten Velourrockes, der sich über einer zitronengelben Weste ausbreitete. Die dünnen Oberschenkel wurden von coffeebraunen Samthosenröhren umschlottert, crèmefarbene Seidenstrümpfe warfen schluchtentiefe Falten, während die Chaussüre oder Fußbekleidung aus zierlichen lackschwarzen Stöckelschuhen mit riesigen ziselierten Silberschnallen und veilchenblauen Absätzen bestand. Gefältelte Brüsseler Spitzen sprossen auf Manschetten und Jabot, an Brust und Fingern feuerten Brillanten, während aus der linken Rocktasche der goldene Knauf des von Gravuren fast unkenntlich gemachten Kavaliersdegens hervorlugte. Der König hatte schon 1740 von diesem Instrument gewitzelt, dass es wohl verlötet sein müsse, da der sanfte Chevalier es niemals je gebrauchen würde.

Viel zu sehen war für die Beobachter hiernach nicht mehr, denn die beiden Herzensfreunde wendeten sich zum Eintreten. Nur eine kleine Verwirrung gab es noch zu verzeichnen: Voltaire hatte die nächstbeste der drei Türen nehmen wollen, doch der König nötigte ihn, die mittlere zu benutzen, da allein diese für die Gäste bestimmt war.

II

Fredersdorf machte sich mit Pagenhilfe an das Abladen der Tonnen von Gepäck, die Francois Marie Arouet de Voltaire mitgebracht hatte, während der König das Vergnügen auskostete, seinen lange umworbenen Gast durch Schloss und Garten zu führen. Erst ging es durch die Enfilade der Gästeräume, wo der Anblick der Unordnung in La Mettries Zimmer erheiterte; schnell enteilte man ins wohl aufgeräumte Gemach des Marquis d'Argens, bevor man das gelehrte Sammelsurium im Gelass von Maupertuis durchmaß.

Voltaire lächelte sinnig und nannte die Namen der Bewohner, noch bevor der König den Mund aufmachen konnte.

Der Ankömmling strahlte vor ungeheucheltem Entzücken, als er den goldenen Käfig seines Alters erblickte. Sein Geschmack war vollkommen getroffen. Und das angrenzende Turmzimmer, spiegelbildlich der königlichen Bibliothek entgegengesetzt, war über alle Zweifel erhaben.

Er, Voltaire, sagte der König, wäre also momentan der Letzte in der Reihe und absolut ungestört. Aber so er es in seinen Zimmern einmal zu ennuyant finden möchte, bliebe ihm stets noch der Gang durchs Fenster, das er aber bitte vorher öffnen möge.

Der König klappte die angelehnten Glasrahmen auf und stieg mit dem Philosophen auf die oberste Kiesterrasse des südlich vorgelagerten Weinbergs hinaus. Und nun weidete er sich an den Ausrufen des Entzückens, an jedem »O!« und »A!«, das die dürre Gestalt angesichts der Terrassen, der Gewächse, der Aussicht, der Luft, der Sonne, der Vogelstimmen, der Ruhe sowie schließlich der malerischen Rückfront des Schlösschens ausstieß.

Der Chevalier kannte die Örtlichkeit freilich aus des Königs Gedicht an den Marquis d'Argens, mit dem er diesen vor Jahren bewogen hatte, hierher überzusiedeln.

»Hoch auf eines Hügels Rücken,
Wo das Auge mit Entzücken
Schweift, soweit der Himmel blau,
Hebt gebietend sich der Bau.«

Doch der Gast musste sich eingestehen, dass Schloss und Weinberg viel zu schön waren, um von ihrem königlichen Schöpfer selbst besungen zu werden. Des Königs beste Gedichte waren eindeutig die Gebäude, denn diese wenigstens leierten nicht.

Angesichts der seltsamen Inschrift »Sans, Souci.« am Kuppelrand, über die das Argusauge des Gelehrten gestolpert war, meinte der Monarch lachend, dass man dieses Missgeschick – wenn es denn eines genannt werden müsse – wohl seiner ungenügenden Fähigkeit des Interpunktierens zuzuschreiben habe. Die Steinmetze hätten sich offensichtlich nicht getraut, ihren Herrn zu korrigieren, sondern treu und fest das falsche Komma und den überflüssigen Punkt in den schlesischen Kalk geschlagen. Fredersdorf habe ihn später auf diese Aberration hingewiesen, doch er könne nur darüber lachen und sich an den braven Leuten freuen, die auch ›Sultan, Süleiman.‹ meißeln würden, ohne sich etwas dabei zu denken. Hierin seien die Steinmetze besser und unkomplizierter als der Freiherr von Knobelsdorff, der ihm doch glatt beinahe ein zweites Stockwerk auf sein Schlösschen gepackt und einen garstigen Keller darunter gestopft hätte.

»Was kümmerte es denn mir, ob man es unten vom Acker nun sieht oder nicht? Die Bauren sollen sähen und nicht heraufglugen! Könnte man es nur dahin bringen, dass die Sähmänner selbsten in ihrem beschwerlichen Tun nicht zu sehen seindt. Wie soll man da die Sorgen vergessen? Vielleicht tut man eine Hecken pflanzen? Voltaire, was meinet Ihr?«

Der Gefragte schwieg lächelnd zu dieser Heckenpredigt und erkundigte sich nach des Königs Verhältnis zum Betreiber der lustigen Windmühle auf dem Nachbarhügel. Es hätte kein schöneres Stichwort für den Schlossherrn geben können. Stundenlang, so der König, säße er oft auf der sonnendurchglühten Terrasse und bewundere das knarrende Drehen der Flügel, die nach dem Schlossbau nur umso heftiger herumgerissen würden, da eine Menge Wald, der zuvor den Wind gehemmt hatte, nun weggeräumt worden sei. Der Müller aber, dieser schlaue Fuchs, komme ihm jetzt mit gegenteiligen Argumenten und verlange eine Entschädigung, weil der Schlossbau angeblich den Durchzug behindere! Das sei zudem so etwas, was diese Mühle spaßig mache. Er prozessiere sich am liebsten mit den einfachen Leuten.

Das tat auch sein Gast, der zu diesen ausufernden und ziellosen Erläuterungen vornehm geschwiegen hatte. Er erkannte freilich, dass die echte Freude über seine Ankunft der Auslöser dieser Wortflut war, aber er wusste weiterhin, dass er selbst gerade dabei war, sich in eine nicht unbedeutende Abhängigkeit zu begeben. Die 20 000 französischen Livres Jahrgehalt, die ihm der gesprächige blaue König zahlen würde, verlangten nach der Gegenleistung seiner ständigen Gesellschaft.

Schwer zu kalkulieren, ob das auf die Dauer eine Gnade oder eine unerträgliche Last wäre? Der Mann hatte durch die blutigen Kriege offenbar einige – nicht nur körperliche – Erschöpfung davongetragen.

Zum Memento mori der nahe liegenden Gruft, die ihm der König am Ende der ersten Besichtigung noch stolz vorwies, konnte Voltaire nur still nicken: So weit beabsichtigte er selbst mit seinen sechsundfünfzig Jahren noch nicht vorauszuschauen. Freilich musste man als kugelumflogener Schlachtenlenker in anderen Zeitkategorien denken.

Rauchschwalben flogen zwitschernd und schwatzend über dem langen gelben Häuschen dahin, als die beiden seltsamen Vögel unter ihnen in dem kugelig vorspringenden Mittelteil ihres nunmehr gemeinsamen Baus verschwanden.

Hausherr und Gast betraten den Marmorsaal des Schlosses. Der König zog Voltaire ans Kopfende der prächtigen Tafel und hieß die längst dort versammelten Mittagsgäste willkommen, die ihrerseits beim Erblicken des erdbeerroten Kammerherren ehrerbietig applaudierten.

Trotz des Sinnenüberschwanges ob der gelungenen Ankunft dieses Einzigen, der ihm noch in seiner Sammlung gefehlt hatte, bemerkte der König die Abwesenheit des Zweiten Hofküchenmeisters und sah sich fragend nach ihm um.

Fredersdorf eilte sofort an sein Ohr und flüsterte etwas von einer gewissen Sache, derzufolge man selbigen Tafelwächter heute entbehren müsse. Der Dritte Hofküchenmeister Eckert sei bereit, für Langustier einzuspringen.

Der König nickte Zustimmung, wenngleich das natürlich am festlichen Tage etwas ungelegen kam. Immerhin wäre der Abwesende noch via Gaumenfreuden präsent. Es wurden, nach handschriftlichen Vorgaben Sr. Königlichen Majestät, gleichzeitig folgende »Schüsseln« aufgefahren, von denen sich jeder bedienen konnte:

»Souppen mit Rindtfleisch
Hüner mit Sardellen Sauce
Tort von Waldschneppen
Pökel Ganß mit Rüben
Dorsch mit dicke Butter
Schlehsische Wurst
gebratne Rephüner
gebrahtenes dammhirschKalb
gefilte Schnäcken
Blumenkol mit Krepse a la Chartröse
Mauldaschen von Manteln
Quinesischen Kuchen
und geräuchertes Hamelfleisch.«

Der König lächelte vorfreudig mit gespitztem Mund, und bei dem zu erwartenden Hammel fiel ihm die lustige Szene am vorangegangenen Sonntag wieder ein, als der türkische Botschafter den maskierten und opiumberauschten Langustier vors Berliner Schloss hatte schleifen lassen.
Indigniert war die Gesandtschaft mit ihrer Geisel wieder verschwunden und Langustier wurde erst zwei Tage später mit eingefallenen weißen Backen und violetten Ringen um die Augen wieder auf dem Rebhügel gesichtet. Ob die Ringe vom Opium oder von einer gehörigen Abreibung seitens der Türken gekommen waren, hatte er nicht gleich herausgekriegt, aber bei der nächsten Karnickelmahlzeit war ihm alles brühwarm serviert worden.

Man hatte ihn wohl ganz gut mit exotischen Kulinaria traktiert und via Dolmetsch parliert. Schade, dass er nicht dabei gewesen. Der König prostete Voltaire fröhlich zu und wünschte bei sich dem abwesenden Geheiminspektor, dass er jetzt endlich bald Erfolg haben möge.

III

Die Luft flimmerte sommerlich über dem Staub des wüsten Platzes, als Langustier der Mietkutsche entstieg. Er kannte die von Randowsche Adresse bereits von seinem ersten Kurzbesuch her. Jedoch hatte er bisher nur den Diener Untermann persönlich kennen gelernt, der Hausherr war ihm zuletzt dem Sehen nach auf dem Seziertische begegnet, und die Dame, die der eigentliche Grund seines jetzigen Hierseins war, bisher gar nicht. Fredersdorf hatte ihm von ihrer Ankunft am gestrigen Abend berichtet, da er momentan täglich die Listen der eingetroffenen Reisenden von der Berliner Wache zu Gesicht bekam, bevor er sie (in Vertretung des Kammersekretärs von Borcke) Sr. Königlichen Majestät in Sans Souci vorlegte. Langustier wollte nicht säumen, der Witwe vielleicht das eine oder andere zu entlocken.

Sie empfing ihn kühl, noch enerviert von der letzten Reiseetappe Leipzig–Berlin, und konnte mit dem seltsamen Schreiben Sr. Königlichen Majestät rein gar nichts anfangen. Trotzdem empfand sie es als interessante Abwechslung, mit diesem imposanten Herrn, von dessen Kochkünsten die halbe Metropole sprach, ein Tässchen Chocolade einzunehmen.

Untermann hatte alle Hände voll zu tun, um ihre Vorstellung von einer hauptstädtischen Zwischenmahlzeit zu erfüllen. Rasch musste er nach süßem Gebäck zu Monsieur Petit springen – der mittlerweile seinen Laden wieder eifrig und ungehindert betrieb –, hatte frische Milch zu holen, um dann noch das Getränk nach aufwändiger Art zu bereiten.

Langustier bekam somit an diesem frühen Nachmittag jene ganz der Chinamode und Turkomanie verpflichtete hintere Zimmerflucht der von Randowschen Wohnung zu Gesicht, die er beim ersten Besuch aufgrund der lähmenden Präsenz der Polizeioffiziere nicht wahrgenommen hatte. Die Wände beider Räume waren bedeckt mit Schnitzereien von exotischen Fabeltieren, Affen, Schilfbündeln und Palmwedeln auf den abschließenden Leisten. Entschieden zu viele Affen an einem Freitag, fand Langustier. Hier hätten sich übrigens die seltenen Porzellanfiguren des Herrn von Diercke viel hübscher ausgenommen.
Ein Schritt in das chinesisch-indianische Lackkabinett oder Teezimmer zeigte indessen, dass an Porzellan kein Mangel herrschte, denn der Vitrinenschrank aus Ebenholz mit Palisandereinlagen und stilisierten Palmbaumsäulen in der Ecke enthielt ein komplettes chinesisches Tanzorchester von vierundsechzig Figuren. Des Weiteren bestachen ein hoher, mit Koromandellack bedeckter Wandschirm sowie eine à la chinoise bemalte Lackkommode.
Das türkische oder maurische Coffeezimmer beinhaltete dagegen neben Diwan, Tisch und Stuhl nur eine voluminöse, eisenbeschlagene Truhe aus Eiche und einige kleine hölzerne Schatullen, die Tee und Coffee oder Reisemitbringsel enthalten mochten. Die rot- und hellbraun gestreifte Seide der Wände verlieh dem Raum eine behagliche Note, und Langustier stellte sich für einen Augenblick gewisse türkische Silhouetten anstelle der Frau von Randow vor, die hier auf der bequemen Chaiselongue, so wie es aussah, genächtigt hatte.
Vorsichtig nahm er auf einem höchst zerbrechlich wirkenden Rohrstühlchen Platz, fand es aber sehr solide und konzentrierte sich auf die Fragen, die er der Witwe nun, da die Chocolade dampfend und duftend hereingetragen wurde, stellen wollte.
Der blasse Teint ihres Gesichts verriet keinerlei hinterbliebenen Schmerz über den zweieinhalb Monate zurückliegenden Tod ihres Gatten. Das kastanienbraune Haar der Dame, die nach angespann-

ter Reise länger als gewöhnlich geruht und ihn nun dans la ruelle – im Gang zwischen Liege und Wand – hatte Platz nehmen lassen, stak rücklings gewendet in einer Haube aus karmesinroter Seide mit grünem Spitzenbesatz. Was auch immer sie empfinden mochte, blieb unsichtbar hinter ihrer hohen weißen Stirn und den braunen Augen.

»Verzeihen Sie, Madame, meine Indiskretion, aber ich möchte doch wissen, wann und wo Sie vom Tod Ihres Mannes erfuhren?«

»Es braucht Sie nicht zu genieren, Monsieur. Es ist in Neapel gewesen, etwa vier Wochen, nachdem es passiert war, und ich nutzte die Gelegenheit, den mir ohnehin schon überdrüssig werdenden Anblick meines Logis und des rauchenden Vulkans vor dem Fenster für einige Zeit abzulegen. So bin ich, nicht eilig und nur mit einigen zweitägigen Aufenthalten in Rom, Wien, München und Dresden hergefahren. Es war eine Weltreise, grässlich bei den Wegen, wie Sie sich vorstellen können!«

Langustier konnte dies freilich, denn auch die Rundfahrten mit dem König – wiewohl sie stets vergleichsweise komfortabel verliefen – hatten es in sich gehabt.

Das einstige von Randowsche Eheleben wurde durch die notorische Abwesenheit der Dame bereits hinlänglich genug charakterisiert. Nicht einmal zu von Randows Begräbnis hatte sich die vormals Angetraute eingestellt, was natürlich auch ein reines Problem von Zeit und Raum gewesen war.

Die Chocolade von vorzüglicher Süße wollte nicht recht zur bitteren Unterredung passen. Langustier fragte Marianne von Randow, ob sie sich denken könne, was ihr verblichener Gatte in der Purpur-Glocke gesucht hätte, worauf sie mit wegwerfender Geste zum Ausdruck brachte, dass sie sich über die absonderlichen Verhaltensweisen ihres gewesenen Ehegatten nicht im mindesten Gedanken machen wolle. Aber sie sei sich sicher, dass er dort nichts als billiges Amüsement gesucht habe – und fügte hinzu:

»Wie auch immer dies oder diejenige ausgesehen haben mag.«

Langustier fragte: »Lag es in Ihrer Absicht, Madame, das eheliche Bündnis wieder zu annullieren?«
»Wir hatten dies in Erwägung gezogen. Ja, durchaus.«
Sie nippte an ihrer Chocolade und setzte hinzu:
»Er wusste von meiner Liebe zu von Hattstein, wenn Ihr darauf hinauswollt. Das war kein Geheimnis, in der Tat nicht. Doch Casimir würde niemals ... O quelle Malheur! – Wie ungeschickt von mir!«
Ihre Hand hatte beim Aufnehmen der kleinen heißen Tasse stark gezittert, und daher fand sich die Chocolade furchtbarerweise auf ihrem gelbem Samtkleide wieder. Langustier, ganz Kavalier, sprang auf, um ihr mit einem kostbaren Spitzentüchlein zu Hilfe zu eilen, und so wurde die braune Flüssigkeit nur umso rascher in Madames teure Gewandung gerieben.
Auf den unerwartet eintretenden Liebhaber Marianne von Randows aber, der sie nach langem Getrenntsein in freudiger, alleiniger Erwartung seiner Person vorzufinden gedachte, machte Langustiers höfliche Hilfeleistung einen mehr als zweideutigen, nämlich höchst eindeutigen Eindruck. Die eigenartige, perspektivisch noch verschärfte Vertraulichkeit, mit der sich Langustier an der Dame zu schaffen machte, entlockte ihm einen aufrichtigen Laut der Entrüstung! Der Gesichtsausdruck des Geheimkommissärs war nicht gerade der geistvollste, als er sich umwandte und das zornesrote Antlitz Casimir von Hattsteins erblickte, der nun dampfkesselhaft hervorstieß:
»Monsieur, was fällt Ihnen bei? Unterstehen Sie sich, die Dame zu belästigen! Noch dazu in einem Trauerhaus!«
Der Diener Untermann zog hinter von Hattstein eine untröstliche Miene, offenbar im Bedauern darüber, den Herrn nicht rechtzeitig angekündigt zu haben.
Langustier, geröteten Gesichts von der diffizilen Vorbeugung, nahm sich mit einer Antwort auf diesen Anruf Zeit, denn erst galt es, das chocoladegetränkte Spitzentüchlein zusammenzufalten, ohne dass

etwas heruntertropfte. Madame von Randow war aufgestanden, um das Malheur in aller Deutlichkeit zu präsentieren.
»Mon chèr Casimir! Es ist alles ganz anders ... Monsieur Langustier ist hier, um mir ein paar Fragen zu stellen wegen von Randow. Der König hat ihn mit dieser Aufgabe betraut. Ich war zu ungeschickt, wie du siehst, mein altes Zittern wieder ...«
Sie wollte ihm trotz des Chocoladenfleckes um den Hals fallen, doch er wies sie kalt zurück. Langustier versuchte sein Bestes, die Situation zu wenden, wie einen Braten, der am Verkohlen war:
»Monsieur, Sie sehen ja, was passiert ist; ich wollte Madame nur behilflich sein. Aber jetzt, da Sie auch einmal da sind, könnten Sie mir ebenfalls ein paar Fragen beantworten.«
Der Graf von Hattstein, ein auf den ersten Blick unbeugsamer, kühler königlicher Beamter, dessen schmales Gesicht mit Moustachebärtchen als das eines spanischen Edelmannes aus dem sechzehnten Jahrhundert hätte durchgehen können, nahm jedoch weder von der Chocolade noch von allen Worten weiter Notiz. Selbst der vorgewiesene königliche Freibrief Langustiers war ihm kein Anlass, das gefällte Urteil zu überdenken.
»Es ist mir ein Rätsel, Monsieur Langustier«, erklärte er aufgebracht, »wie sich der König zu Personen Eurer Art vertraulich herablassen kann, die in ihren ergaunerten Mußestunden offensichtlich nichts als quälende Verhöre und galante Spielchen mit wehrlosen ehrbaren Witwen von Mordopfern im Sinne haben. Doch die Glückseligkeit ist nun passé, mein Herr! Ich verlange umgehend Satisfaktion!«
Untermann hielt sich die Hände vors Gesicht, doch in Langustiers Augen flammten kleine Feuerchen auf. Sein Vater, der als Chefkoch am Hofe Ludwigs des Vierzehnten seinen Dienst stets zur Zufriedenheit des Herren verrichtet hatte, war vorzeiten einmal mit seinem Sous chef über die Farbe eines Gänsebratens uneins geworden, und es hatte die beiden für eine bange Stunde nur die Überzeugung geeint, der Zweikampf allein könnte ihre Differen-

zen beilegen. Langustier, damals noch Lehrling bei Maitre Noël in Fontainebleau, war zum Sekundanten des väterlichen Hitzkopfes geworden. Glücklicherweise schoss der alte Langustier schlechter als er briet, und sein Kollege bekam es mit der Angst und ballerte einfach in die Luft. Anschließend hatten die Streithähne wieder in trautem Frieden am Herd von Versailles gestanden und taten selbiges noch siebzehn unbeschwerte Jahre lang.

Doch diese Gedanken und Erinnerungen halfen Langustier für den Augenblick rein gar nichts. Der beleidigte Liebhaber, ein offenkundig streitsüchtiger und bis aufs Blut eifersüchtiger Galan, stand in seinem Uniformrock da wie ein brüskierter Feldherr. Schnaubend fragte von Hattstein, welche Waffen er zum Pfuhl an der Hasenheide vor der Stadt in drei Stunden mitbringen solle. Dort nämlich hatte er vor, seine Ehre als Liebhaber zu verteidigen und Langustier den Garaus zu machen.

Der Gefragte begnügte sich damit, dem spanischen Hofzeremoniell entsprechend, einen Handkuss bei der Dame anzudeuten und dem Herausforderer nur ein lässiges

»Degen, mittelschwer!«

hinzuwerfen. Er wendete den Unterteller seiner Chocoladentasse und wies dem Hattsteiner die leuchtende Kehrseite hin: Zwei gekreuzte Klingen prangten daselbst blau unter der Glasur – das Insignum der Meißener Porzellanmanufaktur.

IV

Ein Sekundant war freitags nachmittags gar nicht so einfach aufzutreiben. Von Beeren weilte auf seinem Landgut, die eigene Tochter kam nicht in Frage, Doktor Eller war in wichtiger operativer Angelegenheit unabkömmlich, ließ aber durch einen Assistenten ausrichten, dass er sich auf ein Wiedersehen, ganz gleich in welcher Form Langustier auch erscheine, sehr freue, und Monsieur Maupertuis hatte das Porzellanfieber derart fest im Würgegriff,

dass er gar nicht begriff, worum es ging, als Langustier bei ihm auftauchte. Lächelnd komplimentierte der königliche Ober-Hof-Alchemist ihn wieder zur Türe hinaus. Offenbar war man dem Geheimnis des weißen Goldes um einige sagenhafte Flohsprünge näher gekommen.
Schließlich hatte Langustier die rettende Idee empfangen: Der Dolmetsch des türkischen Aga, »Ojmar« von Schlettwein, ohnehin bereits vor Ort im Heidenlager, würde ihm den nötigen Ehrendienst mit Sicherheit nicht verwehren.
Zweieinhalb Stunden später wies er den Mietkutscher auf einem Feldweg zu warten an und wandelte über die einsamen, grünen Auen vor Berlin, um sich ein letztes Mal von Schmetterlingen, Hummeln und Viehbremsen umsummen zu lassen. Er war mit einer alten zerfledderten Uniformjacke angetan, die er sich bei einem Krämer in der Ritterstraße gekauft hatte, weil er den hübschen, teuren Moiré seines Rockes nicht ungeschützt den Degenstößen eines liebestollen Ehebrechers ausliefern wollte. Äußerst schwermütig erwog er auf seinem Abschiedsgang so allerlei: 1. Die Eitelkeit menschlichen Strebens; 2. Die Unbeständigkeit allen Seins; 3. Die erste Liebe; 4. Den Verfall der Ideale; 5. Die Folgen des Krieges; 6. Den Trug des freien Willens und 7. Die letzte Liebe. Damit hatte er sein persönliches Nadir erreicht.
Bei den Zelten des türkischen Lagers angelangt, fragte er nach Ojmar. Es dauerte nicht lange, bis der Major leibhaftig vor ihm stand. Langustier schilderte ihm seine missliche Lage, und von Schlettwein fand sich zu dem heiklen Dienst bereit. Er kannte die Misslichkeiten der Ehrenhändel nur zu gut, denn sie grassierten überall auf der Welt wie die Kuhpocken. Er eilte, seine Kleidung etwas förmlicher zu gestalten, und Langustier schlenderte für einen Moment allein an den Zelten entlang, schon bald wieder in dunkle Gedankengewebe gehüllt.
Sollte es nun zu Ende gehen? Mitten in seinen Nachforschungen? Wäre es nicht ehrenvoll für einen Kommissär, im Zuge seiner Ar-

beit von dem gejagten Mörder im Duell niedergestreckt zu werden? Von Hattstein schien auf der einen Seiten gute Voraussetzungen mitzubringen, ein Mörder zu sein: Er war unbeherrscht, mit blinder Eifersucht geschlagen, neigte zur Gewalttätigkeit. Doch die subtile Form des Giftmordes, der an von Randow verübt worden war, passte absolut nicht zu ihm. Deuteten diese giftige Heimtücke, das kulinarische Raffinement des Tatwerkszeugs nicht sogar auf eine Täterin?

»Apropos«, überlegte er, »wo waren nun eigentlich die Damen in diesem Serail? Hinter diesem bunt gefärbten Zeltstoff vielleicht?« Hörte man da nicht frauliche Stimmen? Er hob vorsichtig eine rot und grün schillernde Seidenplane, um hineinzulinsen, was jedoch sofort vereitelt wurde – Lachen war zu hören: weibliches Lachen und Kichern! Langustier schämte sich ein wenig für seine Neugier. Er machte sich ja noch zum Narren, und das kurz vor seinem Abgang, der doch ehrenhaft vonstatten gehen sollte! Missmutig stapfte er von den Zelten weg zum Kampfplatz.

Von der schönen Lichtung nahe beim Tempelhofer Feld, auf der sich die Stoffe der transportablen Gemächer prächtig ausnahmen, waren es nur wenige Schritte in ein schluchtartiges kleines Tal, das sich an einer Stelle zu den Wiesen hin öffnete, wo eine Partie sumpfigen Graslandes – der »Pfuhl« – sich erstreckte. Dort zwischen Eichen, dicken Farnbüschen und der sumpfigen Ebene sollte das Treffen stattfinden.

Der sinnierende, aller Welt verzeihende und langsam sein irdisches Dasein zurücklassende Langustier wurde wenige Minuten später von Major von Schlettwein eingeholt, der allerdings nicht allein gekommen war, sondern in Begleitung einer farbig verhüllten, unverkennbar weiblichen Gestalt. Als der Tschador oder Schleier aus schwarzer Baumwollgaze vor ihrem Gesicht herabfiel, blickte Langustier in die Spiegel zweier großer, grüner Augen. Die ebenmäßigen Gesichtszüge wurden von schwarzem gelocktem Haar eingefasst, welches nun, als die Tücher ganz verschwanden, wie eine Fontäne von Erdöl herabfiel. Ihr Blick lag traurig auf dem wenig kleidsamen blauen Fetzen, mit dem Langustier angetan war und der vom blassrosa Moiré seines Beinkleides höchst garstig abstach. Aber sie achtete gar nicht auf diese Diskrepanz, sondern sprach einige kurze Worte zu dem Major, näherte sich dann dem verdutzten Langustier, hauchte ihm einen Kuss auf die Wange, wobei er tausendundeinen Wohlgeruch wahrnahm und bis zur letzten Fiber aufgerüttelt wurde, und verschwand zwischen hohen Farnkräutern – ganz die Fee aus dem Märchen. Und doch Wirklichkeit: Die Schöne der Nacht!

Langustier stand wie erstarrt. Sein Glaube hatte ihn nicht getäuscht: Sie hatte ihn nach seinem Erwachen gepflegt und hatte sich nun seiner erinnert.

»Verratet mir,« bat er den Major stotternd, »was hat sie gesagt?«, und dieser rapportierte:

»Kämpft tapfer! Ich will Euch lebend wiedersehen.«

Langustier, eben noch ein grüblerisches Bündel Mensch, zeigte sich nunmehr auf wundersame Weise verwandelt. Gertengleich schnellten die Worte des Königs, die er den Angehörigen seiner Leibgarde und seinen Köchen einst mit in den Krieg gegeben hatte, aus der Erinnerung empor:

»Ein vernünftiger Mann darf keinen Schritt ohne triftigen Beweggrund tun, und ein solcher ist es zweifellos, sich aus einer misslichen Lage zu befreien oder den Feind darein zu versetzen, oder um den Streit auszufechten, der sonst nie ein Ende nähme. Wenn man euch zwingt, den Degen zu ziehen, so falle auf Eure Feinde gleichzeitig Donner und Blitz!«

Als wenig später der Graf von Hattstein mit seinem portugiesischen Diener Sanchez auf dem Farnkrautplane erschien, sah er sich einem entspannten, zuversichtlichen und aufs Höchste konzentrierten Langustier gegenüber.

Hätte der Seehandelsdirektor um die zurückliegende Übung des Zweiten Hofküchenmeisters auf dem Gebiet des Degenfechtens gewusst, wäre er zweifellos niemals so töricht gewesen, ihm die Wahl der Waffen zu überlassen. 1741, gleich nach dem glücklich gescheiterten Attentat der Österreicher auf den König bei Baumgarten, hatten die Köche begonnen – erst mit langen Fleischmessern, dann mit echten Degen, die ihnen der König geschenkt –, die Grundlagen dieser edlen Kunst zu erlernen.

Von Hattstein überreichte Langustier nach knapper, steifer Begrüßung einen der beiden mittelschweren spanischen Degen nach Art des siebzehnten Jahrhunderts, die er mitgebracht hatte. Langustier prüfte ihn und fand ihn zum Kampfe überaus tauglich. In den Heerlagern der zurückliegenden Kriege hatte er beständig und mit Freude seine Fechtweise perfektioniert, und die legere Art, wie er den Grafen (bei zurückgebundenem linkem Arm) in zunächst weiter Mensur von der Auslage her sogleich mit mehreren Ausfällen in Bedrängnis brachte, kam für diesen so unerwartet, dass er Mühe hatte zu paradieren, um nicht auf der Stelle empfindliche Treffer einzustecken.

Wiederholt gab Langustier im zweiten Gang – »auf Bindung« – dem verunsicherten Gegner Einladung, doch wenn der Angreifer die Blöße nutzen und zustechen wollte, musste er durch blitzschnelle Attacken mehrere unangenehme Quarthiebe hinnehmen. Diese Contreattacken Langustiers, dem Grafen mit ausdrucksloser Miene nach Art eines Toreros beigebracht, gingen nahe am Herzen vorbei und schlitzten von Hattstein die braunseidene Kleidung wie ein Kissen auf, so dass weiße Leinenfäden über den Pfuhl wehten. Die forschen Waffengänge hatten die beiden Kämpen nahe an die unebene Waldregion geführt, wo Ast an Ast, Baumstamm an Baumstamm am Boden lagen und von meterhohem Kraut verdeckt wurden. Daher nahm es nicht Wunder, dass Langustier, rücklings über ein Hindernis stürzend, plötzlich dem Angriffe des Gegners hilflos ausgeliefert lag. Ein Ast am Boden hatte ihm noch dazu ins Genick geschlagen, als wolle er dem Seehandelsgrafen das Tötungswerk abnehmen. Der blutrünstige Attaquer hob an, ihm

höchst unfein den letzten Stoß zu verpassen, doch Langustier rollte sich unter konzentrierter Aufbietung all seiner Kräfte resolut zur Seite, so dass von Hattsteins Degen ziemlich tief in den feuchten Waldboden fuhr, den erwähnten Ast durchbohrend.
Bis von Hattsteins Klinge befreit war, dauerte es einen Augenblick. Langustier konnte sich wieder aufrappeln und tänzelte, die Waffe zum Spaß, doch schrecklich für seinen wieder andrängenden Kontrahenten anzusehen, von Prim über Sekond, Terz und Quart, Sixt, Septim bis Oktav führend, aufs freie Feld hinaus, den unerbittlichen Widersacher nach sich ziehend.
Mit einigen Finten oder Scheinstößen zwang Langustier den Grafen, sich vorzusehen, um bei nachlassender Deckung des Gegners sofort in die frei werdende Blöße zu stoßen. Zweimal kurz hintereinander traf er auf diese überlegte Weise den Unachtsamen empfindlich am Arm. Aufmerksamkeit und Kraft wichen aus dem Grafen. Für einen folgenschweren Moment war von Hattstein ganz außer Fassung gesetzt. Da ihm der Schmerz tief in den Knochen steckte, vergaß er das Paradieren, so dass Langustier durch eine korkenzieherhafte Bewegung seiner Degenklinge den kraftlosen Herausforderer um seine Waffe brachte.
In hohem Bogen flog der gräfliche Degen davon und landete mit dem Geräusch, das ein feuchter Kuss macht, auf einer morastigen Stelle des Pfuhls. Bereits im nächsten Augenblick war er im Modder verschwunden. Von Hattsteins Diener Sanchez lief auf Langustier zu und bat um Gnade für seinen Herren, der sich mit schmerzverzerrtem Gesicht im feuchten Grase wand.
Langustier dachte an den wichtigen Zweck, den er mit seinem Tun zu verfolgen hatte. Er setzte dem wehrlosen Kontrahenten die Degenspitze an die Kehle und fragte ihn höflich, ob er nun gewillt sei, ihm einige einfache Fragen, sein Verhältnis zu dem seligen Grafen von Randow betreffend, zu beantworten?
Kläglich gelobte der Unterlegene, dies durchaus tun zu wollen, wenn Langustier sich davon etwas verspräche, und nach etlichen

bangen Sekunden, in denen der hochwohlgeborene Kehlkopf mehrmals schmerzhaft an den kalten bürgerlichen Stahl gerührt hatte, gab sich der Sieger mit der Absichtserklärung zufrieden und ließ den Besiegten vorderhand am Leben. Die Klinge allerdings setzte er mitnichten ab.

»Was tatet Ihr, Monsieur, am Nachmittag des Mordtages, nach dem Besuch? Wolltet Ihr das Opfer noch irgendwo treffen?«

Der Degen zuckte, der am Boden liegende Graf ebenfalls. Von Hattsteins Stimme bekam etwas Weinerliches, was ihm jedoch, fand Langustier, angesichts der widrigen Umstände ihrer Unterhaltung zugestanden werden mochte.

»Nicht so fest, Monsieur, wenn ich Euch bitten dürfte? Ich war wirklich noch mit von Randow verabredet und zwar in der Purpur-Glocke. Am Nachmittag bat ich ihn um eine Aussprache, denn er schien mir von seiner Unpässlichkeit wieder ganz genesen, und für unser Treffen hätte das Lokal – das heißt natürlich das geheime Dachgeschoss – die besten Voraussetzungen geboten, wie Ihr nach erfolgter eigener Inspektion leicht einsehen werdet. Ich wartete und wartete, aber von Randow kam nicht. Stattdessen stürzte gegen sechs die Wirtin herein und ersuchte ihre Gäste recht aufgelöst, das geheime Geschoss über die Hintertreppe zu verlassen. Dass von Randow gestorben war, erfuhr ich erst am nächsten Tag.«

»Was wolltet Ihr mit von Randow bereden?«, fragte Langustier sein Opfer, welches, schmerzlich von der Klingenspitze zum Röcheln gebracht, erklärte, dass es bei der anvisierten Unterredung um das Projekt einer Brauerei gegangen sei, die sie beide, jeder vom anderen unabhängig, seit Jahren ins Leben hatten rufen wollen.

»Von Randow ist ein Mann gewesen, der in Frieden und Krieg für alles, was er tat und errang, doppelte Absicherungen aufbaute. Daher erschien ihm die Versorgung durch das Amt, das Se. Königliche Majestät ihm verliehen, nie und nimmer als Versicherung für sein Alter ausreichend. Mir kam es nun widersinnig vor, dass zwei

Männer, die über das Stadium der Rivalität hinausgekommen waren und ihre Feindschaft in Liebesangelegenheiten längst begraben hatten, in ökonomischen Dingen weiterhin gegeneinander arbeiten sollten. Ihr müsst wissen, Monsieur Langustier, dass es zwischen mir und von Randow nie einen Ehrenhandel gegeben hat. Er entzweite sich mit Marianne, seiner Gattin, schon bald nach ihrer Heirat vor fünf Jahren. Es war ein Jahr nach Kriegsende, dass wir einander kennen lernten. Durch mein jetziges Amt hoffe ich, ihrer Passion für das Reisen entgegenzukommen.«
Langustier stichelte etwas mit dem Degen, damit von Hattstein wieder auf die interessanteren Dinge zu sprechen käme.
»Ich wollte von Randow an jenem Nachmittag daher vorschlagen, dass wir uns, statt getrennte Anstrengungen in Brauereifragen zu unternehmen, zusammentun sollten. Da mein Verhältnis zu Marianne schon lange kein Geheimnis mehr war und er selbst schon wiederholt davon gesprochen hatte, die Verbindung zu lösen, habe ich bitten wollen, endlich in die Scheidung einzuwilligen.«
Langustier fiel noch rechtzeitig ein, Katzenzungendetails zu eruieren, und erhielt die Bestätigung:
»Ja, ich brachte ihm von Petits speziellem Konfekt …«
Von Hattstein atmete schwer, und es schien geboten, ihm für den Moment Aufschub zu gewähren.
Doch schon kurz danach hatte Langustier wieder den Zeiger der Klinge am gräflichen Hals und entlockte dem Bedrohten des Weiteren noch den Hinweis, dass der Abbé Bastian am fraglichen Nachmittag ebenfalls in der Purpur-Glocke zu beobachten gewesen wäre und sich wie üblich in dunklen Geschäften mit dem berüchtigten Kapitän Nevin beredet hätte. Wahrscheinlich, so von Hattstein, habe der Seemann dem Abbé wieder eine Ladung Opium versprochen, denn es komme, trotz seiner Kontrollen, stets wieder vor, dass in den Porzellanlieferungen aus China Mohnabkochung versteckt sei. Man habe dem Kapitän bisher nichts nachweisen können, aber dass der geheime Handel, der ein

übles Zollvergehen darstelle, nicht ohne Nevins Wissen geschehen könne, sei jedermann klar.
Damit entließ Langustier den Direktor der Preußischen Seehandlung endlich aus der unvorteilhaften Lage. Er versicherte ihm »auf Ehre«, dass niemand von ihm Einzelheiten über die zurückliegende Stunde erfahren werde, und von Hattstein, durch seinen Diener Sanchez gestützt, wankte zu einem nahebei wartenden Zweispänner.

V

Für den Moment verspürte Langustier das dringende Bedürfnis nach einem erfrischenden Bad, und da ihm der Pfuhl hierzu nicht unbedingt geeignet erschien, nahm er nun auch von dem Major dankbar Abschied. Verschmitzt drückte ihm der Sekundant zuvor noch ein Zettelchen in die Hand, und Langustier wäre ihm wegen der darauf stehenden Worte am liebsten um den Hals gefallen, konnte aber gerade noch vornehm an sich halten:

> So Ihr dies lest, so lebt Ihr! Allah sei gepriesen!
> Trefft mich bei Großem Karussell.

Der Dolmetscher, der dies auf Diktat der Schönen geschrieben, hatte auf der Rückseite hinzugesetzt:
»Treffer!«
Ob die schöne Haremsdame denn auch einen Namen trüge? Der Major glaubte sich zu entsinnen, dass sie Inschallah gerufen werde, war sich aber nicht ganz sicher und versprach, es herauszubringen. Bis zum Karussell, jenem großen Fest für die Schwester des Königs, die man in Potsdam erwartete, würde es noch ganze neun Tage dauern!
Der Mietkutscher hatte in treuem Glauben an den Sieg seines Fahrgastes auf einem fernen Feldweg gewartet. Er fragte devot:
»Alles in Ordnung, der Herr?«

»Monsieur, es hätte nicht besser laufen können! Ein wenig Waffenübung dann und wann erfrischt doch Herz und Seele ungemein!«

Auf dem Weg gen Potsdam mussten sie an der 300 Meter langen Holzbrücke beim Jagdschloss Glienicke einen Zwischenstopp einlegen. Gerade schickte sich ein beachtlicher Schoner mit Adlerflagge an, die Hebebrücke zu passieren. Die Zugklappen in der Brückenmitte wurden hochgezogen, und die Fuhrwerke mussten mindestens eine Viertelstunde warten.

Langustier verschwand kurzerhand im Röhricht und tat wenig später kraftvolle Schwimmzüge in der Havel. Was da vorüberfuhr, war zweifellos Fredersdorfs Frachtschiff, die »Goldene Gans«! Heute war es von der Berliner Schiffergilde inspiziert worden und nahm jetzt Fahrt nach Hamburg auf. Bis zur Elbeinmündung bei Werben hinter Havelberg hätte sie noch jede Menge wunderschöner Seen und fürchterlicher Bootsengpässe zu durchschwimmen. Der königliche Kammerdiener hatte es in seinen 25 Dienstjahren zu so allerlei gebracht, dachte Langustier, dem das Wasser an dieser Stelle des Flussbettes bis zum Hals reichte, – das Gut Zernikow, das Fredersdorf vom König geschenkt bekommen hatte, beherbergte eine Seidenraupenzucht und eine gut gehende Bierbrauerei, aber das Schiff dort stellte alles in den Schatten. Langustier schwamm wieder zum Ufer. Außerdem war die Erbtochter Daum, um die sich der fußkranke Fredersdorf schon seit Jahren bemühte, auch nicht zu verachten: Mit sinnlicher Schönheit überreich begabt und äußerst lebensfroh, aber dabei klar im Geist. In jedem Fall, schätzte der triefende Langustier, war die Daum schwer reich, so schwer, dass ihre Mitgift wohl kaum in der »Goldenen Gans« Platz finden würde.

Er trocknete sich mit der ausgedienten blauen Uniformjacke ab und hängte das grausige Stück zum Schrecken des nächsten Badegastes an eine Kopfweide am Schilf. Mit klarerem Blick als noch vor Stunden trat er auf die Chaussee zurück und bestieg die geduldige Kutsche, die Seele reingewaschen und auch am Leib sauber wie ein Klarapfel.

VI

Auf dem Rebberg war die Hölle los, als Langustier zurückkehrte. Schon vom Tal aus konnte man das Lachen und die Musik hören. Der König war außer Rand und Band – er hatte seine übliche Stundeneinteilung komplett vergessen. Der schönste Tag in seinem Leben sollte und sollte nicht zu Ende gehen. Noch gut drei Stunden fehlten bis Mitternacht.

Durch die laue Dämmerung schlich Langustier in die Küche, in der Hoffnung, diese bereits verwaist vorzufinden, doch darin hatte er sich gründlich getäuscht. Nach hartem Arbeitstag saßen bei fröhlichem Mahl beisammen: der Erste Hofküchenmeister Joyard, der englische Maitre patissier Trimnel, der Wiener Strudelkoch Schilger sowie des Weiteren die einfachen Köche Heyne, Frantz, Korn, Jähne, Sievert, Gehardt, Eckert, Dionysius, Hosang, Meltzer, Jungius, Ronde, der Spickmeister Jacobi, der Bratenmeister Wagner sowie die Küchenschreiber Mecklenburg und Schwerin.

Da sie keine Gefahr liefen, an diesem Abend noch weitere Störungen zu erleben, hatten sie sich über die Reste hergemacht, aber bei weitem nicht alles bewältigt. Die königliche Abendtafel hatte mit einem Saldo von 150 Austern den absoluten Jahresrekord aufgestellt, und nun nahm man, wie das Klirren der edlen venezianischen Gläser vermuten ließ, hinten auf der Terrasse nur noch flüssige Nahrung zu sich und wartete auf das Feuerwerk des Hof-Pyrotechnikers Brillière.

Der neue Gast, so war man sich einig, schien kein großer Esser zu sein und Austern insonderheit zu verschmähen. Joyard zog auch hier Bilanz: Voltaire hatte seinen Kapaun ganz ohne die lebenden Schalenbewohner verzehrt, indes der Kalbscarbonade naturell mit Zitronenjus tapfer zugesprochen, den gebratenen Rebhühnern und dem gebratenen Hammel allerdings schon weniger und bei den Fasanenfilets à la Princesse vollends die Segel gestrichen. Wer die meisten Austern verspeist hatte, brauchte fast keiner Betonung: der Hausherr, versteht sich. Zwanzig durften es zweifelsohne gewesen sein.

Langustier wurde mit großem Hallo und einigen spitzen Bemerkungen begrüßt, die sich auf seine Abwesenheit bezogen, deren kriminalistischer Grund freilich kein Geheimnis mehr war.

Zur Erheiterung der fröhlichen Truppe trug die zum werweißwievielten Male zum Besten gegebene Rüge bei, die der Mundbäcker Igel unlängst erhalten hatte. Versehentlich war eine Schabe in den Semmelteig geraten, und Igel hatte sie unglücklicherweise in eine Semmel eingebacken, die auf des Königs Teller gelandet war. Bald schon hatte Igel seine Quittung schriftlich erhalten. Auf der Gehaltsabrechnung hatten Se. Königliche Majestät die Passage »Pour le boulanger« durchgestrichen und eigenhändig eingedeutscht in: »Pour le Bäcker-Sau.«

Das Gelächter führte dazu, dass die Pferde in der angrenzenden Remise unruhig wurden. Für den Augenblick erstarben die Geräusche auf der Terrasse, dann setzten auch dort wieder hörbare Heiterkeit und Gläserklingen ein.

Da es selten gut ist, zu fortgeschrittener Stunde noch Einzug in eine Gesellschaft zu halten, schnappte sich Langustier einen leeren Korb, füllte ihn mit beachtlichen Resten von Austern, Hähnchen, Hühnchen und Fasanen, auf die niemand Anspruch erhob, und entschwand nach draußen, wo er dem Kammerherren La Mettrie direkt in die Arme lief – allerdings nur bildlich gesprochen, denn in den Armen trug dieser bereits zwei bauchige Weinflaschen. Von Langustier gefragt, ob er Lust hätte, einen Nachbarn kennen zu lernen, mit dem er zu nächtlicher Stunde – wie schon oft – einige Kriminalfakten abzuwägen gedenke, bejahte La Mettrie und wandelte neben Langustier die wenigen hundert Meter zum geflügelten Haus des Müllers Graevenitz hinauf.

Die Müllerin öffnete, eine herzliche, adrette Frau, und ließ die späten Gäste mit Freuden ein, als Langustier ihr seinen Korb unter die Nase und La Mettrie die beiden Flaschen wie erlegte Enten an den Hälsen in die Höhe hielt. Aus dem Behältnis strömten Düfte, die verführerisch zu nennen eine Beleidigung für die Schlossküche gewesen wäre: Sie waren extraordinär!
Graevenitz hatte es sich gerade unter den Flügeln seiner Windmühle bequem gemacht und beschlossen, angesichts des königlichen Radaus heute Nacht einfach dort oben sitzen zu bleiben. Wenn er schon auf den Schlaf und die Ruhe Verzicht zu leisten hätte, so wollte er wenigstens den Anblick der Sterne und einige gut gestopfte Pfeifen genießen. Daher blickte er ärgerlich auf, als seine Frau mit den Gästen die enge Stiege hinaufpolterte und alle drei durch die schmale Brettertür zu ihm auf Deck kamen. Der Vergleich mit einem Schiff drängte sich geradezu auf angesichts der Segelbespannung der Mühlenflügel, der Takelage, mit der sie verzurrt und in den Wind gedreht worden waren sowie der Holzplanken dieses luftigen Auslugs. La Mettrie, den es im Gegensatz zu Langustier zum ersten Mal hierher verschlug, entbot dem einfachen Mann einen freundlichen Gruß und überreichte ihm als Gastgeschenk seine beiden Bouteillen, worauf sich die argwöhnische Miene des Müllers aufheiterte. Langustier, La Mettrie und die Müllersleute rückten an einen kleinen Tisch und aßen mit Genuss.
Vollends gesättigt, streckte man sich behaglich unter dem Sternenzelt und betrachtete den Großen Bären, den Kleinen Bären, die Cassiopeia und Andromeda auf dem Spiegel in den Weingläsern. Die Müllerin verabschiedete sich bald, nicht ohne die Besucher aufzufordern, dem König für seine Aufmerksamkeit zu danken – was Langustier mit einem »Naturellement, Madame!« quittierte.
Der Müller zückte seine Meerschaumpfeife, La Mettrie tat ein Gleiches, und im Parlieren über die Mechanik der Windmühle, die den Maschinenmenschen begreiflicherweise arg in ihren Bann

schlug, vernebelten schon bald stechend riechende graue Schwaden die Sterne.
Langustier schilderte die Abenteuer, die er an diesem Tage hinter sich gebracht hatte, um sodann auf den Stand seiner Ermittlungen im Falle von Randows zu sprechen zu kommen. Er erläuterte zunächst, dass er, wenn er die eventuellen Beweggründe von Hattsteins, von Coccejis, des Abbés sowie des Kapitäns nur gehörig erwäge, dem Grafen die Sache am ehesten zutraue, habe er doch, verglichen mit der bloßen Eifersucht und den Spielschulden des Justizrats, eindeutig die gewichtigsten Gründe: Das Erbe seiner Zukünftigen werde ihm sicher helfen, seine Brauerei zu eröffnen, und damit die vornehme Marianne nicht ewig seine Zukünftige bleibe, habe erst ihr Ehegatte abtreten müssen. Dass er es auf die Geheimschrift in von Randows Besitz abgesehen haben könnte, schien ihm dagegen zweifelhaft. Solange man nicht wisse, worin diese bestehe, gäbe es auch keinen Grund, mit ihr zu spekulieren. Der Täter hatte wohl nicht von ihr gewusst, sonst hätte er nach ihr gesucht.
»Vielleicht war es aber lediglich ein verschlüsselter Schatzplan oder der Hinweis, wo im Schlesischen Busch die besten Steinpilze stehen?«, warf La Mettrie ein.
Beim Anheizen und Zusammendrücken einer neuen Knasterladung in seiner Pfeife ließ dagegen der Müller verlauten:
»Der Seedirektor …«
(er meinte von Hattstein)
»… ist doch ein alberner Laffe. Das habe ich schon immer gewusst. Er kommt als Täter überhaupt nicht ernsthaft in Betracht! Hätte er den Mord begangen, würde er es nicht darauf ankommen lassen, dass ihn dieses Duell um den Erfolg seiner Mühsal brächte. Glaubt Ihr, der König hätte es ihm durchgehen lassen, dass er Euch ersticht? Bei dem Essen, das Ihr ihm kocht?«
Langustier sonnte sich in diesem Kompliment und wog gedankenverloren den Kopf. La Mettrie, dem Müller zustimmend, betonte

indes den Umstand, dass alle bisherigen Verdächtigen in der Purpur-Glocke ein- und ausgegangen wären, insofern auch der Graf von Hattstein nicht einfach zu entlasten sei.
»Eifersucht ist eine so vernunftwidrige Regung, dass sie den klaren Kopf eines ansonsten kaltblütigen Mörders leicht zu einem Fass voller trüber Waschbrühe macht.«
Der schwarzen Wirtin, Madame Myers, schien kaum ein plausibles Motiv anzulasten, einen zahlungskräftigen Besucher ihrer geheimnisvollen Kammern auf derart absonderliche Weise ums Leben bringen zu lassen. Hierzu hätte sie mit einem der Besucher gemeinsame Sache machen müssen, wofür allenfalls der Kapitän Nevin in Frage zu kommen schien. Langustier erschien ein baldiger Besuch bei diesem Herrn Nevin, der gemeinsam mit von Hattstein aus Emden zurückgekommen war, außerordentlich dringlich.
»Purpur-Glocke ... Wisst Ihr eigentlich, woraus das echte Pupurrot gefertigt wird und wie teuer es ist?«, fragte La Mettrie.
Weder Langustier noch der Müller wussten es; der eine vermutete Krappwurzel, der andere Cochenilleläuse, was beides nicht stimmte, und so ergaben sie sich schließlich dem Wissensüberschwang des Akademiemitgliedes.
»Die römischen Senatoren«, so erläuterte La Mettrie – während der Müller sich dem Bourgogner zuwandte –, »trugen vormals ein purpurnes Band an ihrer Toga; mehr war ihnen nicht erlaubt, denn der Farbstoff war so kostbar, dass nur der Kaiser ihn für ein ganzes Gewand benutzen durfte. Eine Unze oder ein halbes Lot, respektive ein sechzehntel Pfund kosten etwa 17 000 Rheinische Gulden, das sind 272 000 für das Pfund.«
Die respektvoll schweigenden Unwissenden versuchten sich diese Menge Münzen in Mehlsäcken oder Kochtöpfen vorzustellen und erfuhren, dass man die Farbe Purpur aus kleinen, in der mittelländischen See lebenden Schnecken fabriziere, dass 8000 Schnecken für zwei Achtel Kölnische Mark des Farbstoffes nötig seien (also etwa für ein Lot), dass man die Schnecken zerstampfe, in Salz ein-

lege, die Masse auf einen Bruchteil ihres Anfangsvolumens eindicke, schließlich siebe.

»Erst beim Färben tritt die rote Farbe hervor – durch eine besondere chemische Reaktion, die von einem sehr üblen Geruch begleitet wird«, erläuterte La Mettrie.

»Der Justizrat,« hob Langustier wieder an, um auf den Mord zurückzukommen, »hat erklärt, dem Kranken Blumen geschenkt zu haben, und konnte sogar sagen, welche es waren – Türkenbundlilien. Dass er damit aber als möglicher Täter ausscheidet, kann man leider nicht behaupten, denn er hat dem Grafen zusätzlich Pralinen mitgebracht.« Diese verflixten Zungen.

»Es ist doch sternenklar!«, schien der Müller eine Banalität auszusprechen, dabei das Sternbild der Hunde im Blick. »Der Justizrat ist viel beherrschter als von Hattstein, denn er hat eine viel schönere Frau, und hat Euch doch nicht über die Klinge springen lassen, als Ihr sie angestarrt habt wie ein Mondkalb. Habt ihr's mir nicht so erzählt?«

Langustier bestätigte es.

»Also würde ich ihm auch mehr Kaltblütigkeit im Vergiften zutrauen. Er wird im Wolffschen Coffeehaus neben Petits Geschäft gesessen haben, unschlüssig, was zu tun ist – dass er ihm hat übel wollen, davon gehen wir einmal aus, wegen seiner Schulden oder der Barberina oder beidem, und da beobachtet er plötzlich einen der anderen Besucher beim Kauf der Katzenlöffel – sieht beispielsweise, wie der von Hattstein die Konfekttüte in der Hand hat und ins Haus zum Grafen hineinstapft, und da wird ihm der Gedanke gekommen sein, dass es wohl kaum auffiele, wenn da noch ein paar mehr Tüten herumlägen, mit vergifteten Löffeln, versteht sich. Kauft er die also und noch ein paar Blumen bei der alten Zigeunerin vor der Marktkirche und macht dem Jägermeister die Honneurs. Vorher muss er natürlich noch das Gift in die Katzenzungen hineinpraktizieren. Fragt mich aber nicht, wie!«

La Mettrie und Langustier sahen einander verwundert an.

»Woher kennt Ihr euch am Markt der Gens d'armes so gut aus?«, war alles, was Langustier zunächst in den Sinn kam. Der Müller lehnte sich lachend zurück.

»Vergesst nicht, dass ich jeden Monat einmal Metropolenluft schnuppere – wenn ich nämlich an einem der Markttage hinüberfahre, um Mehl zu verkaufen. Da lasse ich mir bisweilen, wenn die Geschäfte danach waren, einen süßen Coffee bei Wolff schmecken und beobachte die genäschigen Kunden des Herrn Petit. Der Abbé hat das Lokal zu seinem Stammcafé gemacht. Den von Hattstein hab ich da übrigens ebenso oft beobachtet wie den von Cocceji, und auch den Capitain von Diercke konnte ich einmal mit seiner Familie dort sehen. Den Käptn Nevin kenn ich nicht, aber wenn ich er wäre, würd ich hingehen. Der alte Wolff ist freilich ein Schlitzohr und Halsabschneider, aber er brüht den besten Mokka in ganz Berlin. Er soll verwandt sein mit dem Philosophen in Halle, und der soll auf seinem Gebiet auch ein geachteter Fachmann sein.«

La Mettrie war voll der Bewunderung für des Müllers Theorie, wenn er auch der Wolffschen Philosophie wenig Achtung zollte. Er gab jedoch zu bedenken, dass es schon eines sehr raschen Entschlusses und einer entschiedenen technischen Umsetzung bedurft hätte. Was an der Möglichkeit natürlich nichts ändere.

»Ich denke, mein lieber Langustier,« schloss er, »Ihr solltet einmal, bevor das Jahr zur Neige geht, die bereits für abgeschlossen geltende Suche nach der Giftstoffquelle in anderer Richtung aufnehmen. Vielleicht hilft Euch dies hier ja auf die Sprünge?«

Er reichte ihm einen Ausriss aus der neuesten Ausgabe der »Berlinischen Zeitung«, und Langustier las im Stillen:

»Vorgestern nahm allhier bei Herrn Ruffin in der Breiten Strasse der Ritter Taylor Quartier – seines Zeichens Leiboculist des Königs von Großbritannien, Sr. Königlichen Hoheit des Herzogs Carl von Lothringen, Sr. Hochfürstlichen Durchlaucht und Ihro Königlichen Hoheit, des Prinzen und der Prinzessin von Oranien, Sr. Hochfürstlichen Durchlaucht des Herrn Landgrafen Wilhelms von Hessen-Kassel sowie Sr. Hochfürstlichen Durchlaucht des Herzogs von Sachsen-Gotha. Täglich von zwölf bis drei Uhr wird er seinen prächtigen Apparatum und seine neue Art, das Gesicht wieder herzustellen, zeigen, mit der er in Potsdam so viel Segen gestiftet. Die Armen versorget er umsonst.«

»Potzblitz!«, entfuhr es Langustier, während drüben über dem Schlosspark das königliche Feuerwerk munter abzubrennen begann. »A!s« und »O!s« waren zu hören.

»Ihr habt Recht. Den Herrn sollte ich mir einmal vorknöpfen. Außerdem stehen noch ein gewisser Herr Nevin und der Abbé Bastian auf dem Programm. Ich fürchte, das wird morgen ein langer Tag. Entschuldigt mich also.«

Damit ließ er die beiden Sternengucker zurück, von der trügerischen Hoffnung beseelt, in seiner Koje im Bedienentrakt des Schlosses eine kleine Mütze Schlaf zu finden. Der König und Voltaire wollten indes kein Ende ihrer Begrüßung finden.

Samstag, 20. Juni 1750

I

Der schlaftrunkene Langustier war kaum schwankend auf den Beinen, als Fredersdorf, selber noch nicht sehr standfest, ihn aufgeregt um Aufmerksamkeit bat:

»Monsieur, es ist … in Berlin …«

Er musste sich sammeln und noch einmal ansetzen.

»Ähem. Monsieur Langustier. Ähem. Se. Königliche Majestät lassen Euch bitten, ohnverzüglich in die Charité abzufahren, um dorten in Ihrem, der Königlichen Majestät, Auftrage eine weitere Observation Euch bereits hinlänglich bekannter Natur vorzunehmen. Es ist nämlich«, fuhr er reichlich theatralisch fort, »in Berlin wieder etwas allerhöchst Betrübliches vorgekommen … Und Se. Königliche Majestät sehen zu ihrem großen Missfallen, dass die Gelder, die Sie in die Ausbildung der beiden Jungpolizisten gesteckt haben, offenbar ›durch den Kamin gegangen seindt‹, wie man sich majestätlicherseits auszudrücken beliebt.«

Langustier, der sich aufgrund seiner eigenen Saumseligkeit des königlichen Grolls gegen seine amtlichen Juniorkollegen kaum recht freuen konnte, erbat genauere Einzelheiten. Ein Herr namens Schlichtegroll, erläuterte ihm Fredersdorf, gewesener Kriegsveteran, sei in der Purpur-Glocke tot aufgefunden worden.

Dass derlei gerade jetzt geschehen musste! Langustier hatte sich eine Menge vorgenommen und konnte eine zusätzliche Unterredung mit Professor Eller schwerlich an diesem Tag noch unterbringen, geschweige denn weitere kriminelle Verstrickungen entwirren. Dieser eine Fall malträtierte ihn schon übergenug. Aber es kam noch schlimmer: Als er aufbrechen wollte, fing es an zu donnern, und wenig später kübelte es aus allen Wolken, dass das

Schlösschen geradezu drohte fortgespült zu werden. Fredersdorf wähnte sich dem Weltuntergang nahe, während man durchs Vestibül das diabolische Lachen Sr. Königlichen Majestät und seines neuen Kammerherren, des Herrn Voltaire, vernahm, die sich so früh am Morgen bereits widergöttlich zu amüsieren schienen.
Langustier wartete den schlimmsten Regen ab und lief, als er etwas nachließ, in die Remise, um sich mit Wurmb, dem Kutscher, zu bereden, der an diesem Morgen ohnehin nach Berlin fahren würde. Vor der Ankunft des Markgrafen und seiner Frau musste der gesamte königliche Berliner Fuhrpark einer eingehenden Inspektion unterzogen werden. Der oberste Kutscher des Landes erklärte sich ohne Zögern bereit, Langustier in zwei Stunden mitzunehmen.
Bei Joyard in der Küche fand er die Mannschaft relativ gut beieinander nach dem nächtlichen Exzess – abgesehen von einigen Fachkräften und Küchenhilfen, die an den Vorbereitungstischen standen und blässlich wirkten wie Gespenster. Das Gewitter rückte sie überdies in ein sehr trübes Licht, so dass man sie nur herzlich bemitleiden und ihnen wünschen konnte, sie möchten den Tag gut überstehen. Ihre robusteren Kollegen dachten und handelten leider weit weniger verständnisvoll und schienen alles daransetzen zu wollen, den Armen durch Gepolter, Geschrei und unausführbare Aufträge diesen Tag vollends zur Hölle zu machen.
Zwei Stunden später brach der Zweite Hofküchenmeister nach Berlin auf. Joyard dankte ihm für seine blendenden Vorarbeiten und wünschte Erfolg »bei den Berliner Affären«. Langustier hatte zuvor verschiedene Braten in Marinaden gelegt, Karpfen, Barsche und einen kapitalen Hecht ausgenommen und geschuppt, Fischfond hergestellt, eine Kalbspastete bereitet – und noch etwas zum späteren Nachtisch hingezaubert: »Plomps Käcks«, das Lieblingsbackwerk des Königs. Der Küchenzettel für diesen Tag sah außerdem vor: Gemüsesuppe Olla padrida, Weinkaltschale mit Kirschsaft und geröstetem Brot, grüne Erbsen mit gekochtem Endiviensalat,

gebratene Kapaunenstopfleber, Muscheln mit purpurrot eingefärbtem Quittengelee, Himbeeren mit Sauce flambée.
Langustier selbst musste darben. Ohne ein ausreichendes Frühstück zu sich genommen zu haben – nur eine Semmel und ein Pott Coffee waren neben den Arbeiten eiligst zur Einverleibung gekommen –, ging es mit der Kutsche ab. Kurz vor dem Auslaufen des Gefährts hatte sich erfreulicherweise auch La Mettrie im Kasten eingenistet, denn er legte auf weiteren Rummel um Voltaires Ankunft keinen Wert. Als er hörte, dass man zunächst in die Charité fahren müsse, wo es eine Leiche zu besichtigen gebe, klatschte er vergnügt in die Hände: »Eine Leiche!«
Dem Kutscher Wurmb auf dem Bock wurde bei diesem Ausruf einigermaßen mulmig zumute, und er schüttelte sich, dass das Wasser von seinem Roquelor und dem Wachshut nach allen Seiten spritzte.

II

Nach einer halsbrecherischen Fahrt über teils moorartig aufgelöste Wege (bei Zehlendorf wären sie um ein Haar mit einem Fuhrwerk zusammengestoßen und beim Ausweichmanöver fast im Graben gelandet und ersoffen) kam gegen zehn Uhr Berlin in Sicht. Hinter Schöneberg war man kurz in die Sackgasse bis zum etwas erhöht gelegenen Schlossküchengarten gefahren, wo Langustier einen Strauß saftigster Küchen- und Heilkräuter für Eller pflückte und La Mettrie und Wurmb sich dankbar in dem mittlerweile schönsten Sonnenschein auf die Mauer legten. Kurze Zeit döste und entspannte sich jetzt auch der Küchenmeister. Er setzte sich an einem rohen Eichentisch in eine kleine Laube, die im hohen Grase wie versunken stand. Das Areal lag über der Stadt. Durchs Geißblatt einer kleinen Laube fiel die Sonne auf den Tisch, und über die niedrige Mauer sah man unmittelbar auf den Wiesenplan, wo vor dem Dächermeer der Friedrichsstadt mit dem Rondell am Ende ein kleiner und ein größerer Wasserlauf ihre Schere bildeten. Links mild ansteigende, bewaldete Hügel, ein weiter Bogen von Wald. Eine Wachtel schlug in der Nähe, die Grillen zirpten, der Schlaf schien unausweichlich …

… doch der Kutscher Wurmb wusste die Ruhe wohl zu terminieren. Ächzend erhob sich Langustier wieder, mit noch größerem Ächzen rollte der Transportkasten auf die Chaussee zurück und passierte kurz darauf anstandslos das Hallische Tor. Der Schlagbaum ging hoch. Die Neue Friedrichsstraße rauschte vorbei, die Straße unter den Linden blitzte kurz auf – als nach beiden Seiten unendlich scheinende Flaniermeile –, die Querstraße ging es entlang, das gerade Ende des Weidendammes, dann über die Spree, links am Ufer den Schiffbauerdamm vor zu einer kleinen Brücke auf Höhe des Königlichen Holzmarkts am anderen Spreeufer, schließlich geradeaus, am Kunstkanal rechts ab, und schließlich die Charitéstraße weiter bis vor Ellers Zwingburg.

Eller, der bereits mit Langustiers Erscheinen gerechnet zu haben schien, hatte etwas aufgeräumt und seine Präparategläser zu spiegelnden Pyramiden aufgetürmt.

La Mettrie und Eller, die sich erst etwas skeptisch abtasteten, traten rasch in einen angeregten Gedankenaustausch über medizinische Materien, der zum Generalthema das Epikureertum und die Folgen exzessiver Genüsse auf den Organismus hatte, und sie blieben auch tapfer bei diesem Thema, bis Langustier unruhig seine Zwiebel an der goldenen Uhrkette aufschnappen ließ und, entgeistert das rasende Fortschreiten der filigranen, etwas verbogenen schwarzen Zeiger vor dem weißen Zifferblatt betrachtend, die Herren um Beschleunigung bat.

Die Leiche Schlichtegrolls im tiefer gelegenen Sezierraum bot ob ihrer Erstarrung in sitzender Haltung zwar einen äußerst kuriosen Anblick, aber wenig ersprießlich Neues. Das Gesicht glänzte in einer Aufgedunsenheit, die jeder eingeweichten Semmel zur Ehre gereicht hätte, doch der Rest des armen Mannes war derart ausgemergelt, dass er, so Eller, auch ungeachtet der akuten Vergiftung recht bald an einer chronischen zugrunde gegangen wäre. Langustier stutzte. Ein lange währendes Verbrechen? Doch Eller verneinte. Grund für das Siechtum sei ein schwerer chronischer Opiumabusus gewesen. Grund für den Tod dagegen – Eller verwies auf die geweiteten Pupillen – war das bereits hinlänglich bekannte Belladonnagift! Er benannte zahlreiche Indizien, wiewohl Langustier hier das Endurteil des Fachmanns vollkommen genügte. Sein Interesse für diese zweite Leiche wuchs. Sollte sie ihm am Ende gar zum Mörder des Grafen von Randow führen? Er brauchte etwas mehr Informationen über den Toten, doch waren die hier kaum zu bekommen.

La Mettrie hatte derweil, reichlich unpassend, wie Langustier fand, einen Lobpreis des Opiums angestimmt.

»Der Zustand inniglichen Wohlbehagens, den dieser Mensch so beharrlich immer wieder aufgesucht und gefunden hat, hatte keine andere Ursache als eine gleichförmige Zirkulation und eine angenehme, halbparalytische Entspannung der festen Fasern seines Körpers. Welch wunderbare Wirkung hat doch ein Körnchen dieses Narkotikums, wenn es sich über das Blut im ganzen Körper verteilt! Seine Zauberkraft vermittelt uns mehr über das höchste Glück als alle Abhandlungen der Philosophen zusammen. Und wäre jemand für die Dauer seines Lebens so organisiert, als ob dieses göttliche Mittel in ihm wirke: wie glücklich müsste ein solcher Mensch wohl sein?«

Ein endloses Gespräch zwischen Eller und La Mettrie über die Opiate, ihre Segnungen für die Heilkunst sowie ihre teils verheerenden Wirkungen für die ihnen süchtig anheimgefallenen Subjekte setzte nun an und führte Langustier quälend die eigenen Erfahrungen vors innere Auge. Als er sah, dass die beiden Ärzte ihr Thema gefunden hatten, gab er es auf, La Mettrie mit sich ziehen zu wollen, und machte sich alleine aus dem Staub. Im Davongehen fiel ihm auf einem Tischchen am Eingang des Leichenraums ein großes Präparateglas auf, das voller brauner Objekte steckte, die sich dem Scheidenden nach einigen Sekunden des Nachsinnens als der Restbestand des untersuchten Petitschen Zungenkontingents erschlossen.

Auf dem Weg durch die frische, in Berlin mittlerweile ebenfalls vom Gewitterregen reingewaschene Luft hellte sich auch Langustiers stickige Laune wieder auf. Drinnen in den Grüften hatten sie fast eine Stunde lang geredet und nichts mitbekommen. Glitzernde Tropfen hingen in der Feldfrucht, doch die Nässe verdampfte schnell. Bis er wieder in die Stadt hineinkam, was knapp eine Viertelstunde dauerte, waren längst alle Wasserpfützen verschwunden.

III

In der Purpur-Glocke begegnete er den Inspektoren von Trotha und von Manteuffel, auf die er gut hätte verzichten können, doch es führte kein Weg an ihnen vorbei. Immerhin hatten sie ihr gründliches, erfolgloses Durchsuchungswerk bereits vollendet und verließen bald darauf, nicht ohne hämische Seitenhiebe auf Langustiers vergebliches Polizistenspiel, den Plan. Allerdings war er sich nicht zu stolz, sie nach der Adresse von Kapitän Glass Nevin zu fragen, der als nächster Kandidat auf seiner Besuchsliste stand. Von Trotha verweigerte ihm diese Auskunft nicht. »Der kommt ja früh!«, mochte er sich denken.

Langustier tröstete sich damit, im Gegensatz zu den beiden Offizieren das opiumschwangere, exotische Oberstübchen des Hauses zu kennen und die Wirtin durch seine dort gemachten Beobachtungen zu etwas weitergehender Kooperation bewegen zu können. Ein Wort von ihm gegenüber dem König – das er bisher tunlichst vermieden hatte auszusprechen – würde ihren Laden wie ein grünrotes Kartenhaus zusammenstürzen lassen. Des Abbés Kartenspiele und die Opiumgeschäfte des Herrn Nevin ließen sich sicher mit den Lustbarkeiten in bestimmten anderen Kammern, so man nur einmal alles aushob und einige noble Kunden unter Druck setzte, in ausreichender Klarheit kombinieren und aller Welt vor Augen führen.

»Ich bitte um die Freundlichkeit, Madame, mir zu verraten, wo der opiumkranke Mensch, der vom Schlafmohn eingelullt wurde wie von einem zu weichen Kissen, tatsächlich seinen letzten Atemzug getan hat? Hier unten in der Schankstube war es sicher nicht, wenn ich mich nicht täusche?«

Die dunkelhaarige Dame, die sich ganz in schwarzen Samt gehüllt hatte, über dessen Nachthorizont das blasse, an den Wangen und Lippen künstlich gerötete schmale Gesicht mondartig aufging, wurde darob scheinbar etwas gesprächiger.

»Ihr seid mir zu durchtrieben, Monsieur. Ich wünschte fast, ihr wärt aus Eurer damaligen Mohnkapsel nicht wieder ausgestiegen … Verzeiht mir die Bemerkung …« (und hier konnte sie trotz ihrer Bedrängnis ein Lachen nicht vermeiden) »… Wie Ihr, von jener grünäugigen Schönheit so liebevoll umhegt, indessen Eurer Sinne gänzlich verlustig, in Eurer abenteuerlichen Verkleidung dalagt, (denn man rief mich über einen Glockenzug nach oben), hatte ich mich beinahe schon in mein Schicksal ergeben. Freilich wart ihr nunmehr kenntlich geworden, denn Euer abenteuerlicher Turban hatte sich verschoben und Euer nachgedunkeltes Gesicht lief oben in einen hellen Schlussstrich aus. Ich glaubte also bereits, das sei das Ende des schönen Oberdecks in meinem Piratenschiff. Aber dass Ihr mich und meine Besatzung bisher nicht habt von den Königspolizisten schanghaien lassen, gibt mir ein gewisses Zutrauen in Euren weiteren Schutz. Ihr könnt, wann immer Euch danach verlangt, die Annehmlichkeiten meines Hauses genießen …«

Wiewohl ihm heimliche Verlockungen aufleuchteten wie Tropfen geschmolzenen Metalls in einem abgedunkelten Lackkabinett, blieb Langustier unbewegt. Er überschlug den nutzbaren Tatsachengehalt des Gehörten und erinnerte Madame Myers schließlich durch einen Blick auf seine Taschenuhr daran, dass er es sich durchaus anders überlegen und die Polizeioffiziere des Königs in ein bestimmtes Dachgeschoss verweisen könnte.

»Es würde mir nicht schwer fallen, in der Tat, einen dicken Strich durch Eure Opiumrechnung zu machen, indem ich über den wahren Fundort andernorts spekulierte. Vorausgesetzt, Ihr verschweigt ihn mir weiterhin, bin ich drauf und dran, Euer so genanntes ›Oberdeck‹ mit Sturm zu überziehen!«

Die Dame erfasste erst jetzt die wahre Gefährlichkeit ihres Befragers und verhehlte nicht länger, dass der Tote am gestrigen Abend oben, und zwar bei voll besetzter Halle, entdeckt worden sei. Man habe ihn im Schummerlicht lange für betrunken oder vom Opium berauscht gehalten, dann aber für leblos befunden.

»Wir trugen ihn nach hier unten, bevor wir Ihre Kollegen riefen«, fügte Madame Myers hinzu. Langustier stieß einen Seufzer aus und erwiderte:

»Halten zu Gnaden, Madame – meine Wenigkeit ist direkt dem König unterstellt, während diese beiden … Volontäre … zu dem Stadtkommandanten von Hacke aufschauen dürfen. Übrigens: Wie kam es, dass die besagten Herren die Dachetage im Mai leer vorgefunden haben?«

Madame Myers lächelte und erklärte dreist, dass man diesen Teil des Lokals erst kurze Zeit später eingerichtet habe. Sie hielt das Gespräch damit für beendet und wollte mit ihrem berühmten Buddhalächeln davonschweben, als Langustier noch einmal nachsetzte:

»Pardon, Madame – wenn Ihr Haus so hübsche, vielgestaltige Annehmlichkeiten bietet, dann war es bestimmt eine davon, die den Grafen von Randow hierher gelockt hat. Sollte es sich um eine leibhaftige weibliche Annehmlichkeit handeln, so bitten Sie doch selbige einmal auf ein Wort zu mir. Sie könnten sich damit *Un*annehmlichkeiten ersparen. Denn soviel ist gewiss – auch wenn ihr trefflich abzulenken versteht – ich kenne mehrere Personen, die dort droben schon viel früher ein- und ausgingen, und Graf Ran-

dow gehörte zu ihnen. Ich glaube aber, dass die Inspektoren gerade kamen, als Sie dort oben ein bisschen umgeräumt haben ...«
Madame Myers biss sich ins Lippenrot, verschwand und erschien wenig später mit einem nicht eben geistig, aber doch ansonsten sehr reif wirkenden rothaarigen Fräulein. Die junge Dame namens Mireille Cochois gestand schamhaft ein, von Randow schon oft in ihrem Zimmer empfangen zu haben, auch an jenem mittlerweile sehr fernen Nachmittag, an dem er gestorben sei.
Madame Myers blickte sich um, ob sich auch nirgends ein Ohr spitzte, und zog die beiden mit sich in die Küche. Mademoiselle Cochois' Erzählung kam jedoch auch dort nur schleppend in Gang. Langustier musste jedes Wort aus ihrem unnatürlich rot geschminkten Mund hervorlocken und zwischendurch einmal seine Uhr aufziehen, um sich zu entspannen. Herr Gott, wie die Zeit abschnurrte!
Des rothaarigen Fräuleins Erinnerung an jenen fernen Freitagnachmittag erlaubten es nun wenigstens, ein paar wichtige Dinge klarer zu sehen.
Als der Graf mit seinem Hund zur Tür des zweiten Stockwerks wieder hinausging – ins Treppenhaus –, entsann er sich des Abschiedspräsents, das er dem Fräulein mitgebracht hatte: Eine Tüte mit drei Chocoladenzungen. Die Rothaarige erklärte, sie habe diese verschmäht, einerseits, weil ihr das Tabakaroma am Gebäcke nicht behaglich vorgekommen sei, denn der Graf hätte seine Tabatiere neben der Tüte in der Jackentasche gehabt; andererseits, da sie von Freundinnen, die immer Chocolade gegessen, wisse, dass man davon rasch arg aus den Fugen gerate. Sie kicherte und schaute auf Langustier, der sie böse anfunkelte, worauf sie erschrocken in sich ging, errötete und wieder zum schicklichen Ernst zurückfand.
Von Randow habe sich eine Katzenzunge herausgenommen, seufzend das kunstvoll darum gelegte Band abgewickelt und sich schließlich Bisquit essend zum Gehen gewendet. Ein bitterer Geschmack sei ihm unangenehm aufgefallen, und er habe gemeint, sie

möge die beiden anderen gar nicht versuchen, denn sie schmeckten nicht gut. Sie könne sie ja für ihn aufheben, denn etwas Bitteres nach etwas sehr Süßem – sie kicherte – habe auch seinen geschmacklichen Reiz. Der Herr habe ins Dachgeschoss gehen wollen, wo er angeblich verabredet gewesen sei. Das Fräulein wusste nicht mit wem, erklärte aber, dass sie ihn mehrfach mit dem Abbé Bastian und einem Invaliden droben in einem der Nebengelasse gesehen habe. Die beiden anderen Konfektstücke hatte Mademoiselle Cochois noch am gleichen Abend, wie sie wörtlich erklärte, »in die Spree plumpsen lassen«.

Nach der Verabschiedung des Grafen auf der Treppe sei die Tür von ihr geschlossen worden. Dann habe sie den Sturz von Randows draußen gehört und wieder geöffnet.

»Ich bin hinausgegangen und habe von Randow am Boden liegen sehen. Ich habe mich zu ihm hinabgebeugt und ihn geschüttelt, doch ich sah sofort, dass er tot war. Seine Augen standen weit offen, aber kein Atmen ist mehr zu hören gewesen. Ich habe nicht gewusst, was ich in meiner Bestürzung tun sollte. Da der Hund wie verrückt gebellt hat, habe ich ihn am Halsband gepackt und behutsam ganz nach unten gezerrt. Nur mit Mühe hat er sich vor das Haus setzen lassen, was aber doch nötig war, damit er mit seinem Lärmen nicht das ganze Lokal rebellisch macht. Der Hund hat mir sehr Leid getan, er ist noch eine Weile winselnd und bellend an der Tür geblieben und hat daran gekratzt, doch nachdem ich ihm gedroht habe, ist er verschwunden.«

Langustier strich in Gedanken das Hundeparadoxon, das ihn zu Beginn seiner Nachforschungen beschäftigt hatte.

Sie, so die Rotschöpfige, habe Madame Myers in der Schankstube nun von dem Unfall erzählt, denn für einen solchen hatte sie es gehalten. Sie dachte, der Graf sei gestürzt und unglücklich aufgeschlagen. Madame Myers, die mit ihr hinaufgeklettert sei, habe sie wieder in ihr Zimmer geschickt und den Gästen im Oberstübchen einen zweiten Ausgang geöffnet, damit die vordere Tür verschlossen werden konnte, falls die Polizei oder wer auch immer auftauchen sollte. Madame Myers nickte hierzu schweren Herzens und ergänzte, dass auch ihr unklar gewesen sei, was sie habe tun sollen. Ratlos in die Küche geflüchtet, sei ihr noch immer keine Lösung eingefallen.

»Doch dann, als ich noch mit mir haderte, stürzte der Diener des Grafen, vom treuen Hund geleitet, ins Haus und die Treppe hoch, wo er dann unweigerlich über den Toten gestolpert ist.«

Abschließend begehrte Langustier von dem Fräulein noch zu erfahren, wie sie denn sicher habe wissen können, dass der Graf tot gewesen sei? Um das festzustellen bedürfe es schon einiger Erfahrung, und die starren Augen oder das Fehlen einer sichtbaren Atmung genügten keineswegs als Beweis hierfür. Mademoiselle Cochois hatte jedoch über diesen Punkt gar nicht weiter nachgedacht, sondern es, wie sie sagte, eben einfach *gewusst*. »Also grundlos angenommen«, ergänzte Langustier innerlich. Er schrieb sich den Namen des Fräuleins sowie einige Einzelheiten, die ihm wichtig vorkamen, auf den letzten weißen Fleck seines Konfekttütchens, das er in seinem Rock verstaute, und folgte den Damen aus der Küche. Er wollte gerade das Etablissement verlassen, als ihm der Diener Untermann auffiel, der im Lokal an einem der Tische saß und sich offenbar mit dem Diener von Hattsteins befreundet hatte. Langustier trat hinzu und fragte die Herren, ob er sich kurz setzen dürfe, was diese bejahten.

Untermann hatte in der Tat einiges zu dem neuen Toten zu vermelden. Dieser Schlichtegroll sei bei von Randow ein- und ausgegangen, berichtete er. Es habe ihn damals sehr gewundert, so der Diener, dass der Graf verschwand, ohne Schlichtegrolls Besuch abzuwarten, den dieser an jedem Freitagnachmittag zu absolvieren pflegte, ob der Graf nun krank gewesen sei oder nicht.

»Unwahrscheinlich, dass er es über den vorangegangenen Tagen des Unwohlseins vergessen hatte; aber möglich, dass er mit den Wochentagen etwas durcheinander gekommen war.«

Der Graf, so Untermann weiter, habe den armen Kerl wegen seiner Gebrechen und wegen seiner schlimmen Neigung zum Mohn regelmäßig mit Geld unterstützt. Sie hätten viel von alten Zeiten gesprochen, und der Graf hätte immer wieder von den Schlachten geredet, worüber auch der Major – wie alle Militärs – endlos habe erzählen können, bis zu einem gewissen Punkt, der ihnen offenbar in unangenehmer Erinnerung gewesen sei.

»Es war seine Verwundung, die ihm zu schaffen machte. Das ganze Leben hat sie ihm verleidet. Nach der Schlacht bei Kesselsdorf, als alle schon Frieden gemacht hatten, traf ihn die Freudenkugel eines Potsdamer Musketiers, der sich aus Gram über seine Tat später im Tegeler Forst erhängt hat …«

Dann habe der Graf dem Schlichtegroll meistens Geld zugesteckt, und der Major sei davongestakt, auf seinem einen Bein, um sich die Opiumpfeife anzuzünden, in aller Stille – »oder an einem von allen gekannten, von keinem je genannten Ort«, vervollständigte Langustier im Stillen.

Er verabschiedete sich von den beiden Herren und dankte Untermann für diese wirklich aufschlussreichen Mitteilungen. Da es bereits auf halb drei ging, war es höchste Zeit, in die Breite Straße zu eilen: Französische Straße, Friedrichsstädtischer Markt, Markgrafenstraße bis auf Höhe Jägerstraße, über den Spreekanal geradeaus bis in die Alte Friedrichsstraße, diese abwärts in die Churstraße, links in die Alte Leipziger, dann zwischen Unter- und Oberwasserstraße über die Spree auf die Insel und geradeaus über die Brüderstraße – eh voilà! Knapp zehn Minuten hatte er gebraucht.

IV

Der berühmte Augenarzt Taylor führte Langustier seine Höllenmaschine vor, denn er hatte den teuren Moiré gesehen und witterte einen liquiden Patienten für eine Staroperation. Der mögliche

Kunde wurde zunächst noch recht locker an Armen und Beinen auf einem Gestell festgeschnallt, damit er den Arzt nicht durch unkontrollierte Abwehrbewegungen behindern und sich selbst um das verbliebene Augenlicht bringen könnte. Nun wurde der Kopf in eine recht genau der jeweiligen Schädelform anzupassende und fest verschraubte Schale gelegt, anschließend mit Gurten arretiert.
Langustier ließ sich insbesondere den eigentlichen Vorgang der Operation genauestens erläutern. Taylor präsentierte die millimetergenau auszurichtende Sonde – ein sehr dünnes hohles Rohr, das über eine feststellbare Führungsschiene präzise in den Augapfel eingestochen werden konnte, um durch eine Substanzentnahme den Druck in seinem Inneren dauerhaft zu senken. Am Wörtchen »präzise« hing allerdings mehr, als den Kranken oft bewusst war. Der Arzt konnte zwar an einem definierten Ort sehr genau zustechen, doch über das »wo« dieses Ansatzpunktes herrschten in der Fachwelt höchst disparate Ansichten …
Langustier hatte sich durch sein Interesse in eine etwas ungewöhnliche Ausgangsposition für eine Befragung manövriert. Da es dem Ritter Taylor offenkundig scheinen wollte, als sei er tatsächlich an einer Behandlung interessiert, bot er seine ganze Überzeugungskraft auf, um den bereits Festgeschnallten dazu zu bewegen, die Sache gleich abzumachen. Langustier bewies daher seinen ganzen Gleichmut. Er bat Taylor, aus der Innentasche seiner Jacke ein für die Weiterbehandlung äußerst wichtiges Dokument hervorzuziehen, da ihm selbst ja augenblicklich beide Hände gebunden seien.
Taylor tat wie ihm geheißen und fingerte umständlich das königliche Permissschreiben aus Langustiers Jacke. Dieser erklärte ihm, was es damit auf sich hatte, und stellte seine Frage nach einem Käufer von Belladonnalösung im März oder zu Anfang des Aprils. Freilich zögerte Taylor nun nicht länger, den schon fast sicher gewähnten Patienten wieder von seinen Fesseln zu befreien. Die Enttäuschung über den Umstand, dass den Augen des Zweiten

Hofküchenmeisters kein Star zu schaffen machte, stand ihm deutlich ins Gesicht geschrieben.
Akribisches Nachdenken Taylors mündete immerhin in die Mitteilung, dass ein vornehmer Herr einen nicht großen, aber doch ungewöhnlich ansehnlichen Vorrat seines hoch konzentrierten und nur in Verdünnung zu verwendenden alkoholischen Atropaextrakts erworben habe, mit dem die Augen groß wie Hühnereier würden, und zwar war dies just zu der Zeit, da er nach Potsdam gekommen sei, um seine Heilkünste zu praktizieren. Durch Langustiers bohrendes Nachfragen wurde der Zeitpunkt so weit eingeengt, dass es »um die Ostern« gewesen sein musste, genauer »kurz vor Ostern«. Im dicken Buch, das alle Zahlungen enthielt und sogleich vom schwerhörigen Gehilfen des Ritters herangeholt wurde, fand sich kein Eintrag, doch in der Eile, erklärte Taylor, könne dies leicht einmal vergessen worden sein, zumal sein Bursche nicht alles tue, was man ihm sage und kaum die Hälfte von dem mitbekomme, was hinter seinem Rücken verhandelt werde. Er, Taylor selbst, sei oft zu beschäftigt, um die Einträge zu kontrollieren, die der Helfer in der Regel aber korrekt vornehme.
Eine Beschreibung des Käufers blieb leider vage, da der Ritter pro Tag Dutzende von Patienten versorgte: Mittelgroß sei er gewesen, einen schwarzen, grünen, roten oder blauen Rock habe er getragen, eine Perücke ungewisser Länge und Farbe, vielleicht einen Hut, vielleicht aber auch nicht. Eine Beschreibung ganz nach dem Geschmack der königlichen Hilfspolizei. Langustier atmete vorsichtig ein und wieder aus.
Taylor zeigte sich selbst unglücklich über sein geringes Vermögen, Gesichter im Kopf zu behalten; meistens merke er sich nur die Pupillen. An den Verkauf besagter Substanz überhaupt, so erklärte er, könne er sich aber vor allem deswegen entsinnen, da von den Talern, die er an besagtem Tag eingenommen, sich später einer als falsch herausgestellt habe, und er möchte sich nicht wundern, wenn dieser von jenem ominösen Herren gestammt hätte. Es sei

ihm nämlich in den Augen des Herren irgendetwas nicht geheuer vorgekommen, gleichsam aufgeschienen, als ob er etwas im Schilde geführt habe. Pupillen, so Taylor, vermöchten schwer zu lügen. Doppelt unangenehm also, ihn nicht näher beschreiben zu können. Dem Ritter sämtliche in Frage kommende Personen zwecks Pupilleninspektion vorführen zu lassen, erschien Langustier am Ende doch zu gewagt, wiewohl er für einen Moment dieses Verfahren in Betracht zog. Er schied von dem Augenstecher mit der absoluten Gewissheit, auch den Nachmittag bereits zur Hälfte verschwendet zu haben. Ob es von Nutzen sein würde oder nicht: Das Opium des Herrn Nevin ging ihm nicht mehr aus dem Kopf. Die Zeit zerrann ihm zwischen den Fingern. Eine Mietkutsche nahm ihn bereitwillig auf und rollte eilig davon.

V

Das Schlösschen vor dem Frankfurter Tor machte als Gasthaus seinem Namen alle Ehre. Nach einem Interim, in dem es fast zerfallen wäre (bis der schlampige Wirt, Eusebius Hamman, ihm in diesem Punkte zuvorkam), war es tatsächlich wieder eine der besten Adressen Berlins.

Langustier, der das Lokal zum ersten Mal erblickte, stand beeindruckt davor und zweifelte kurz daran, dass der Kapitän zur See Glass Nevin, ein Engländer, hier wahrhaftig abgestiegen sein sollte. Aber die Information von Trothas schien verlässlich.

Der Concierge bestätigte Nevins Anwesenheit und ließ sogleich bei dem Kapitän anfragen, ob er bereit sei, Besuch zu empfangen. Glücklicherweise war er das.

Wenig später standen sich die beiden ungleichen Herrn in der Suite des Schiffers gegenüber, dem es offensichtlich nicht an Geld gebrach. Sofort konnte sich Langustier von der bisher nur vermuteten Identität des Kapitäns und des grünseidenen Piraten, den er in der Purpur-Glocke mit dem Abbé belauscht hatte, vollends überzeugen. Für einen Moment befürchtete Langustier, der Seefahrer würde ihn mit jenem falschen Scheich in Verbindung bringen, der an jenem verhängnisvollen Abend nicht weit von seinem Sitzplatz entfernt zu Boden gegangen war. Doch zum Glück argwöhnte Nevin nichts. Um ganz sicher zu gehen, wies Langustier auf ihre flüchtige, zurückliegende Bekanntschaft hin, was Nevin in angestrengtes, aber offensichtlich ergebnisloses Grübeln brachte.

Der äußere Eindruck, den Langustier seinerseits an jenem nebligen Abend in der Purpur-Glocke von Nevin gewonnen hatte, brauchte kaum revidiert zu werden. Nur die Farbe von Nevins Rock hatte von Smaragdgrün zu Ultramarin gewechselt. Unter dem Dreispitz stach ein grellgelbes Tuch hervor, das lose um den scheinbar haarlosen Schädel geschlungen war. Zum Piraten fehlten dem ansonsten kleinen Herrn nun wahrlich nur Holzbein und Augenklappe. Mit einem ehrfürchtigen Blick auf die Messingklaue, die an Handes Statt aus der dunklen Röhre des rechten Ärmels ragte, stellte Langustier sich als Bekannter des Hofkammeriers Fredersdorf vor, dem er in Seehandelsdingen nachzueifern gedenke. Er entspann eine kleine Räuberpistole über eine Handelsstation in China, die er plane zu gründen. Aus Gründen kaufmännischer Kalkulation wünsche er zu erfahren, über wie viele Schiffe die Preußisch-Asiatische See-Handlung verfüge und wie es überhaupt um die Sicherheit des jungen Asienhandels bestellt sei?

Langustier, der sich zwar mit dem Direktor dieser Kompanie bereits im buchstäblichen Sinne herumgeschlagen hatte, wusste bisher wirklich nicht viel über die kuriosen Bemühungen der Brandenburger, eine eigene Handelsflotte aufzubauen. Schon der Große Kurfürst hatte auf dem Vorgebirge der Guten Hoffnung einen Handelsstützpunkt errichten wollen, von dem man sich bei den langen Fahrten Richtung Asien große Vorteile versprochen hatte, die dann aber ausgeblieben waren. Jetzt blühten Hoffnungen und Spekulationen allerorten wieder auf.

Der Kapitän, etwas unwirsch über die Störung und ihre, so schien ihm, nicht gerade dringlichen Beweggründe, verwies darauf, dass der Direktor von Hattstein angesichts dieses Interesses eigentlich der viel bessere Gesprächspartner sei und er selbst nur als der Kapitän der in Emden ankernden KÖNIG VON PREUSSEN sprechen könne. Er vermöge ihm aber zu sagen, dass der König die Unternehmung nicht nur gebilligt habe, sondern auch sicher beabsichtige, daraus erheblichen Gewinn zu ziehen. Wem dies allein nicht als Sekurität, Garantie oder Faustpfand genüge, dem könne noch weiters gemeldet werden, dass ein angesehenes Berliner Handelshaus die Hauptlast der Anteile trage, nämlich die Firma Splitgerber und Daum. Von daher müsse niemand besorgt sein, der entweder Geld investieren oder der Kompanie Aufträge erteilen wolle. Nun aber habe er ihn zu entschuldigen, da er schon in wenigen Tagen Berlin wieder verlassen und nach Emden fahren müsse, wo sein Schiff am 10. Juli auslaufe. Es seien noch viele wichtige Papiere und Kontrakte auszufertigen.
Nunmehr schien es Langustier an der Zeit, Flagge zu zeigen und seinen Kaperbrief vorzuweisen. Nevin bat Langustier daraufhin, auf einem rot lackierten chinesischen Rohrstuhl Platz zu nehmen, der zu jenen Möbeln gehörte, die er bei Landreisen immer mit sich führte. Nach Abnahme des Hutes wirkte seine Kopfzier auf Halbmast gesetzt.
»Was genau führt Euch zu mir?«
Langustier fand es bei einem gebürtigen Engländer nur recht und billig, noch einen Bluff anzubringen:
»Ich habe vor einiger Zeit mitangehört, wie Ihr in der Purpur-Glocke einem Kirchenmanne – nebenbei bemerkt einem regelmäßigen Gast an den Tafeln jenes Königs, nach dem Euer Schiff benannt ist – Opium verkauft habt. Das ist an sich nichts Verbotenes, wenn es zu medizinischer Anwendung kommt, und auch der König gebraucht es. Wird es aber seinen Untertanen zum Verhängnis, so ist der Regent gewillt, die Wurzeln des illegalen Opium-

handels zu durchschneiden und die Verantwortlichen um einen Kopf zu kürzen. Der von Euch vorhin bereits erwähnte Herr von Hattstein, Euer Vorgesetzter quasi, mit dem mich ein inniges Freundesverhältnis verbindet, hat einen ziemlich klaren Verdacht über die Art, wie der Schmuggel vor sich geht, und mutmaßt einen seiner fähigsten Kapitäne unter den Drahtziehern.«

Der Kapitän blieb unbewegt.

»Nun hat es, um mich deutlicher zu erklären, einen weiteren Toten in der Purpur-Glocke gegeben, und er starb, wie der oberste Mediziner Preußens festgestellt hat, an einer bereits lange treulich genährten manischen Verfallenheit an selbigen Stoff.«

Langustier pausierte, um die auf den Weg gebrachten Worte sicher im Hafen einlaufen zu sehen.

»Es scheint auf der Hand zu liegen, wer in der Purpur-Glocke mit Opium handelt und der Betreiberin jenes zwielichtigen Etablissements den Stoff liefert, mit dem sie ihre abhängige Kundschaft vergiftet. Dieser besagte Lieferant ist ohne Zweifel für jedes dort zu beklagende Todesopfer mitverantwortlich, folglich auch für den jetzigen Toten, der ein verdienter Kriegsveteran war und beim König in Ansehen stand.«

Er hielt noch einmal kurz inne, um zu schließen:

»So wie es aussieht, hat der bedauernswerte Opiumverfallene den Grafen von Randow, in Ermangelung weiterer Geldmittel, sein tödliches Bedürfnis zufrieden zu stellen, ums Leben gebracht und beraubt. Mein lieber Kapitän, ich selbst habe Euch in der Purpur-Glocke dabei belauscht, wie Ihr dem Abbé Bastian einen Opiumhandel vorschlugt, und es besteht weder für mich noch für die königliche Polizei länger ein Zweifel daran, dass Ihr der Mann seid, der Madame Myers mit dem verhängnisvollen Schlafmohnsubstrat versorgt. Wir möchten Euch jedoch die Möglichkeit geben, von Strafe frei zu bleiben, da Ihr als Seefahrer gute Arbeit leistet, wenn Ihr Euch hinsichtlich eventueller Geschäfte mit dem Grafen von Randow gesprächig zeigt.«

Diese kleine Verdrehung der Tatsachen verfehlte ihre Wirkung nicht. Nevin spürte die Gefahr, die von den Behauptungen für ihn ausging. Er beteuerte, dass sein Opiumhandel privatester Natur gewesen und von den kleinen Mengen, die er in seinem eigenen Gepäck mitgebracht habe, ausschließlich dem Abbé und dem Grafen von Randow einiges Unbedeutende mitgeteilt worden sei. Das Opium der Madame Myers müsse aus anderen Quellen stammen, davon wisse er nichts.

Langustier, dem immer deutlicher die Seekarte vor Augen stand, die er in den Räumen des Abbés bemerkt hatte, kam direkt auf diesen Punkt zu sprechen, indem er rundheraus nach den Hintergründen einer offensichtlich geplanten Mitreise des umtriebigen Domherrn fragte.

Für den Kapitän zeigte diese Frage an, dass er die Segel zu streichen und Farbe zu bekennen hatte, was er umgehend tat, um den Hals aus der Schlinge zu ziehen:

»Nun Monsieur, da Ihr so gut unterrichtet seid – so sollt Ihr auch das Letzte noch wissen. Es ist eigentlich nur ein Geheimnis zwischen dem Abbé und von Randow gewesen, und ich kann Euch nicht genau sagen, worum es ging. Es handelte sich jedoch um eine ziemlich wertvolle Fracht, die der Abbé Bastian auf der nächsten Fahrt meiner KÖNIG VON PREUSSEN nach Kan-Ton in die schöne südchinesische Provinz Kwang-Tung am Perlfluss eskortieren und dort an den Mann bringen sollte. Es ist dies übrigens der einzige Seehafen, den die Chinesen haben, und es konzentriert sich daselbst all ihr Fernhandel. Nach dem zu urteilen, was ich weiß, sollte Bastian mit dem Erlös seines Handels chinesisches Porzellan in sehr großen Mengen aufkaufen, um die Bedienung der europäischen Bestellungen in ihrem Umfange einzuschränken. Welches Zaubermittel er den Chinesen hat anbieten sollen, weiß ich leider bis heute nicht, nur hat mir der Abbé bereits bestellen lassen, dass es zu der geplanten Reise aus Gründen der veränderten Lage nicht mehr kommen könne. Von Randow selbst, den ich aufgrund seines Interesses für China und die Seefahrt oft gesprochen habe – unseligerweise zuletzt am Tag seines Todes –, hüllte sich stets in Schweigen über jenes geheimnisvolle Zahlungsmittel, so dass ich es Euch beim besten Willen nicht näher angeben kann. Indessen dürfte der Abbé keinen Grund haben, es Euch länger vorzuenthalten.«

Nebenhin noch nach den Chocoladenzungen fragend, erhielt Langustier die erstaunliche Antwort, dass der Kapitän solche mitgebracht und er dies bereits den Kollegen Offizieren gesagt habe. Die Geschichte mit dem Abbé dagegen freilich nicht, geschweige denn ein Wort von Opium.

Langustier durfte also einen deutlichen Wissensvorsprung vor seinen Kontrahenten verbuchen und bedankte sich freundlich. Er ließ einen reichlich leckgeschlagenen Kapitän im Schlösschen zurück, der sich mit einigen Gläsern echtem schottischem Whisky bemühte, wieder in tieferes Fahrwasser zu kommen.

VI

Das domherrliche Palais in der Taubenstraße 21 stand vor Langustier wie ein Leuchtturm inmitten der Finsternis dieses Falles. Die Strahlen der Abendsonne senkten sich in die Straßenschlucht und gaben ihm wenigstens die Sicherheit, dass mit diesem letzten Besuch sein bislang ermüdendster Ermittlungstag zuende gehen würde. So er denn zustande käme.

Der Diener des Abbés schien gewillt, ihn schon früher in den Feierabend zu schicken, doch Langustier ließ sich nicht abwimmeln.

Wenn er seine Stellung nicht verlieren wolle, eröffnete er dem Manne – und es sei mit Sicherheit eine vergleichsweise gute Stelle –, dann möge er ihn einlassen.

»Und Eurem Herrn sagt nur, es ginge um Kopf und Kragen!«

Erschrocken eilte der Bediente in des Domherren unaufgeräumte

Arbeitskemenate, und wenig später durfte der unerbittliche Besucher etwas gemächlicher den selben Weg antreten.
Der Abbé Bastian war ein Mann von kolossaler Gestalt, schlau und durchtrieben, dabei von leider grob geschnittenen und unedlen Gesichtszügen, die durch eine vielleicht nur geheuchelte Kurzsichtigkeit nicht eben verschönert wurden. Er war in seiner Heimat, der Schweiz, Mönch gewesen und von den Werbern Friedrich Wilhelms I. noch im letzten Jahr seiner Regierung in einer Kapelle an der Graubündner oder Tiroler Grenze am Altar ergriffen und entführt worden. In Berlin hatte man Bastian im Frühjahr 1740 als einfachen Soldaten eingereiht, aber sein trauriges Schicksal war bald bekannt geworden. Der Kronprinz hatte Neugier gezeigt zu ergründen, wie ein Mann aussehe, der die Kutte mit dem Uniformrock vertauscht habe, und Bastian war ihm bei ihrem Gespräch durch schlagfertige Antworten angenehm aufgefallen. Nach seiner Thronbesteigung hatte der neue König den Soldaten Bastian entlassen und ihm stattdessen die erste Domherrenstelle gegeben, die nach der Eroberung Schlesiens in Breslau frei geworden war. Der Abbé Bastian war somit Hofmann des Königs und Kanonikus mit einem Jahrgehalt von 4000 Talern geworden. Er teilte seine Zeit zwischen dem Chorstuhl, den Damenboudoirs und den Palästen des großen Königs.
Mürrisch blickte er jetzt auf Langustier, ebenso missvergnügt wie sein grüner Papagei, der gerade einen Überschlag vollführt hatte und griesgrämig von seiner Sitzstange herabhing. Der Abbé spielte den fast Erblindeten und musste die Lorgnette zu Hilfe nehmen, um seinen Visiteur überhaupt zu dechiffrieren. Für die Echtheit seiner Augenschwäche sprach indes der Umstand, dass auch er in der Purpur-Glocke nichts Langustiersches an dem gefallenen Scheich erkannt hatte.
»Was soll diese Unverschämtheit schon wieder? Monsieur Langustier, wieso bleibt Ihr nicht an den königlichen Tafeln und verschont mich mit den Peinlichkeiten Eurer Besuche? Ich konnte

Euch schon beim letzten Mal nicht helfen und werde es jetzt gleichfalls nicht können – so Leid es mir tut. Ihr verschwendet meine Zeit. Mon Dieu!«

Der Abbé sah sich zunächst mit der Frage konfrontiert, weshalb er den Grafen von Randow bei Sr. Königlichen Majestät für das Amt des Ober-Hof-Jägermeisters vorgeschlagen habe, was ihm zu erklären kaum besondere Schwierigkeiten bereitete, aber länger dauerte und Langustier ob der völligen Belanglosigkeit des Faktums auch nicht weiter beschäftigte.

Indem er nun auf die Purpur-Glocken-Geheimnisse des Abbés zu sprechen kam, änderte sich das domherrliche Gebaren abrupt, und die Lorgnette war dem Kanonikus nicht länger vonnöten, um klar zu sehen. Die Beobachtungen im Opiumsaal und die Behauptungen Nevins genügten, um dem lebenslustigen Kirchenmann etwas mehr Redseligkeit ratsam erscheinen zu lassen. Langustier formulierte seine Ermunterung wie folgt:

»Da es Sie nicht großmächtig stören würde, wenn ich eine Liste mit allen Abweichungen vom Wege der Gottesdienerschaft, die Euch nachzuweisen wären, vom Glücksspiel über die Opiumsucht bis zu den galanten Damenbesuchen in der Purpur-Glocke, an die Tür der Hedwigskirche schlüge, lasse ich es also gleich bleiben, und auch dem König bräuchte ich damit nicht zu kommen: Es würde ihm nur ein wissendes Lächeln entlocken. Was den König aber nicht kalt lassen dürfte, wäre es zu erfahren, dass Ihr und von Randow vorhattet, ihn in seinem Chinahandel einzuschränken und um sein geliebtes Porzellan zu bringen, nur um eigene windige Geschäfte in Flor zu setzen. Sagt mir nur eines: Was wolltet Ihr den Chinesen verkaufen?«

Die Herkulesgestalt des Abbés wankte, als sei er ein Riese auf tönernen Füßen. Bastian nahm die gerahmte Seekarte von der Wand, kehrte den Rahmen um und wies Langustier das leuchtend rote Tuchmuster vor, das auf der Rückseite klebte. Der Papagei krächzte:

»Purpurrot! Purpurrot!«
Das endlose Herumgetappe und -geklettere dieses Vogels, der auf den sprechenden Namen Vert-Vert hörte und den Anschein machte, als könnte er mit ähnlichen Unflätigkeiten aufwarten wie sein literarischer Namensgeber, erschien Langustier unerträglich auf die Dauer, und er bewunderte den Abbé in diesem Punkte für seine Dickfelligkeit. Bastian erklärte:
»Der Purpur ist in Asien unbekannt. Ich sollte mit Nevins Schiff auf die Reise gehen und mit einer ziemlichen Menge des Schneckenextrakts so viel edles Porzellan wie möglich erhandeln.«
Langustier drehte den Rahmen um und besah sich die Bleistifteintragung, die ihm bereits beim ersten Besuch aufgefallen war:
»Hier steht beim Startpunkt der Reise: *Wo ihr an Bord geht.* Wer sollte denn noch mitfahren?«
»Monsieur, selbst ich wusste es nicht und habe es, Gott sei's geklagt, auch nach dem Tode von Randows nicht herausbekommen. Ich nehme an, dass ich es erst kurz vor Fahrtantritt erfahren sollte. Der Graf liebte stets die doppelte Absicherung, im Kriege oder bei der Jagd. Und sei es nur, dass er sich mit Tollkirschen ein besseres Gesichtsfeld verschaffte. Mit dem erhandelten Porzellan gedachte er seine eigene geplante Porzellanmanufaktur über die erste Zeit zu bringen, bevor er selbst in Produktion ging. Der König hätte ihm die Konzession für dieses Geschäft sicher nicht verweigert und dann bei ihm fertigen lassen. Alles was von Randow gefehlt hat, war – …«
»… das Porzellanrezept«, vervollständigte ein plötzlich wieder hellwacher Langustier und dachte an das Geheimdokument, das bei Euler lag. »Und zwar am besten das Rezept des originalen, unverfälschten Chinaporzellans!« Durch diese Vermutung waren die Polizeischüler endgültig ins Hintertreffen geraten, frohlockte Langustier. Er fragte den Abbé:
»Aber sagt mir noch, wo Ihr das unendlich wertvolle Purpur versteckt habt?«

»Ich, Monsieur? Wo denkt Ihr hin? Von Randow war kein Narr; oder glaubt Ihr, ich hätte ihn des Purpurs wegen … Herr Küchenmeister, Ihr erstaunt mich! Doch ganz im Ernst: Ich habe es ein einziges Mal bei von Randow gesehen, und er hatte es stets, wie er mir versicherte, *an einem passenden Ort* verborgen. Ja, hat man das Fläschchen, kaum größer als ein kleiner Parfümflakon, nicht bei ihm gefunden?«

»Wie sollte man danach gesucht haben, wenn niemand von der Existenz wusste außer von Randow und Euch? Ihr müsst mich jetzt entschudigen. Es ist nicht auszuschließen, dass wir uns in dieser Angelegenheit noch einmal begegnen, so leid es uns beiden tut.«

Langustier verabschiedete sich von dem Kanonikus und hatte vorderhand nur noch ein Ziel an diesem Abend, welches sich in der Rossstraße, vier Stiegen hoch, in der Stadtwohnung des Grafen von Beeren und seiner Frau Marie befand: sein Bett.

Nachdem er Tochter und Schwiegersohn durch seinen späten, überraschenden Besuch kurz erfreut und sich in das kleine Zimmer geschlichen hatte, das stets für ihn bereit stand, war er restlos erledigt. Die Schreie der letzten Mauersegler tönten durch das offene Fenster. Warme Abendluft hüllte den Schlafenden ein.

Sonntag, 28. Juni 1750

I

Die Berliner Glocken läuteten Sturm. Doch es war kein Unglück, das sie einläuteten, sondern ein riesiges Fest, mit dem der König aller Welt vor Augen führen wollte, dass er den dauerhaften Frieden, den seine Armee erfochten hatte, auch zu feiern verstünde. Um einen direkten Anlass zu schaffen, hatte sich der König seiner lange vernachlässigten Schwester Wilhelmine erinnert, die in ihrem kleinen Ländchen weit ab von der Zivilisation verkümmerte. Nun, da er ein bisschen Zeit und Geld zu erübrigen hatte, wollte er ihr ein paar Wochen lang das Gefühl vermitteln, der königliche Mittelpunkt einer riesigen Festgemeinde zu sein, und hatte sie samt ungeschlachtem, bäurischem Gatten nach Potsdam und Berlin zu mancherlei Redouten, Ausfahrten, Gartenopern sowie Konzerten eingeladen. Bereits am Mittwoch war das markgräfliche Paar bei Sr. Königlichen Majestät in Potsdam abgestiegen.

Wilhelmine sog das induzierte Interesse an ihrer Person dankbar auf und huldigte ihrerseits dem geliebten Bruder mit allem Überschwang, den sie zu entwickeln vermochte. Endlich konnte sie ihrem langjährigen Briefpartner Voltaire leibhaftig begegnen und, gelehrt mit ihm palavernd, die Weinbergsterrassen von Sans Souci durchschreiten, während ihr Gatte, der Bayreuther Markgraf, in Begleitung etlicher attachierter mecklenburgischer Krautjunker dem letzten Kaninchen im königlichen Schlosspark den Garaus machte.

Früh am Morgen hatten sich alle nach Berlin begeben, wo das Festgeschehen seinem fulminanten unausweichlichen Gipfel am Abend entgegenstrebte. Schon seit Anfang des Monats war am Lustgarten gezimmert und gewerkelt worden. Der König und sein Ober-Hof-

Marschall hatten die Anlage entworfen und ihren termingerechten Aufbau geplant. Ein Architektenbatallion nebst einem Regiment aus Zimmerleuten, Malern, Gärtnern, Tapisseristen, Dramaturgen und Feuerwerkern war mit der Ausführung hochfliegender Tribünenpläne beauftragt worden, und – es sah ganz danach aus – glücklich zum Ende gelangt. Zwischen Schloss und dem äußerlich fertig gestellten Dom, der mit seinen Seitenflügeln des Lustgartens östliche Grenze markierte, war ein riesiges Karree aus hohen Sitzgestellen und Kulissen aufgeschossen, die nunmehr in vielfarbigem Tuch- und aromatischem Lorbeerkranzschmuck prangten. Hohe Pylonen und Fackelstangen im Abstand von 75 Fuß umsäumten das Geviert, und in Fußabständen hingen papierne Lampions mit asiatischen Bildern. Zwei ovale Kampfbahnen fügten sich innerhalb des Vierecks aneinander, von allen Seiten einsehbar, wo die Schaukämpfe der Ringelstecher statthaben sollten. Vier Quadrillen von berittenen Lanzenkämpfern würden hier öffentlich ihre Geschicklichkeit messen, durch die Kostümierung vier Kulturkreise darstellend: eine römische Truppe unter dem Kronprinzen August Wilhelm, eine karthaginensische unter dem Prinzen Heinrich, eine griechische unter dem Prinzen Ferdinand sowie eine vierte, persianische unter dem Markgrafen Karl. Eine Reihe weiterer Prinzen und Militärpersonen von hohem Rang waren unter den Kämpen. Eine Gruppe von Judiciern oder Kampfrichtern würde über die Einhaltung der Regeln wachen und die Sieger nominieren: Der Geheime Etatsminister von Arnim, der Generallieutenant von Schwerin und freilich der Gouverneur und Polizeipräsident von Berlin, Graf von Hacke. Die begehrten Preise – viel Porzellan und exotische Möbel – empfingen die Sieger aus der zierlichen, leicht knochigen Hand der Prinzessin Amalie, der leicht verrückten Lieblingsschwester des Königs.

Jeder Herr von Stande, der daran Anteil nahm, sparte keine Kosten, um bei diesem Spektakulum auf das denkbar Glänzendste zu erscheinen, und es war in den Reihen der Berliner Kaufmannschaft schon Wochen zuvor absehbar, dass man sich manchen Kunden eingefangen hatte, der die Forderungen, die man schlussendlich an ihn stellen müsste, über Jahre nicht würde abbezahlen können.

II

Honoré Langustier war in Berlin damit beschäftigt, ein kulinarisches Symphonieorchester auf den Tag aller Tage, respektive Abend aller Abende einzustimmen. Fässerfüllungen von Fonds und Saucen wurden vorgekocht, Pasteten und Sülzen in die Kühlkammern getürmt, nebst Wagenladungen von Obst und Fisch und Fleisch in gebirgigen Mengen: Schollen, Barsche, Hechte, Fasane, Rebhühner, Enten, Gänse, Hühner, Wildschweine, Rehe, Hirsche, Kaninchen – ausgenommen, geschuppt, gerupft, gehäutet, gevierteilt, filetiert, abgehangen, geräuchert et cetera p.p.
Die endlosen Tafeln, die es am Abend im Schlosse geben sollte, insgesamt an die zehn verschiedene, überstiegen die Anforderungen gewöhnlicher Küchenarbeit bei weitem, und die bange Frage nach dem Gelingen oder Misslingen der diffizilsten Kreationen baumelte wie ein Gebinde aus frisch geschärften Damoklesschwertern über allen schwitzenden, kaum mehr ihrer doch so nötigen Sinne mächtigen Köchen.
Der Zweite Hofküchenmeister hatte die grünäugige Schönheit über diesen Arbeiten keineswegs vergessen. Natürlich nicht! Sie war das Licht, das ihm vor Augen schwebte, wann immer ihn ein Berg aus Blätterteig zu erdrücken, eine Woge von Hühnerbrühe zu ersäufen oder eine Wolke aus Puderzucker zu ersticken drohte. Doch wann, wo und wie sollte er ihr eigentlich begegnen? Je mehr sich der zeremonielle Ablauf des Abends aus den verschlungenen Protokollplänen des Ober-Hof-Marschalls von Gotter herauswand, desto mehr schwand die Hoffnung auf ein ersehntes Wiedersehen dahin! Er würde sich seine doppelte Vorzugsstellung endgültig verscherzen, wenn er sich nach der Schlacht an den Tafeln einfach davon-

machte und nicht auch noch die Nachwehen des Abends bis zum Ende auslöffelte. Vor Mitternacht wäre kein Loskommen, wenn kein Wunder geschähe.
Zu allem Überfluss war ihm gerade von Fredersdorf, der zum festlichen Anlass auch einmal aus Potsdam herübergekommen war, wiewohl ihn das Podagra oder die Fußgicht härter als je zuvor heimgesucht hatte und kaum einen schmerzlosen Schritt vor den anderen setzen ließ, ein Billet überreicht worden, das er gar nicht zu entfalten brauchte, um zu erkennen, von wem es stammte – leider kam es mitnichten aus dem türkischen Lager. Die Trapezform des Papieres verwies mit mathematischer Eindeutigkeit auf einen vielfarbig verzierten Kopf in einem sehrohrbestückten Gebäude in der Letzten Straße: Euler hätte sich wirklich keinen besseren Termin aussuchen können, um mit der Entschlüsselung des Geheimdokumentes ans Ende zu kommen! Fluchend füllte Langustier einen Transportkorb mit fester, pastöser und flüssiger Wochenration für einen großen Gelehrten mittlerer Statur und stahl sich über obskure Seitenwege durch den Apothekenflügel unbemerkt von dannen. Wenig später stand er draußen auf dem Festplatz am Lustgarten.

III

Wie gut es doch tat, einmal tief diese balsamische Junifrühsommerluft einzuatmen! Zum Teufel mit all den verdrossenen und verquollenen Gemütern, die sich an der Vorstellung gelabt hatten, Petrus werde mit unstillbaren Regenfluten das Gaudium zuschanden machen und des Königs Lust-Arche-Noah in die Spree spülen. Der schönste Himmel blaute über Stadt, Schloss und hölzerner Stechbahn, um die seit gestern unzählige Händler aus Stadt und Land ihre Buden und Verkaufsstände aufgebaut hatten. Langustier trat vergnügt durch das antike Portal in die Arena und stellte sich das Gefühl vor, abends bei flackerndem Flammenspiel und güldenem Lampionscheine hier einzureiten, eine fünfte, türkische oder chinesische Abteilung anführend …

Der Ober-Hof-Marschall trat neben ihn auf die breite Reitbahn und nahm die Anerkennung des Betrachters mit stolzgeschwellter Brust entgegen. Man hatte ordentlich geschuftet, und wie es aussah, hielt das schöne Wetter noch einige Tage an. Keine Gewitter drohten, es war selbst in der Nacht noch wohltemperiert und beinahe windstill. Die königlichen Kassierer wurden vereidigt und eingewiesen. Alles verhieß Erfolg.

Langustier riss sich von den interessanten Vorbereitungen los, die schon seit Tagen das Ziel der Gaffer bildeten, denn er musste weiter, wollte er bei all dem bevorstehenden Trubel wieder rechtzeitig vor Mittag zurück sein. Heute würde ihm Joyard größere Eskapaden schwerlich verzeihen, königliche Erlaubnis hin oder her. Aber er musste einfach wissen, welche Lösung Euler gefunden hatte.

Der Genius empfing den Weidenkorb der Schlossküchenspeisung mit einem Leuchten im verbliebenen Auge. Jetzt war es aber an der Zeit, die Gegenleistung zu erhalten, fand Langustier und ermunterte Euler zu seiner Ansprache. Dieser schnappte sich eine obenauf liegende grüne Lothringer Reinette und begann, mit der freien Hand mehrere großformatige Blätter voller Buchstaben, Diagramme und Zahlen aus der Geheimschublade eines Sekretärs zu nehmen, und breitete sie auf einem Arbeitstisch aus, den Apfel kurzzeitig allein mit den Zähnen haltend. Dann begann er zu reden.

»Ein hervorragender Apfel. Monsieur, dieser Korb ist der Lohn für das Knacken einer wahrlich harten Nuss! Ich hoffe, Sie haben an den Tokayer gedacht?«

Er suchte tatsächlich nach einer entsprechenden Flasche und fuhr erst fort, nachdem er sie, unter einer Batterie gebratener Rebhühner verborgen und von etlichen Gläsern Ententerrine flankiert, endlich gefunden hatte. Langustier betrachtete sich dieses würdelose Gebaren mit ausdruckslosem Gesicht und spürte eine deutliche Erhöhung seines Augeninnendruckes.

»Hervorragend! Ich beglückwünsche Sie zu dieser Auswahl, die für einen Gelehrten wahrlich wie ein Ausschnitt aus dem vieldimensionalen Paradies der Kochkunst erscheint. Nun also zu der kleinen Schale Chiffernsalat, die man mir zum Entölen gebracht … ich konnte leider nur meine abendlichen Mußestunden zur Arbeit darangeben, denn ich bin gerade an einer sehr bahnbrechenden Untersuchung über die Bewegung der Planeten und Kometen. Doch als ich erst einmal gewisse Anfangsprobleme überwunden hatte, boten sich mir einige höchst interessante Einblicke in die polyalphabetische Verschlüsselungstechnik, so dass ich immerhin auch etwas dazugelernt habe, was bei ansonsten trockener Sache wichtig ist, um uns nicht verblöden zu lassen, nicht wahr?«
Langustier hatte auf einem blau bespannten Hocker Platz genommen und wartete still auf Erleuchtung. Das Gesprudel seines Gegenübers erklärte sich sicher durch die Abgeschiedenheit seiner hiesigen Existenz. Wenn man ihn nach dem Karussell befragen würde, bekäme man kaum eine Antwort, die über eine Definition hinausginge. Vom heutigen Fest würde er sicher nichts mitbekommen.
»Ich ging zu Recht davon aus, dass wir es nicht mit einer einfachen linearen Zuordnung von zwei verschobenen Alphabeten zu tun haben, denn so etwas ist für Kinder und nicht für Grafen, die sich – wenn schon, dann etwas Anständiges in die Jackentasche stecken sollten, meinen Sie nicht auch?«
Langustier schwieg, und Euler las noch einmal den Anfang der verschlüsselten Botschaft vor:
»AC AF RC WX AY UP HR DK BZ GM TP NT BF …«
Was für ein entmutigendes Bild. Das ganze Papier war mit Zweiergrüppchen von Buchstaben vollgestellt wie ein Exerzierplatz mit Soldaten. Langustier konnte sich kaum vorstellen, wie und warum man sich so etwas ausdenken sollte, war aber nun doch gespannt auf das Ergebnis. Die Explikation der Lösungsmethode hätte ihm dagegen gestohlen bleiben können, aber er harrte der

Eulerschen Leistung – so er sie denn tatsächlich vollbracht und es nicht nur auf die Braunschweiger Wurst abgesehen hatte, von der er jetzt eine dicke Scheibe abschnitt und auf einem weichen Stück Weißbrot verschlang. Immerhin wollte Langustier dem Entfesselungskünstler das Vergnügen nicht gänzlich nehmen und war gewillt, sich ein paar Windungen weit den Amazonas seiner Mühsalen hinabtreiben zu lassen. Euler kontinuierte, ohne derlei Abwägungen in seinem Gegenüber zu verspüren, einen Rest knusprigen Brotes mit knirschenden Geräuschen zermalmend:
»Ich muss dem Herrn von Randow postum ein aufrichtig empfundenes Kompliment machen, sollte er die Arbeit, ein so hübsches Rätsel zu kreieren, allein auf sich genommen haben. Eine ausgezeichnete Wurst, diese Wurst! Mes compliments, encore! Nun ja. Ich stand ehrlich gesagt ziemlich verloren davor. Irgendwann, und ich habe leider einzugestehen, dass mir dieser nahe liegende Gedanke erst unverhältnismäßig spät gekommen ist, erinnerte ich mich daran, dass es im Falle der Verschlüsselungstechnik immer gut ist zu wissen, wer die Knoten einer Geheimschrift geknüpft hat und über welche Mittel er verfügte. Von der Prämisse ausgehend, es sei der Graf von Randow selbst gewesen, der ja ein Mitglied unserer geheiligten Institution, der Königlichen Akademie der Wissenschaften gewesen ist, fand ich die weitere Annahme nicht weit hergeholt, dass er sich für seine Spielerei in der Fachbibliothek unseres ehrwürdigen Instituts nach Rat umgesehen haben könnte. Dieser Einfall ereilte mich wie angedeutet, nachdem ich bereits zwei Quadratmeter Papier mit sinnlosen Buchstabenkolonnen bepinselt hatte. Nun, wie dem auch sei: In unserer gelehrten Büchersammlung hier im Hause gibt es eine durchaus wohlgeordnete Menge von äußerst vielseitigen Abhandlungen zu den kryptographischen Methoden, von denen die meisten das Papier nicht wert sind, auf das sie gedruckt wurden. Wie wertlos sie sind, zeigt die Blütenreinheit ihrer Seiten – keine interessierte oder entnervte Marginalie, kein »Sic!« oder auch nur ein »Wohl kaum!« waren zu

sehen. Ich hatte die Reihe fast schon durch, als doch noch zweie auftauchten, bei denen schon die unelegante Abplattung der Buchrücken einen fesselnden Inhalt vermuten ließ, und siehe da: Sie waren wenigstens stellenweise mit Randglossen und Lesermarkierungen gespickt wie einer Eurer schönsten Braten mit weißem Speck.«

Langustier, dessen Konzentration in den letzten Minuten sichtlich im Schwinden begriffen und dessen Kinn immer mehr Richtung Brust gesunken war, wurde durch die Wörter Braten und Speck wieder zur Aufmerksamkeit gerufen und bemühte sich, wie ein gelehriger Schüler zu wirken.

»Um es kurz zu machen: Das erste war die gedruckte Fassung eines Vortrages, den der selige Direktor Stubenrauch vom Joachimsthalschen Gymnasium am 2. Juli 1744 in der Académie Royale des Sciences et des Belles Lettres gehalten hat.«

Euler nahm sich schrecklich viel Zeit für das Verzehren eines winzig kleinen Pfirsichs, um endlich mit dem Titel genannter Abhandlung fortzufahren:

»Stubenrauch entwarf seinen sicher gefesselten Zuhörern eine ausgedehnte ›Histoire abrégée de la cryptographie‹«. Ich glaubte mich schon am Ziel und die Quelle des Grafen – so er denn wirklich der Kryptologe war – entdeckt zu haben, doch leider hatte ich mich getäuscht. Der Stubenrauch verzog sich rascher als gedacht in abseitige Ecken der Materie. Ein Anderer als der Graf musste ihn einmal spannend gefunden haben, und ich könnte mir fast denken, dass es Stubenrauch selbst gewesen ist, der das Interesse an seiner Druckschrift vielleicht ein bisschen anheizen wollte, indem er deren Gelesenheit fingierte. Aber das ist unreine Seelenkunde.«

Ein weiterer Pfirsich kam unerhört umständlich dem Vorrat abhanden.

»Ein einziger Stubenrauchsatz wies in eine brauchbare Richtung, nämlich auf das zweite der verdächtigen Werke, ein Buch des Blaise de Vignère, das sich mit einer Verschlüsselungsmethode befasst, die auf Johannes Trithemius zurückgeht. Ich hätte natürlich auch den Akademiesekretarius und Bibliothekar Formey fragen können, welche Bücher in den letzten Monaten oder Jahren von Sr. Gräflichen Durchlaucht ausgeliehen worden waren, aber das hätte den Spaß verdorben, nicht wahr? Zum Beweis für die Richtigkeit meiner Vermutung tat ich es jetzt trotzdem und konnte mir auf die Schulter klopfen. Das würde bei Ihnen kaum etwas ausrichten momentan.«

Langustier war eingeschlafen, und erst der neunte Schlag der Domuhr weckte ihn wieder. Euler hatte unterdessen ein Rebhuhn verzehrt.

»Kurzum: die Vignièreverschiebung ist des Rätsels Lösung gewesen. Es handelt sich dabei um eine quadratische Matrix aus den 24 Buchstaben des Alphabets, außer j und v, denen man damals noch nicht hold war. Die je erste Reihe in horizontaler und vertikaler Richtung enthält alle Buchstaben in der richtigen Reihenfolge angefangen mit a, die zweiten Reihen, mit b beginnend und sich im c kreuzend wie zwei Klingen, starten mit b, die dritten Reihen fangen mit c an und begegnen sich im e – und so weiter, so dass alle entstehenden Reihen jeweils um einen Buchstaben gegeneinander verschoben sind, aber immer 24 Buchstaben hinter- und untereinander stehen. Ein Karree aus Buchstaben. Können Sie mir folgen?«*

Langustier hätte wollen gekonnt, wollte aber partout nicht. Er nickte eifrig und schien ganz Ohr. Euler fuhr beruhigt fort, das Essen einmal über das ihn selbst begeisternde Referat vergessend.

»Ich habe nun aus Spaß ein paar Verschlüsselungsversuche unternommen, denn das Verfahren ist recht simpel, wenn man es erst

* Im Anhang findet sich beim Stichwort »Kryptographie« eine eventuell hilfreiche Skizze der Verschlüsselungsmatrix.

einmal begriffen hat. Auch Ihnen würde es keine Schwierigkeiten machen. Man schreibt die zu verschlüsselnden Sätze hin und setzt darunter eine gleich lange Reihe möglichst sinnloser Buchstaben, etwa KIKERIKIKIKERIKI oder LALALALALA. Hauptsache, schön idiotisch. Nehmen wir einmal das Wort PREUSSEN als Botschaft und FRFRFRFR als Schlüssel. Man teilt die Buchstabenkette in Paare und sucht dann für jedes Paar in der Tabelle die Kreuzungspunkte. Also zunächst für PF: Die bei P abfallende Vertikale und die von F nach rechts laufende Horizontale schneiden sich in U. RR ergibt I als Schnittpunkt. EF führt zu K, UR zu M, SF zu Z, SR – K, EF – (wie gehabt) K, NR ergibt E. Schreibt man jetzt die Resultate hintereinander in elementarschülerhaften Zweiergrüppchen, ist aus
PREUSSEN
mit Hilfe der wiederholten Initialen des Königs als Schlüssel
UI KM ZK KE
geworden.«
Langustier war über diesem Buchstabenspagat etwas unruhig geworden. Aber es konnte nicht mehr lange dauern, dem Essenspegel im Korb nach zu urteilen.
»Nun helfen uns aber die Initialen Sr. Königlichen Majestät ganz bestimmt nicht weiter, wenn es um das von Randowsche Dokument geht. Er wird sich sicher einen besseren Schlüssel ausgedacht haben. Den Namen seiner Frau vielleicht, den Vornamen seines Dieners, ein Wort aus der Bibel oder aus Gressets Schriften? Ich habe es spaßeshalber mit MARIAMARIAMARIA, VERTVERT und EVANGELIST probiert, aber es kam doch nur Murks heraus. Ohne Schlüssel keine Aufschlüsse! Bei 24 möglichen Ausgangspaaren pro Buchstabe der verschlüsselten Botschaft hätte ich Jahre zu tun, wollte ich anhand von zufälligen Doppelungen die Springwurzel finden. Aber wie bei der Suche nach den Büchern hat mir beim Auffinden des Schlüssels die Seelenkunde weitergeholfen. Was glauben Sie, Monsieur Langustier, war dem Grafen das Liebste

und Treueste? Außer dem gesprächigen, aber grundehrlichen Untermann – der mir schließlich auch das verraten hat, bei seinem Besuch, um den ich ihn gestern bat?«
Langustier, wieder hellwach, da die Zeit der Buchstabenkämpfe vorüber schien, überlegte einen Moment, dann probierte er:
»Die Jagd?«
Euler schüttelte den Kopf, schien aber beeindruckt.
»Sie sind nahe dran. Respekt, Monsieur. Nur weiter so, nur noch ein Versuch!«
Langustier ärgerte sich darüber, derart gequält zu werden. Er sprach aus, was er dachte:
»Der Hund!«
Euler applaudierte:
»Bravo, Monsieur! Parfaitement! Volltreffer! Aber den Schlüssel haben Sie damit erst zur Hälfte. Wir könnten die Länge oder Höhe des Hundes in Worte fassen, es einfach mit DERHUND probieren oder seine Fellfarbe einsetzen, aber ich verrate ihnen gleich: Das habe ich gar nicht erst probiert.«
Langustier fühlte, dass mit dem Eulerschen Appetit auch seine Unverschämtheit wieder gestiegen war. Gerade hatte sich der Mathematiker eine Ladung Ententerrine aufs Brot geschaufelt und biss in das Ergebnis dieser Operation. Aber was half es noch, sich zu mokieren. Die Zeit rann dahin, und der Herr vor ihm schmatzte eine kleine Weile munter vor sich hin, bis er wieder etwas Verständliches äußern konnte:
»Pardon, Monsieur. Ich halte Sie auf. Wie heißt der Kaiser von China?«
Langustier war überrumpelt, fürchtete, mit jeder Antwort auf einer neuen Eulerschen Leimrute zu landen, und schwieg lieber. Er wusste es aber auch wirklich nicht … Euler triumphierte:
»Das ist doch kinderleicht: Er heißt genau so wie Graf Randows Hund! Und der heißt, sehr auffällig für einen mecklenburgischen Vorstehhund: CH'IEN-LUNG. Lassen Sie Punkt und Komma

weg, und Sie haben den Schlüssel: CHIENLUNGCHIENLUNG-CHIENLUNG!«

Euler würde dies sicher wie der Papagei des Abbés immer und immer wiederholt haben, wenn Langustier nicht dringlichst darum gebeten hätte, zum Schluss zu kommen und ihm jetzt endlich des Rätsels Lösung zu verraten. Seine Zeit ginge schließlich nicht gegen unendlich.

»D'accord. Da haben Sie zweifelsohne äußerst Recht. Wir verfügen also über den Schlüssel und die Verschlüsselung. Um die Verschlüsselung rückgängig zu machen, müssen wir die Buchstabenmatrix jetzt nur noch gegen den Strich lesen. Wir schreiben Nachricht und Schlüssel untereinander:

ACAFRCWXAYUPHRDKBZGMTPNTBF ...
CHIENLUNGCHIENLUNGCHIENLUNG

und nehmen uns schön der Reihe nach die vertikalen Buchstabenpaare AC, CH, AI usw. vor. In der Matrix benutzen wir jetzt zum Beginn immer die die letzte, 24. vertikale Spalte und gehen vom A so viele Stellen nach links, wie das C im Alphabet von ihm entfernt ist, also drei Stellen. Wir erhalten ein Z. Wir suchen das C und gehen (a,b,c,d,e,f,g,h) acht Positionen nach links und es kommt ein U ...«

Langustier fand dies nun gar nicht so schwierig wie es sich anhörte. Zum Beweis dafür, dass er das Prinzip begriffen hatte – und er lernte, wenn er wollte, schnell – tippte er mit dem gewichtigen Zeigefinger auf das A in der Schlussspalte und fuhr (a,b,c,d,e,f, g,h,i) neun Stellen nach links, wo sich ein R befand. Er fügte die drei bisherigen Resultate zum lesbaren ersten Lösungswort zusammen, das Euler nun in statu nascendi kommentierte:

»ZUR ... Die nötigen Wortzwischenräume können wir im Weiteren leicht erraten und einfügen, falls wir keine Analphabeten sind.«

Der jetzt wieder untätige Zuhörer staunte nicht schlecht, als es in der Tat munter verständlich fortging:

»ZUR BEREITUNG ...«
Hatte Euler sich diesen Text vielleicht selbst ausgedacht? Er würde es ihm schwerlich nachweisen oder nicht nachweisen können. Nachdem die Methode nun offenbar einsichtig geworden war, hielt Euler es für geboten, die Prozedur abzukürzen. So reichte er kurzerhand dem begierigen Langustier ein vorbereitetes, eng beschriebenes Blatt Papier, von dem der Erwartungsfrohe nun ablas:
»ZUR BEREITUNG DES FREDERSDORFFER BIERES SIND NÖTIG ...«
Langustier ächzte, und alle seine hochfliegenden Hoffnungen schlugen auf den Boden der Mark wie abgeschossene Enten. Keine Porzellanrezeptur, kein Schatzplan – stattdessen trübes Bier und die Brauereipläne des Herrn Grafen ... Das war es also: das Brauereiprojekt. Dafür hatte er seine Zeit vertrödelt! Die Mixtur dieses unsäglichen Gebräues auszuspionieren, das wie gefilterte Grütze schmeckte, und die Aussage irgendeines bestochenen Malzsieders aus Zernikow kryptographisch an der eigenen Hemdbrust zu versenken! Aber was die Sache wirklich ärgerlich machte: Er, Langustier, hatte für diesen Unsinn teuer bezahlt: Ein ganzer Korb voll kulinarischer Pretiosen war nutzlos verprasst. Höchste Zeit, fand er, war es nun, in die Küche zurückzukehren.
Langustier hatte sich schon darauf eingestellt, erneut das unlösbare Problem der Königsberger Brücken zum Abschied in die Hand gedrückt zu bekommen, doch Euler war erstens nicht vergesslich und zweitens noch nicht am Ende mit seiner absurden Buchstabensuppe.
»So Leid es mir tut, wenn Euch diese Rezeptur nicht weiterhilft – stellt Euch vor, es wäre eine Anleitung für Porzellanmachen geworden! –, doch ich habe glücklicherweise noch etwas entdeckt, spare mir freilich die Langfassung. In Kürze somit nur: Aus einem der offensichtlich von unserem Krypto-Grafen benutzten Quellenwerke fiel ein kleiner Zettel heraus und mir in die Hand. Auf diesem Papierchen scheint eine Art Textprobe zu stehen, die jemand

gemacht hat, um sich seiner Lernerfolge zu versichern. Papier und Schreibduktus weisen ganz auf das Mordopfer. Ich dachte mir also, der Graf habe da zuvor einige Versuche mit seinem Spielzeug, will sagen, seiner Verschlüsselungstechnik, unternommen und siehe da; ich hatte Recht. Kurioserweise hat er die Probe zweimal mit dem China-Kaiser verschlüsselt, und das ist gut für Euch, denn mit einem Blick auf die daher unspektakuläre Enträtselung dieses marginalen Geheimnisses seid ihr nunmehro gnädigst entlassen.« Mit diesen Worten reichte er Langustier ein unscheinbares, zerknittertes zweites Stück Papier.

Während Euler den Korbinhalt in Sicherheit brachte und vor allem die beiden Weinflaschen wie Kleinkinder in die Wiegen-Schublade seines Sekretärs absenkte, weiteten sich dem Sonderbeauftragten Sr. Königlichen Majestät die staunenden Augen: – – –!

Langustier dankte Euler für seine durchschlagenden Erfolge und beschwor ihn, nur ja sein Versprechen zu halten, die beiden von Hackeschen Polizeiassistenten bis morgen im Dunkeln zu lassen. Freilich würden sie kaum jene verwegenen Schlüsse ziehen können, die sich ihm jetzt wie rasch in der übersättigten Lösung aufschießende Kristalle im Kopf abzeichneten. Aber die beiden könnten schließlich seinen guten Plan noch immer irgendwie verderben. Man verabschiedete sich konspirativ und gestenreich.

IV

In der Schlossküche schien ein neuer schlesischer Krieg ausgebrochen zu sein. Durch Schwaden von Fett und Mehlwolken stürmte der Erste Hofküchenmeister gegen den wieder auftauchenden Langustier los – man hätte ihn glatt in die Pfanne hauen und ausbacken können, so viel Pastetenteig hatte sich auf seiner schweißnassen Kruste abgelagert.

»Beim heiligen Allah! Wo bei allen Göttern und Dämonen wart Ihr so lange? Hier geht es drunter und drüber, die Mittagstafel beginnt in anderthalb Stunden, und auch Euer Nachtisch fehlt noch, wenn ich richtig sehe.«

Langustier versuchte sich an einem Blick zwischen Reue und Triumph:

»Vergebt mir, werter Kollege. Wegen des Desserts seid ganz unbesorgt. Meine Früchte nebst kandierten Rosenblättern stehen schon seit Stunden bereit. Und was den Grund für meine Absence angeht: Ich habe gerade für Se. Königliche Majestät einen zusätzlichen Nachtisch vorbereitet und war deswegen im Gebäude der Königlichen Akademie.«

Er sagte ihm etwas ins Ohr und fuhr dann laut fort:

»Ich werde mich deshalb noch mit dem Ober-Hof-Marschall ins Benehmen setzen müssen. Wenn Ihr derweil die Speisen in die Konfidenztafelküche umlagern könntet? Es geht nicht anders, denn es ist gewissermaßen Gefahr im Verzug.«

Das war zwar bei weitem übertrieben, aber für einen hübschen Plan musste man die Wahrheit eben ein bisschen zuspitzen. Ohne sich die wilden Flüche und das entgeisterte Kopfschütteln Joyards weiter zu Herzen nehmen zu können (denn dafür war keine Sekunde übrig), rauschte er durch das sich stauende und nun entsetzt teilende Meer von Topfträgern.

Nach Bewältigung einer fürchterlichen Bergstrecke – der Treppen im Mittelrisalit des Lustgartenflügels – lehnte sich Langustier erst einmal gegen eine Säule. Es hätte immerhin noch schlimmer sein können: Das Haupttreppenhaus, auch die Schlütersche Gigantentreppe genannt, hatte schon so manche Ohnmacht auf dem steinernen Gewissen.

Langustier fand den Ober-Hof-Marschall Carl Gustav Graf von Gotter eine Stunde vor Beginn der Mittagstafel im Rittersaal des Schlosses. Dieser lag, wie alle Hauptsäle und Paradekammern, im Piano nobile, dem zweiten Obergeschoss. Er reichte zwar nicht aus, eine ganze Armee aufzunehmen wie der größte aller Schlosssäle, der unbeschreibliche Alabastersaal, aber für die ansehnliche

königliche Festgemeinde an diesem Tag sollte er allemal genügen. Das prächtige silberne Schaubüfett an der Wand war auf Spiegelglanz poliert, der kirschbaumgroße Kristalllüster an der Decke funkelte wie ein Diamant von unendlich vielen Karat. Die sich über einem verschachtelten Aufbau von Voluten und Kartuschen in imaginäre Höhen wölbende Illusion des Deckengemäldes zeigte Fama, die mit Trommeln und Fanfaren, Engeln und Genien den Ruhm des preußischen Königs verkündete. Wenigstens hier war einmal nicht der jetzige, sondern dessen Großvater Friedrich I. gemeint, der dieses voluminöse Königtum einst 1701 ganz klein vom Zaun gebrochen hatte.
Die nachherige Anwesenheit des Königs, der Königin, der Königinmutter, der Prinzessin Amalie, des markgräflichen Paares nebst Gefolge, der Prinzen und Hofgesellschaft inklusive des wichtigsten Mannes – Voltaire – galt im Rittersaal noch als unumstößliche Gewissheit. Abgezähltes Tafelsilber wurde von behandschuhten Lakaien auf die Prunkdecken neben die Teller des goldenen Services gelegt, das man extra aus dem Tresor unter dem früheren Schlafzimmer des Soldatenkönigs herausgeholt hatte. Rote Rosen wurde in großen Wannen im Raum verteilt.
Gegen diese Maschinerie ankämpfen zu wollen, kam Langustier wie eine Attacke gegen Windmühlenflügel vor, doch er hatte keine andere Wahl. Wenn er die Dinge zum Abschluss bringen wollte, bevor die Offiziere der Polizei alles verderben würden – und just dieses stand zu befürchten –, musste er alles auf eine Karte setzen. Weiß Gott, was der Täter, ohne Sinn und Verstand aufgescheucht, noch alles anstellen könnte. Und da gab es noch einen Grund, sich ins Zeug zu legen …
»Monsieur, Sie müssen den König dazu bewegen, separat im kleinen Konfidenztafelzimmer im ersten Stockwerk zwischen Konzertzimmer und Parolesaal zu speisen und zwar mit den hier aufgeführten Personen.«
Er händigte von Gotter eine Liste ein.

»Vorausgesetzt, Sie wollen nicht, dass Ihre königlichen weiblichen Majestäten mit einem Mörder am Tische speisen? Da sich der Schuldige absolut sicher wähnen soll, dürfen zudem keine Lakaien zugegen sein. Also kommt nur die Maschinentafel in Frage.«
Von Gotter wirkte wie aus allen Prachtwolken des Deckengemäldes gefallen, das übrigens von Johann Friedrich Wentzel stammte. Da er von Langustiers Geheimauftrag nichts wusste, zeigte ihm dieser sein Permiss und erklärte ihm in wenigen Worten das Allernötigste. Vor allem versicherte er ihm, dass die Küche bei der nicht eben leichten Umzugsaktion mit Schüsseln, Terrinen und Platten durch die Katakomben des Unterbaus schon mitspielen würde. Er habe sich die Freiheit genommen, das Entsprechende zu veranlassen. Im Konfidenztafelzimmer der königlichen Etage werde schon gedeckt.
Von Gotter schluckte, schloss sich jedoch sodann angesichts dieser veränderten Lage, nach kurzem Überlegen, ganz der Langustierschen Meinung an: Eine solche gefährliche Enttarnung durfte auf keinen Fall in Anwesenheit der Damen geschehen, sonst wäre die ganze schöne Festlaune dahin. Man ließe ihnen ganz einfach ihren innigst geliebten Voltaire und darüber hinaus etwas von Überraschung verlauten, und Sr. Königlichen Majestät würden nachher schon Mittel beifallen, etwaige eingeschnappte Austerngemüter wieder zu öffnen.
Langustier verfasste eine kurze Nachricht an den König, in der er flehentlichst und untertänigst um Verständnis und Mithilfe bat, und der Ober-Hof-Marschall enteilte, um sie nachdrücklich zu unterbreiten. Auf keinen Fall, resümierte von Gotter, dürfe das Karussell am Abend in Gefahr geraten. Nicht auszudenken, einem Säbel schwingenden Mörder auf den hübsch dekorierten Tribünen – oder pistolengespickt auf einem der Pferde – Tummelplatz zu bieten.
Langustier blieb jetzt noch eine Dreiviertelstunde Zeit, um den Hauptakteur seines kurzfristig anberaumten Mörderischen Theaters, nämlich La Mettrie, ausfindig zu machen. Auf dem Gang vor

dem Rittersaal humpelte ihm zunächst einmal Fredersdorf entgegen, dem von Gotter im Davonstürzen die schöne Bescherung brühwarm serviert hatte. Der Kammerdiener, der dem Ober-Hof-Marschall immerhin den Weg zu Sr. Königlichen Majestät hatte weisen können (der König weilte in seiner Arbeitsbibliothek in der südöstlichsten Ecke seiner Privatwohnung im ersten Stockwerk, um sich vor dem Prunkessen zu entspannen, wohingegen Voltaire mit der Hofgesellschaft im Alabastersaal ein Stockwerk höher herumflanierte), war in heller Auflösung.

»Es ist alles schon so schön vorbereitet gewesen! Das markgräfliche Paar, die Königin, Voltaire, die Königinmutter – sie alle werden sich düpiert fühlen, wenn man sie derart um ihren König bringt! Ich hoffe bloß in Eurem Interesse, dass Ihr triftige Gründe habt für diesen Zirkus.«

Langustier bejahte ebenso leichthin wie eilig und fragte den Kämmerer nach dem Verbleib des Maschinenmenschen. Etwas von oben herab beschied ihn Fredersdorf:

»Monsieur La Mettrie werden sich noch immer an den Buden draußen vor dem Schlosse herumtreiben und mit einheimischen Subjekten disputieren. Ich sah ihn von einem Fenster aus dort an einer stehen und fröhlich sein Glas erheben, noch vor einer halben Stunde. Ich fürchte fast, er wird von Euren Bemühungen zu spät erfahren.«

Langustier rannte wie zuletzt während des Krieges in Schlesien. Im Lustgarten paddelte er zunächst ein wenig hilflos im Wirbelstrom der Menge, die schon kurz vor Mittag zwischen Schloss und Domkirche kreiste wie der Sog der Charybdis.

Doch schon bald darauf sah er ihn! Zum Glück trug La Mettrie sein fruchtiges Gewand und war daher so unauffällig wie der Rabe im Schnee. Der orangene Kammerherr ankerte geduldig vor einem reich bewimpelten Marktstand, an dem Weine, Biere, Liköre ausgeschenkt wurden, von denen er, wie es aussah, eine nette kleine Auswahl durcheinandergetrunken hatte. Er ließ sich seelenruhig und sein Gegenüber mit freundlicher Milde taxierend von einem reichlich blasiert dreinschauenden Herrn namens Lessing beschimpfen, der für die Privilegierte Zeitung schrieb und im Zuverdienst für Voltaires neuen Sekretär, Monsieur Richier de Louvain (den Nachfolger des törichten Tinoit, der dem Prinzen Heinrich unerlaubt ein Buch seines Herrn geliehen), kleinere Übersetzungsaufträge abarbeitete. Als erklärter christlich angehauchter Gegner unverschämter Lebenslust wollte dieser Lessing gerade zu einer weiteren abschätzigen Tirade gegen die Abscheulichkeit des La Mettrieschen »Anti-Seneca« anheben, als Langustier dazwischenfuhr und den verwunderten La Mettrie mit sich zog.

»O nein, nicht doch! O – wie schade! Jetzt habt Ihr mich um die demütigste Entgegennahme einer sicher hübsch gelehrt ausgefeilten Sottise gebracht. Was für eine Wonne vermag es doch zu sein, ungerecht beschimpft, tüchtig missverstanden und sinnlos befehdet zu werden. Ich sollte mich heute Abend in der Arena als goldener Reiter mit diesem Herrn Messing messen. Aber ganz im Ernst: Den Antagonisten derart spucken zu sehen, das lehrt einen als aufmerksame Zielscheibe die verheerenden Wirkungen des Hasses auf den menschlichen Geist nur recht deutlich wahrzunehmen. Wie der Abscheu ihn in Unfreiheit und Befangenheit versinken lässt! Der gelehrte Geist verliert seine Souveränität, wenn er nur noch in der Fehde, im schändlichsten Pasquillantentume zu leben versteht. Es ist ein schmächlicher Jammer. Jawohl! Und das Gelehrtendasein sowieso. Das ist eine fortwährende Sektion, am eigenen wie am fremden Leibe. Am lebendigen außerdem. Und die deutsche Literatur im Allgemeinen? Wisst Ihr, was der König zu Major von Lentulus über den ›Messias‹, diese unsägliche fromme Epopöe des Herrn Klopstock, gesagt hat? Er sagte, etwas in Form gebracht: Genügt ihm das Malheur nicht, dass er Klopf-Stock heißt? Muss er auch noch deutsche Verse über den Heiland klopfen?«

Der kichernde La Mettrie schien von der deutschen Literatur ebenfalls genug zu haben, und Langustier bedauerte, in seiner

Anspannung wenig Erheiterung zeigen zu können. Einen Moment lang war La Mettrie gänzlich mit den Auswirkungen des Danziger Liqueurs auf seinen Bewegungsapparat befasst und bemühte sich, eine gewisse rudimentäre Ordnung in seinen Zick-Zack-Schritt zu bringen, bevor er weiter fragte:

»Monsieur, was tragt Ihr denn so Dringendes unter dem Herzen, dass Ihr mich meiner Vogelfreiheit berauben und an die Adlerstafel des Königs mit dem scharfen Schnabel zerren müsst, der ich so glücklich dachte, heute, an diesem Jubeltag, einmal entfleucht zu sein?«

La Mettrie kam bei der ungebührlichen Hast, zu der ihn sein Entführer antrieb, gehörig ins Schwitzen. Zu allem Unglück glühte der kleine Schlosshof, durch den sie jetzt auf das südöstliche Portal zugingen, in der prallen Mittagssonne wüstenartig auf. Langustier verriet La Mettrie die Gründe, die ihn genötigt hatten, seinen Beistand zu erbitten.

Der Eulersche Fund und seine – Langustiers – Folgerungen daraus, bewirkten ein kleines Wunder. La Mettries Blick klärte sich um deutliche Grade. Er stopfte sich reichlich ungelenk seine kleine Meerschaumpfeife und setzte sie in Brand. Nun ging es mit dem Denken und Wahrnehmen schon besser. Die Maschine musste nur mit den richtigen Stoffen gefüttert werden.

Langustier bat La Mettrie in die kleine Spezialküche unter dem Maschinentafelzimmer, wo die Küchenjungen in wilder Hast ihre Behältnisse zum späteren Hochkurbeln abstellten, und setzte ihm auseinander, wie er sich die Gesprächssteuerung bei der Mittagstafel vorstellte.

»Wir wissen nun, wer es ist, aber ich möchte ganz sicher gehen und ihn schön auf dem Präsentierteller haben. Das ist der Nachtisch, den ich dem König servieren will: Viel saftiges Obst und verzuckerte Rosenblätter, aber darunter versteckt ein ganz besonderes Früchtchen. Wenn Ihr nun die Tischgespräche gelinde beeinflussen würdet, die Sache philosophisch vorbereiten und mir dann ein Zeichen schicken, dass ich hinaufkomme und meinen Senf dazugebe?

La Mettrie saugte am Kanaster, fühlte sich aber ganz und gar nicht in Bestform.

»Nehmt doch Voltaire. Ich mag nicht. Ein andermal ohne Frage. Ich will wieder zu Messing, meinem geliebten Peiniger!«

Er machte Anstalten zu gehen, doch Langustier packte ihn bei den orangenen Schultern und schüttelte ihn wie einen Sack mit Süßkartoffeln:

»Monsieur, kommt zu Euch! Erweist mir die Gnade – es geht doch auch um mich! Der König kürzt mir – pardon: – mich! Und außerdem ...«

– er druckste herum, während La Mettrie mit ängstlichem Erstaunen über diesen Ausbruch seinen Rock zurechtrückte –

»... außerdem steht mein Rendezvous mit der schönen Bauchtänzerin auf dem Spiel. Wie soll ich des Königs Erlaubnis bekommen, zum Karussell zu gehen und die Küchenarbeit für heute niederzulegen, wenn Ihr mir jetzt nicht helft, mein Spezialdessert zu servieren?«

Die Liebeskarte stach.

La Mettrie atmete tief ein und aus, um seine Maschine auf die heikle Aufgabe einzustimmen. So würde er denn, unerbittlicher Anwalt des Guten und Feind alles Bösen, einmal in seinem Leben im Sinne der Verbrechensaufklärung wirken und plädieren. Er, der sich oft, wenn er kein Geld mehr hatte, auf die nackten Hinterbacken schlug und ausrief: »Hurra, ich habe kein Geld mehr!«, ohrfeigte sich nun mehrmals kräftig selbst, um wieder ganz auf den Boden der Nüchternheit zu kommen. Er wollte seinen Freund, der offenbar wirklich in ernster Bedrängnis war, keinesfalls enttäuschen. Wenn es denn stimmte, was Langustier sagte – und seine Auslassungen hatten bisher immer Hand und Fuß gehabt –, dann wäre diese extraordinäre Mittagstafel vielleicht am Ende gar die bessere Belustigung, als sich von einem deutschen Skribenten beleidigen zu lassen. Er machte sich, prall wie ein Apfel aus China, so schnell sein geplagter Leib es vermochte, an den Aufstieg ins Obergeschoss, wo die Tafelteilnehmer gerade Einzug hielten. Der König zwinkerte La Mettrie im Hineingehen zu, dann schlossen sich die Türflügel hinter ihnen.

Langustier befahl derweil den Küchenjungen, den Suppengang auf die Maschinentafel zu stellen, und kurbelte, was das Zeug hielt. Als die Platte oben einrastete, überlegte er fieberhaft, wie er es dahin bringen könnte, die Tischgespräche mitanzuhören, wurde aber von Fredersdorf hinsichtlich dieser Kardinalfrage erlöst, denn dieser reichte ihm ein königliches Billet, worauf (mit kleinen Ergänzungen Fredersdorfs) geschmiert stand:

> Was Seindt denn Das für Possen, Langustié? Ihr Erstaunet mihr und Auch den armen Gott(er), wo wihr schon Geglaubt, mit denen Soupers surprises durch(zu)Seindt! Bin aber (froh)geMuth, wenn Der desser(t) Ihn gelingt! So Lamm(etrie) nicht zu Viel gesoffen …
>
> Im FressSchacht seindt eine Geheime HörRöhre vor GesandtschaftsGelage, der F(redersdorf) soll sie Ihme Zeichen!
>
> Fch.

Verschmitzt tat Fredersdorf, wie ihm so lax geheißen, und führte Langustier zu einer kleinen, sorgsam ins Wandgetäfel versenkten Klappe. Er öffnete sie mit einem besonderen Schlüssel und …

»Voilà!«

… schon war fern, aber deutlich das Gemurmel und Geklapper der sich aufs Essen Einstimmenden zu vernehmen. Langustier wusste sich kaum zu fassen. Fredersdorf nahm ihn beiseite und erklärte ihm den früheren Gebrauch, den man von diesem Hörrohr gemacht habe, um hinter die Geheimnisse sich unbelauscht glaubender Gesandter zu kommen. Man hatte ihnen dort oben freigiebig eine königliche Nebentafel gedeckt und tüchtig Wein hinaufgekurbelt, wodurch sie ein paar Mal recht gesprächig geworden seien. Später hätte sich die Sache herumgesprochen und dann nicht mehr funktioniert.

Langustier fragte nach Zahl und Zusammensetzung der obigen Besatzung und atmete beruhigt auf, als ihm Fredersdorf bei allen eiligen Einberufungen glücklichen Vollzug melden konnte. Sie waren alle da – alle, auf die es ankam: Der Justizrat von Cocceji hatte, mit seinem Vater ohnehin im Schlosse weilend und mit den Kabinettssekretären von Buddenbrock und von Münchow wichtige Intarsien der neuen preußischen Rechtsordnung vorbereitend, zwanglos hinzugebeten werden können und sonnte sich ebenso in dieser unverhofften Ehre wie der per Expressordre herangekarrte Seefahrer Nevin, der sich zur Feier seiner ersten und einzigen Speiseaudienz beim König sogar in nonchalantes Zivil gezwängt und seinen Hauptschmuck mit einer simplen schwarzen Perücke vertauscht hatte. Der Capitain von Diercke war von seinem Ehrenamt als Begleitoffizier der Kammerherrin Ihrer Markgräflichen Durchlaucht, der Frau von Schwerthelm, abgezogen – nicht ohne gelindes Widerstreben der unendlich aufgedonnerten Dame, die für alles preußisch Militärische ein unnormales, fast bedrohliches Faible entwickelte. Der Direktor der Preußisch-Asiatischen Seehandlung, der Graf von Hattstein, war – angetan mit einem voluminösen Armverband – ohnehin Bestandteil der im Rittersaal versammelten Hofgesellschaft gewesen, während der Abbé Bastian dem König in der vergangenen Stunde noch in Privataudienz Gesellschaft geleistet hatte.

Langustier presste das rechte Ohr an die Hörmuschel in der Wand. Die Küchenjungen wurden zur absoluten Stille ermahnt: Auf Zehenspitzen und jede Bewegung behutsam planend, ordneten die weiß vermummten Gestalten die nächsten Schüsseln für die mobile Tischplatte vor. Das Herauf- und Herabdrehen verbrauchte schon Zeit genug.

Nach einigen Momenten der Ungewissheit, weil das seltsame Fernhören einiger Gewöhnung bedurfte, unterschied Langustier die Stimme des Marquis d'Argens, der sich nach einer Lobeshymne auf Joyards drei Tage alte Hühnersuppe mit Safran – in Reaktion auf eine leider nicht gehörte Bemerkung (offenbar über türkische Religiosität und Essensregeln) – damit brüstete, in seinen Draufgängerjahren als junger Mann von zu Hause fortgelaufen, einmal in Konstantinopel in der Hauptmoschee der Türken, der Hagia Sophia, während des Gottesdienstes hinter einer Säule versteckt ein Vespermahl aus Schinken, Brot und Wein verzehrt zu haben. Dabei wäre schon seine bloße christliche Anwesenheit ein Grund gewesen, ihm den Kopf abzuschlagen!

Dieser eingebildete Höllenhund. Langustier lächelte, während oben das meckernde Lachen Sr. Königlichen Majestät zu vernehmen war. Der Monarch hatte sich offenbar ohne Grimm in das Spiel gefunden und schien gut aufgelegt. Vielleicht hatte ihm am Morgen bei der Ausfahrt nach Friedrichsfelde ein armes Bäuerlein eine Bittschrift zugesteckt? Bittschriften liebte er ja über alles.

Der König setzte zu einer längst fälligen, für Langustier nur schwach zu hörenden Erklärung an:

»Heute Mittag, Messieurs, wollte es mich lieb scheinen, nach so viel Sonnenglanz und Festsaalglimmer, mit alle die Ablenkungen von denen holden Weiblichkeiten und ihrem geliebten Philosophen (Gelächter, denn das ging gegen Voltaire), mich einmal in kleinen, erlauchtem Kreise wieder herzustellend. Ich seindt darumb die Anregung meines unschätzbaren Gotters dankbar gefolget, welcher mit denen Hochsitzen für heut Abend – gleichsam den Abend aller zurückeliegenden himmlischen Tache – (Gelächter, denn das ging gegen die Mär vom Ewigen Leben) sein und mein Meisterstück geliefert hat. Applaus, Messieurs, für dieses aus dem Lustgarten emporgesteigende gutheidnische Olympia! (Man hörte einzelnes Klatschen und Lachen, in das die kleine Gesellschaft einstimmte.) Ich seindt der Conventionen der weiblichen

Anhänge auch tüchtig müd gewesen in den letzten Tachen, und freue mich, Ihnen allen wieder einmal zwanglos durcheinander schwätzend zu hörend. Auf zum nächsten Waffengang! (Lachen) Herr de La Mettrie! Nicht schlafen, sondern kräftig läuten!«
Die Glocke am Band unter der Decke fing kurz darauf so infernalisch laut zu bimmeln an, dass Langustier zusammenzuckte und einem der Küchenjungen vor Schreck fast eine Schüssel Entenhaschee mit Rüben aus der Hand gefallen wäre. Eilig flog die Kurbel, und nach einer halben Minute des eiligen Herabdrehens, Abräumens und Neubestückens sendete Langustier ein Sammelsurium kleinerer Schalen hinauf, deren Menge für den Rittersaaltisch kein Problem gewesen wäre, nun aber die Statik der Maschinentafelkonstruktion ernsthaft bedrohte:

Ochsenmaulsalat
Glasierte Haselhühnerbrüste mit Endivien
Gänselebern mit Austern
Entenhaschee mit Rüben
Perlhühner à l'Infante
Faschierte Hahnenkämme à la Commodore
Rebhühner-Flügel à la surprise
Tauben in spanischen Zwiebeln gebacken
Nest von Wachteln in frischen Champignons
Goldfasan à l'indienne
Kibitzeier

Uff. Geschafft. Und wieder ans Lauschrohr. Endlich hörte Langustier die Stimme La Mettries. Das Königswort hatte ihn aus dem Minutenschlaf gerissen und an seine Agentenrolle erinnert. Er betete zu allen Göttern, dass er auch noch wüsste, worum es ging. Leider war der Anschluss in der Rede verloren gegangen.
»Apropos Voltaire, Messieurs: Wussten Sie, dass der Herr es allabendlich auf drei gestohlene Kerzen bringt? (Raunen und Lachen, des Königs barsche Stimme: Von wegend! Seindt ja allerhand!)

Ganz in der Tat: Ich sah ihn dreimal hintereinander, wie er aus dem Konzertzimmer kam und – um sich zu leuchten – eine lange, brennende Kerze bei sich trug! Glaubt Ihr indessen, er hätte sie beim nächsten seiner nächtlichen Gespenstergänge zurückgebracht? Ich vermute, so treibt er es allabendlich und verbraucht die Königskerzen, um seinen ihm von Fredersdorf gelieferten Vorrat nicht anbrechen zu müssen. Die rot livrierten Lakaien ärgern sich grün, dass ihr Etat nicht aufgeht, aber der vermögende Herr Voltaire lässt das ihm von der Lichterkammer gelieferte monatliche Wachskontingent von zwölf Pfund paketweise durch seinen Sekretär auf dem Markt verkaufen und streicht lachend den sich ergebenden kleinen Zusatzgewinn ein!«

Langustier stöhnte. Was redete er da? Was sollte das?

»Ich finde das seindt excellente raffinieret«, sagte der König groß- und gutmütig. »Mich deucht, dass er aus dem Erlöse sich jene Arten von edler Chocolade und Tee gekaufet, die ihm mehr behagen. Die, wo Fredersdorf angewiesen seindt, für ihme zu liefern, schmecken ihn nämlich nicht! Das sagte er mich selbsten. Nun ja, wenn sich das Problem so entzwicken lässet ... Aber meldet uns, Monsieur La Mettrie, wie seindt ihr auf dieses Thema verfallen? Ihr habt es doch sicher auf etwas ganz anderes abgesehen und nehmt dies zum einleitenden Exempel? Wenn es nämlich ums Stehlen ginge, so wüsste ich Ihnen etliche andere Delikts vorzubringen, die in den Schlössern statthaben, was mich freilich nicht sehr viel Kopfzerbrechen machet, da es besser seindt sie stehlen, statt wenn sie morden! Und man braucht mich nur täglich die Abrechnungen meiner liebsten Spitzbuben, der Köche, vorzuführen: Weil diese Herren die Hälfte von denen Ingredientzen stibitzen, gehend alle Tage elf Taler mehr darauf! (Empörtes Raunen der kleinen Gesellschaft) Ja meine Herren, ich wiederhole es Sie deutlich: Das seindt, Messieurs, mir impertinente bestohlen!«

Langustier verbiss sich das Lachen. Der Herr da oben kannte seine Untergeben doch besser, als sie dachten! La Mettrie respondierte:

»In der Tat, Sire! Ihr gabt mir mit dem Hinweis auf Tee, Chocolade und diebische Köche bereits die schönsten Stichworte. Wie Ihr wisst, sehe ich in allen unseren Handlungen die Lust als oberste Triebfeder. Und nun ist zwischen der Lust Voltaires an Tee und Chocolade und an der Lust der Köche an den Zutaten nur der kleine Unterschied, dass Euch die Köche direkt bestehlen, um ihre körperlichen Bedürfnisse zu befriedigen, Voltaire aber einen kleinen Umweg geht, wie mir scheint, um sein Glück zu vermehren. Er hat es ja, der Schlossherr und erfolgreiche Aktienspekulant, keineswegs nötig, sich über solche Kleinigkeiten wie schlechte Chocolade oder geschmacklosen Tee zu beklagen – einmal in Berlin in die richtigen Läden gegangen, und der Fall wäre erledigt.«

Langustier nickte bei sich.

»Ich denke, seine Lust an Tee und Chocolade ist geringer als die Lust, die ihm der gewiefte Diebstahl verschafft, aber das ist nur eine Vermutung, und ich nehme es nur als Beispiel, um etwas zu verdeutlichen. Die Lust der Köche an den Ingredienzien ist sympathisch, denn sie wirkt direkt auf den Körper; die, einmal hypothetisch angenommene, Lust Voltaires an dem Umweg des Diebstahls ist idiosympathisch, denn sie affiziert unmittelbar sein Gehirn. Das Ziel aber ist das gleiche: Die Vermehrung des Glücks, und zwar des akzidentiellen, nicht des essentiellen, mit dem wir geboren werden und das wir auf Teufel komm raus niemals vergrößern oder verkleinern können. Die Natur hat uns alle reich beschenkt und ein genügend Quantum an grundsätzlicher Glückseligkeit verliehen – ausgenommen freilich die von Geburt Elenden und chronisch Gebrechlichen. Keiner – außer diesen – will sich sofort umbringen! Doch unsere Fähigkeit zum Zugewinn bleibt höchst unterschiedlich und hängt vom Charakter ab, welchen Erziehung und Vorbilder geprägt haben. Der ewig Unglückliche bleibt ein Tropf, was er auch tut. Sein angeborenes Glück ist klein und seine Fähigkeit zum Zugewinn unentwickelt, so dass er sich strecken kann, wie er will. Er schafft es doch nie, den Kopf zu heben. Der Immerglückliche dagegen, den nichts zu betrüben vermag, würde es niemals schaffen, seinen Glücksvorrat ganz zu erschöpfen oder seine Fähigkeit, oben zu schwimmen und genügend akzidentielles Glück heranzuschaffen, ganz zu verlieren, egal was er tut und was ihm auch geschieht.«

Meine Güte, dachte Langustier, dem das Ohr vom Andrücken an die Wand fast mehr schmerzte als der gekrümmte Rücken vom gebeugten Stehen. Worauf wollte er denn hinaus? La Mettries philosophische Gebetstrommel rührte sich unterdessen unbeirrt weiter.

»Was uns dem Summum bonum oder dem höchsten Glück näher bringt, spielt sich auf der Bühne des akzidentiellen Glücks ab, und es zu vermehren, tun die Menschen alles nur Erdenkliche. Nicht selten begehen sie Verbrechen, so wie Voltaire und die Köche!«

Beim Hören des Wortes »Verbrechen« glitt Langustier ein Schatten von der Seele: La Mettrie hatte trotz Bier und Likör begriffen, wo der Hase im Pfeffer lag, wenngleich es mit den Köchen und ihren Delikten jetzt einmal ein Ende haben sollte, wie auch mit der ausladenden Rede insgesamt. Der unbemerkte Zuhörer schöpfte aber im Grundsätzlichen wieder Hoffnung und wurde durch das heftige Reißen am Glockenzug weit weniger aus der Fassung gebracht als beim ersten Mal. Die Platte wurde herabgelassen, die Gehilfen sprangen, und Langustier kurbelte als ein zweiter Herkules in die Mitte der Tafelrunde hinauf:

Kalte Pastete von Barben
Froschlebern Majestic
Karpfen piquée mit Sardellen en Matelote
Forellen in Wein
Schildkröten an Tartuffel-Gratin mit Champagner
Krebse Voltaire
Hechtlebern en Fricassée mit Sauce espagnole
Tausendfische in Heringsmilch

Austern à la Maréchale mit Seeigelpüree à part
Geräucherten Lachs mit Butter und Kümmel
Biberschwänze Sainte-Marc mit Maronenkroketten.

Droben hörte man eine Weile nur die ungezügelte Vermehrung akzidentiellen Gückes: Löffel-, Gabel- und Messergeklapper, Tellergeschepper, Laute der leiblichen Behaglichkeit. Dann tönte des Königs Stimme, der die Umsitzenden aufforderte, reihum das Summum bonum oder wenigstens ein Synonym für die höchste Glückseligkeit anzugeben, ohne lange nachzudenken, was Langustier ungeheuer interessant dünkte, weil es einiges über die Versammelten verraten könnte. Zu gern hätte er den Anfang vernommen, den der Regent mit der Nennung seines höchsten Wertes selber machte, wenn der vermaledeite Küchenjunge Splitgerber nicht ausgerechnet in diesem Moment seinen Stapel mit abgeräumten Schüsseln auf den gekachelten Boden geschmissen hätte, was einen Höllenlärm verursachte, den sie droben sicher auch hören würden! »(Ausgelassenes Gelächter, ob über die Aussage des Königs oder die Katastrophenklänge aus dem Maschinenschacht, war unklar) Nun, Sie sehen, dass sich auch die inkriminierten Köche hierüber köstlich amüsieren! (Aha! Erneutes Gelächter) Jetzt Sie, Abbé!« Langustier säumte nicht, die Antworten im Geiste zu protokollieren und bei sich zu kommentieren. Der Abbé nannte die holde Weiblichkeit (dieser purpurne Erzschuft!), von Cocceji das Spiel (seltsamerweise, trotz dieser Frau?), der Ober-Hof-Marschall die Ordnung (das sah ihm ähnlich), der Garde-Capitain Armee und Familie (natürlich), der Direktor der Seehandlung das körperliche Wohlbefinden (!) der Seemann die Gute Hoffnung (nun ja …), der Philosoph die Freiheit (wie einfallslos!), der Marquis d'Argens die Trüffelpastete und Maupertuis – der also auch im Raum war, vielleicht um zwecks Ergründung des weißen Goldes Objektstudien am reich gedeckten Tisch durchzuführen –, gab die Wahrheit an. Weise Wahl, du gute Pelz- und Polkappenseele, dachte Langustier.

Sein Vergnügen an der Abhörvorrichtung wuchs. Fredersdorf trat vorsichtig und voller Neugier hinzu und wollte wissen, wie es denn ginge, doch Langustier gebot ihm zischend Stillschweigen, denn nun setzte La Mettrie seine Extemporation fort. Der Hals des Abhörers schmerzte noch vom Duell mit von Hattstein, trotz der verstrichenen neun Tage. Kurz schwebte die Schöne der Nacht durch seine Gedanken, dann konzentrierte er sich auf die Worte La Mettries:

»Mes compliments! Da sind ein paar sehr schöne höchste Güter ans Tageslicht gekommen, und ich glaube, ein jedes hat seine Berechtigung: die Trüffelpastete, die sicher für körperliches Wohlbehagen steht (hämisches Gelächter und zustimmende Grunzlaute des Marquis) und die Vorgebirge der Guten Hoffnung – ich denke, dass der ruhmreiche Meeresbefahrer es im doppelten Wortsinne gemeint hat – und ein achtbares Doppel: Armee und Familie. Monsieur le Capitain, für welches wollt ihr Euch denn nun entscheiden? Es kann doch nur ein höchstes Gut geben? (Heiterkeit, dann die Stimme von Dierckes, die am Ende doch der Armee den Vorzug gab, was der König mit einem oberpatriotischen »Vivat!« nebst Händeklatschen beehrte) Nun, ich denke, Eure Wahl kann sich sehen lassen, meine Herren, wobei ich persönlich ja die Wahl Eurer Königlichen Majestät, gelinde gesagt, etwas frivol finde, wenn mir die Bemerkung erlaubt ist (Gelächter).«

Langustier schielte nach Splitgerber, der sich, den Blick bemerkend, eilig aus der Küche stahl. Gerade die Antwort des Königs hatte ihm entgehen müssen – aber er würde später unverfänglich bei La Mettrie um Auskunft bitten.

Der König fragte:

»Aber verratet uns, mein Guter, was Ihm in seinem System, dessent Rohfassung wir bereits der reinigenden Zensur der Flammen unterworfen haben, um Ihme zu einer Neufassung anzuspornen, was Seine Ansicht ist? Jeder hat Eurer Meinung nach das gleiche Recht auf Glück? Auch der Schurke?«

»Ganz recht, Monsieur«, entgegnete La Mettrie, »denn die Natur schafft kein Unrecht. Alle belebten Körper haben eine berechtigte Option auf Glück: Arme und Reiche, Unwissende und Gelehrte, Fromme und Gottlose, Wüstlinge und Feingeister, Wollüstige und Enthaltsame, Maßvolle und Schlemmer, Toren und Genies, Ärzte und Mörder, Tiere und Menschen – sie alle haben Platz in meinem System!«

Der König, derweil man hörte, wie Schälchen und Teller ausgekratzt wurden, antwortete:

»Welchen Umgang mit dem Glück wünschtet Ihr vom perfekten Staatsbürger und womit seindt ihme zu prüfen, dass er nicht auf falsche Wege vortappt und ins Unglücke stürzt?«

Aha! Jetzt kamen sie der Sache irgendwie näher, fand Langustier und streckte sich kurz, dass die Wirbel knirschten und knackten. Hinter ihm wurden die Vorbereitungen für das Abschlusspotpourri getroffen. Und richtig: Da kam auch schon die Klingel. Sie funktionierten wirklich alle wie die Maschinen!

Obschon die Schalen klein waren und ihr Inhalt kaum dazu hinreichte, dass jeder von allem nur mehr als einen Klecks abbekam, denn es ging hier mehr um den Geschmack als um das Sattessen, staunte Langustier nicht schlecht darüber, wozu die acht Herren heute fähig waren. Aber ob des Bevorstehenden würde es ihnen nicht schaden können, sich etwas mehr als gewöhnlich zu stärken. Die Kurbel quietschte, der Seilzug vibrierte, die Platte rumpelte, die Umlenkrollen knarrten, und es verschwanden im dunklen Schacht:

Spinattorte
Tartuffeln mit grüner Sauce
Faschierte Artischocken
Asperges Pompadour
Erbspüree
Bärentatzen mit weißen Trüffeln

Blumenkohl à la Sauce hollandaise
Brot von frischen Champignons
Omelettes à la Suisse
Rühreier mit Sardellen
Russischer Caviar

Es dürstete Langustier, bei dem, was nun langsam folgen müsste, die Gesichter der droben versammelten Tischgäste zu sehen, aber zum In-die-Ferne-Schauen reichte die veraltete Überwachungstechnik im Schloss nicht aus. Mit einem resoluten »Klack« rastete die Maschinentafelscheibe ein.

V

Der Raum wurde nach den Wandmalereien des in Cottbus geborenen Friedrich Wilhelm Höder auch »Japanisches Confidenz-Zimmer« genannt und war ganz in Blau und Silber gehalten. Höders sehr grafische Malweise, die er sich bei seinem Lehrmeister, dem Pariser Bühnenmaler und Festdekorateur Giovanni Servandoni angeeignet hatte, konnte auf Farbe fast ganz verzichten und ließ in schlichter Monochromie, nur mittels Schlagschatten und Höhungen durch feine Silberlinien, bizarre und recht ansprechende Fantasiekompositionen aus Rocaillen- und Pflanzenwerk entstehen, in denen chinoise Figuren ein märchenhaftes Leben führten. Zwei Konsoltische, ein silbern gerahmter hoher Wandspiegel über dem Kamin mit filigranen ionischen Säulen und ein Kronleuchter bildeten die ansonsten kärgliche Zier des Raumes. Aller Prunk beschränkte sich auf die Rundtafel, die von schweren Polsterstühlen mit goldlackierten Gestellen und roten Samtbezügen umgeben war.
Auf den Stühlen wurde unruhig gerückt. Die Köstlichkeiten tauchten wieder im Zeitlupentempo aus der Versenkung auf, und als der erlösende Laut erklang, hob die Jagd auf die pretiösen Schüsselchen an.

La Mettrie war bisher noch kein Nachlassen des Appetits der Herren aufgefallen. Da es somit aufs Dessert zuging und er sich etwas sputen musste, unterschlug er die Sottise gegen die tote Geliebte des Herrn Voltaire, verzichtete auf eine kleine Spitze gegen den fleißig löffelnden Maupertuis und kam auf die ihm so wichtige und zentrale Lehre von den Schuldgefühlen.

»Ihr wisst, wie ich von den Schuldgefühlen denke – jenem permanent schlechten Gewissen, dass uns die Amtsverweser Gottes oder der Staat unablässig einreden! Der perfekte Staat und der perfekte Staatsbürger, um auf Ihre Frage, Sire, mit der schüsselbedingten Verspätung zu antworten, wären frei davon.«

Er spürte, wie sich seine erschlafften und halb gelähmten Gehirnfasern wieder strafften und spannten.

»In der Gesellschaft, die ich vor Augen habe, gäbe es keine Feindschaft mehr und kein ängstliches Streben nach der Vermehrung akzidentiellen Glückes auf Kosten anderer! Könnte ich die Menschen doch nur davon abhalten, sich gegenseitig Schaden zuzufügen, sie formen wie einen guten Teig und sie alle im Sinne des Wohls und der Sicherheit des Vaterlandes wandeln lassen! Meine Idealbürger wären eine große Familie, in der ein jeder einer ruhigen und tugendhaften Lust fähig wäre und ein heiteres und glückliches Leben führen könnte. Das menschliche Dasein dem Wasser eines Baches gleich, das zunächst im Geröll- und Kiesbett des Oberlaufs veredelt wird, um dann seinen Weg durch die grüne Landschaft in so harmonischen Windungen zu nehmen, dass es scheint, als empfände es dabei Vergnügen. Das, Sire, wäre mein Wunschgemälde!«

Er hob sein Glas, und die Übrigen bemühten sich, es ihm gleichzutun. Nur der König und der Abbé säumten noch. Bastian schien der Blick durch seine Lorgnette Schwierigkeiten zu bereiten, weshalb er die Stielbrille am Tischtuch zu säubern versuchte. Als nun der König mit großem Können sein Weinglas umstieß und der rote Inhalt auf seinen Nebenmann, den Abbé, losschoss, wich dieser

entsetzt zurück, wobei das Lorgnon auf dem Mosaikboden landete und entzwei ging.
Se. Königliche Majestät betrachteten das Missgeschick philosophisch:
»O! Verzeiht! Ich muss zugeben, dass ich mir von Schuld ganz frei zu seindt fühle. Doch mich sollte wohl meinen, dass ich welche empfinden müsste! Mir scheint, wir seindt vom Stadium der La Mettrieschen Utopia noch weit entfernt! Statt einander liebliche Bächlein zu seindt, gebärden wir uns wie lauter Wasserfälle!«
Die Herren lachten herzlich, und La Mettrie fragte den Abbé, ob er denn wirklich so kurzsichtig sei, wie er immer tue? Man werde es ja nun sehen, ob er die gemahlenen Hasel- noch von den passierten Schneehühnern unterscheiden könne! Gelächter, während sich der Abbé ärgerlich den Rotwein ins Gewand rieb, wo sich sicher unterschiedliche Rotschattierungen ergeben würden. Der König riet lachend, in Purpur zu baden, was dem Herrn eine ungemeine Blässe anhauchte, die La Mettrie nicht ohne Genugtuung zur Kenntnis nahm.
»Ich habe wegen meines Leidens ...«, sagte der Abbé mit bedachter Zurückhaltung, »... bereits verschiedene Augenärzte aufgesucht, doch konnte mir keiner auch nur die Spur einer Hilfe anbieten. Es ist eher der Star als die Kurzsichtigkeit, die mir zu schaffen macht, und dieses Lorgnon war mehr ein Spielzeug, das muss ich zugeben, denn ich halte diese klobigen Gestelle, die manche Herren tragen, für ziemlich geschmacklos!«
Hier wendeten sich die Blicke auf Maupertuis, dessen riesige Brille aus schwarz gebeiztem Hirschhorn an Geschmacklosigkeit nicht zu überbieten war. Er rückte pikiert daran und verwies auf die Tatsache, dass nicht jeder so ein Kind des Glückes sei wie der Garde-Capitain, der sich um Brillen nicht zu kümmern brauche. Aber er wolle sich jederzeit bei Nacht und Nebel einem Augenkranken zum Duell stellen. Man lachte, während von Hattsteins Farbe zwischen kreidebleich und blutrot changierte. Der Abbé meinte:

»Immerhin würde ich eine falsche Münze noch erkennen, wenn man sie mir unterjubelte. Bastian zog einen Friedrichstaler aus seinem Gewand und zeigte ihn dem König, der wütend den Kopf schüttelte.
»Seid Ihr sicher, dass er falsch ist? Ich dachte, man hätte die garstigen Fälschers schon längstens geschnappet?«
»So weit ich weiß nicht; ich habe ihn im März von einem fliegenden Papierhändler in der Münzgasse herausbekommen.«
Gelächter.
»Leider hatte ich damals noch nicht die seitenlangen Beschreibungen der falschen Münzen in den Zeitungen gebührend verinnerlicht.«
Der König war auf einmal ernsthaft verstimmt. Wenn's um sein Konterfei auf dem runden Metall ging, kannte er keinen Spaß.
»Ich werde meinen Münzmeister Graumann noch einmal kommen lassen, damit er die Sache besiehet. Seindt sonst einem der Herren gefälschte Antlitze von mich untergejubelt worden?«
Der Capitain von Diercke nickte und konnte sich sogar entsinnen, dass es im März gewesen war. Gefragt, ob er die Münzen noch besitze, musste er bedauernd verneinen.
»Nun ja.«
Der König schien den Faden verloren zu haben und keiner wollte ihn aufgreifen. La Mettrie indessen fragte den Capitain mit einiger Verspätung:
»Wie seid Ihr den falschen Taler losgeworden? Das ist interessant für meine Theorie der Schuldgefühle, Monsieur. Ihr habt doch nicht etwa bei dem Krämer damit bezahlt, der ihn dann dem Abbé angedreht hat?«
Sie lachten. Der Abbé blickte gespielt zornig, und der Herr von Cocceji intervenierte endlich auch einmal, denn das Thema Geld machte die einen schweigsam, die anderen gesprächig.
»Dazu ist unser lieber von Diercke zu ehrlich. Andererseits kann man ihn auch nicht so leicht betrügen. Zum Pech für den Abbé seid Ihr als guter Familienvater dem Spiel abhold, Capitain, denn

Ihr würdet ihm keinen Gewinn bringen, weil Ihr grün und rot selbst im Dunkel einer Höhle viel zu gut unterscheiden könnt, um Euch etwa betrügen zu lassen.«
»Immerhin hat er den falschen Taler nicht gleich bemerkt!«, sagte der Abbé.
Dem Capitain war dieses Interesse sichtlich unangenehm, und er sagte zur Abkürzung:
»Auch gute Augen schützen nicht vor Torheiten. Übrigens gab ich ihn einem Arzt, der dies wegen seiner Profession eigentlich gleich hätte bemerken müssen, denn das Profil seiner Majestät war verkehrt herum, und es stand CONCORDI ARES statt CONCORDIA RES darum.«
»Der Fälscher dachte an den Krieg, den er gegen die Gemeinschaft der Ehrlichen führte«, meinte La Mettrie nachdenklich und fragte noch:
»Welche Profession hatte denn der Unachtsame?«
»Es war ein berühmter Augenarzt!«
Die Herren amüsierten sich darüber schier königlich und schoben wie verabredet die leeren Schüsseln in die Mitte.
»Empfandet Ihr denn keine Schuldgefühle?«, fragte der König interessiert, denn er liebte vor allem die kleinen Delikte.
»Durchaus nicht, Sire!«
»Suchtet Ihr auch das Glück im Unglück anderer?«, bohrte der Graf von Hattstein, der sich eben mit dieser Frage als einer zu erkennen gab, dem derlei Inquisition offenbar besonders gefiel.
»Mitnichten. Ich suchte vielleicht die Vermehrung meines Glückes, wie Herr La Mettrie meinte, aber es war nicht die Affektion des Geistes, die mich zu der Handlung bewog. Ich wollte ihn einfach wieder los sein. Das ist alles.«
»Wen wolltet Ihr los sein?«, fragte La Mettrie, indem er sich stellte, als hörte er im Herauffahren des Desserts nicht gut.
»Und was tatet Ihr, der Kriegsheld von Kesselsdorf, bei einem Augenarzt?«

Der Marquis, der Nebenmann von Dierckes, hatte La Mettrie die Frage abgenommen.
»Das beweist nur, was ich schon immer gesagt«, meinte von Diercke, »dass mein Schuss nichts als ein unwahrscheinliches Glück gewesen!«
La Mettries Gesicht hatte sich entspannt, und er sagte zum Abschluss mit fröhlichem Ton:
»Vergleicht man unser ernsthaftes Studium der Glückseligkeit mit einem Festmahl, so kann man jene verschwundenen Falschmünzen und nicht vorhandenen Schuldgefühle als süßsaure Nachspeise ansehen. Denn so wie ein bereits vom Hauptgang gesättigter Magen noch diverse artige Minuzien aufnehmen kann, so zerstreut sich ein geübter Geist nach Anstrengung freudig bei leichter Kost!«
Aufs Stichwort erschienen in einer großen Schale:

Spanische Melonen
Französische Erdbeeren
Pfirsiche
Birnen
Französische Rosinen
Aprikosen
Ananas
und jede Menge kandierte Rosenblätter.

Überdies betrat beim lauten Klack der Tischplatte, gerötet wie eine stattliche Passionsfrucht, eine Gestalt in schönstem Moiré den Raum: der Zweite Hofküchenmeister. Die Herren waren überrascht. Für eine Konfidenztafel war das etwas völlig Ungehöriges!
Die Schneckenwindungen der Wendeltreppe hatten Langustiers Blut gehörig durchgerührt, was kaum nötig gewesen wäre, denn die Anspannung der letzten Minuten, in denen er jedes Wort verschlungen hatte, waren Grund genug, in Wallung zu geraten. Nach gewissen Stichworten hatte es ihn nicht länger am Horchgerät gehalten. Die Küchenjungen hatten das Kurbeln übernehmen müs-

sen, und Fredersdorf war der Versuchung erlegen, den frei gewordenen Platz am Hörrohr einzunehmen und auch einmal in seinem Leben zu lauschen, was er sonst niemals tat.

Der König lehnte sich, vor Erleichterung schmunzelnd wie eine hübsche kleine Groteske an einem gotischen Kapitell, behaglich zurück:

»O – Monsieur Langustier! Ich hatte schon gedacht, das Dessert wäre Ihm falliert!«

Langustier straffte sich.

»Ganz und gar nicht, Sire! Ich gebiete nur noch nicht über die nützliche Gabe, an zwei Orten gleichzeitig zu sein, wie sie fernöstlichen Moguln nachgesagt wird! Ich hoffe, das mobile Buffet war zu Ihrer Zufriedenheit?«

Der Monarch neigte das Haupt, während Langustier zu La Mettrie an die Tafel trat und sich halblaut erkundigte:

»Haben sich Ihnen die Augen geweitet, Monsieur?«

Worauf dieser erwiderte:

»Als hätte man mir einen ganzen Eimer Belladonnalösung hineingegossen! Leider kam das Gespräch nur durch Zufall in Gang; aber meine Vorlesung über das Summum bonum dürfte Ihnen von Nutzen gewesen sein.«

»Ich habe sie sehr goutiert, Monsieur!«

Mit einer schwungvollen Drehung, die gleichzeitig eine Verbeugung gegen den König wurde, begann er:

»Messieurs, ich möchte Sie nicht lange belästigen, doch ich fürchte, es wird dennoch eine kleine Weile in Anspruch nehmen, was ich Ihnen vorzutragen habe. Wem also der Sinn eher nach frischer Luft und Sonne steht, der sei hiermit ergebenst gebeten, die Gelegenheit zu nutzen ...«

Der König machte eine zustimmende und fragende Geste, aber keiner in der Runde erhob sich. Daher fuhr Langustier fort:

»Sie wissen alle um des Grafen von Randows tragisches Schicksal, und ich darf mich für die Ungelegenheiten entschuldigen, die ich

einigen von Ihnen aus diesem Anlass – mit königlicher Permission – bereitet habe.«
Er räusperte sich, denn er war es nicht gewohnt, solche Vorträge zu halten.
»Nun scheinen die neuen Polizeimethoden, zu deren Erlernung Se. Königliche Majestät zwei adrette Offiziers nach Paris geschickt haben, in der hiesigen Grand Metropole de Prusse aus unerfindlichen Gründen nicht recht keimen zu wollen …«
(die Herren blickten entspannter und erheiterten sich)
»… so dass der Mordfall von Randow nach wie vor einer Entwirrung harrt. Ein zweiter Mord kam hinzu und er wurde, dies mag vielleicht noch unbekannt sein, mit der gleichen tückischen Waffe verübt, einer Augenarznei, die tötet, so man sie verschluckt.
Sie werden sich fragen, warum ich Ihnen dies vorbete, wo es Sie vielleicht gar nicht weiter interessiert an einem so heiteren Tag wie heute, doch es dürfte Ihnen nicht gleichgültig sein zu erfahren, dass der Unglückselige, dem wir die beiden Morde zu verdanken haben …« – er verbesserte sich – »… dem diese verabscheuenswerten Schandtaten zur Last gelegt werden müssen, mitten unter Ihnen speist!«
Die Herren erschraken tödlich und sahen einander mit furchtsamen Blicken an. Der Kapitän Nevin sprang mit Verve von seinem Stuhl und deklarierte, die Hand theatralisch auf sein tuchgeschütztes Herz schmetternd:
»Bei meinem Patent als Kapitän schwöre ich feierlich: Ich war es nicht!«
Ein kleiner Tumult entstand, als der Abbé Bastian versuchte, aus dem Raum zu stürmen, woran ihn jedoch der Graf von Hattstein und der Justizrat von Cocceji mit äußerster Anstrengung hinderten. Schnaubend ließ er sich wieder auf sein Polstergestell fallen, und der König erklärte in majestätischem Ernst:
»Meine Herren! Keiner verlässt den Raum, bevor wir nicht klarer sehen! Monsieur, bitte kontinuieren Sie!«

Langustier dankte und wandte sich an Nevin: »Mister Nevin, wann wird Ihr Schiff nach Kan-Ton in China auslaufen? Und ich darf Sie beruhigen, es wird auslaufen.«
»Am 15. Julius, Sir, äh Monsieur!«, antwortete Nevin, beseligt darüber, dass das böse Wort mit »O« noch immer nicht gefallen war und vielleicht gar nicht fallen würde.
»Welche Person hier am Tisch sollte nach dem Willen von Randows Ihres Wissens nach mit auf die Reise gehen?«
»Der Abbé Bastian, mit Verlaub.«
Der Genannte warf dem Kapitän einen ebenso herablassenden wie vernichtenden Blick zu.
Langustier fragte den Abbé:
»Was gedachten Sie Chinoises für den Grafen zu erledigen?«
Bastian, der unruhig nach seiner Lorgnette greifen wollte, sich dann aber ihres zerbrochenen Zustandes erinnerte und weitere Ausweichbewegungen aufgab, erwiderte seufzend:
»Ich hatte mich aufgrund meiner Vorliebe für die asiatischen Regionen zu einer vom Grafen finanzierten kleinen privaten Forschungsreise überreden lassen, bei der ich – als eine Art Belustigung selbstredend – den Versuch unternehmen sollte, chinesisches Porzellan in großer Menge gegen ein wertvolles Zahlungsmittel einzutauschen.«
»Selbstredend. Was war dies für eine besondere Währung, mit der Ihr die fernen Kaufleute oder Fabrikanten becircen solltet wie Kirke die Argonauten?«
»Es handelte sich um schönsten Purpur. Der Graf hatte ihn vom Chan der türkischen Tartaren gewonnen, nach ungezählten Partien des von mir erdachten Kartenspieles, vor einem Jahr in der Purpur-Glocke.«
Beim Wort Purpur-Glocke lachte der König und fragte seinen Ober-Hof-Marschall nebenhin, ob das nicht die spaßige Kaschemme sei, in der auch der Prinz Heinrich bisweilen verkehre? Der Herr von Cocceji senkte dagegen betrübt den Kopf, weil ihm der

Gedanke an die verfluchten grün-roten Karten urplötzliche Magenschmerzen verursachte.
Der König sprach:
»Das seindt kein übler Gedanke, Monsieur Abbé! Ich hätte dem von Randow sein Porzellaine sicher zu Sonderkonditionen abgekauft. Er seindt mir wegen dieser Porzellainespinnerei mit eigener Herstellung und derlei Fisimatenten schon in den Ohren gelegent. Nun also ginge der Plan mit ihn unter. Aber warumb eigentlich? Ihr hättet doch den Mund halten und immer noch fahren gekonnt. Ihr hättet alleine abkassieret! Was für eine verpasste Occasion. Vorausgesetzt, naturellement, Monsieur Langustier hätte Ihm jetzt nicht ausgeholt?«
Der Abbé antwortete:
»Es ging damals nicht und es ginge jetzt nicht, weil von Randow den Purpur an einem sicheren Ort verborgen hatte, den nur er kannte.«
Langustier betonte die unwiderlegliche Tatsache, dass der Graf sehr um Geheimhaltung bemüht gewesen sei, wie ein Dokument beweise, das man bei dem Toten gefunden habe und auf das er gleich komme. Vorher hob er aber noch einen weiteren Punkt an von Randows Handlungsweise hervor:
»Er liebte es oft, eine zweifache Sicherheit walten zu lassen, worin man vielleicht die Akribie eines wissenschaftlich interessierten Geistes sehen mag, aber auch eine Art von Marotte vermuten kann, unter der seine Mitmenschen und zuletzt er selbst sehr zu leiden hatten. Womit er sich der domherrlichen Treue mag versichert haben, weiß ich nicht, und es ist hier bedeutungslos, doch hatte er sicher Mittel in der Hand.«
»Die Doppelstrategie seindt mich gut bekannt!«, schnarrte der König. »Die bewies der von Randow plus excellente bei Mollwitz und auch bei Hohenfriedberg!«
Langustier nickte und fügte hinzu:
»Und es wird Sie wenig freuen zu erfahren, auf welche Weise er das vor Kesselsdorf ebenfalls getan!«

Der König machte große Augen, wie immer, wenn es um Schlachten ging. In seinem Geist entrollte sich die zugehörige Ordre de bataille. Langustier fuhr fort:
»Die Geschehnisse vor Kesselsdorf sind mir nicht ganz unvertraut, da ich damals zu Pferde den Küchenwagen nach dem Steinhübel gefolgt war, jenem zentral zwischen den Schlachtfeldern gelegenen Berg, und das grandiose Finale, das bei klarem Himmel und glattgefrorener Schneedecke stattfand, von diesem Hügel in wunderbarer Deutlichkeit verfolgen konnte. Beim schönsten Schein der Wintersonne, meine Herren, und ich bekräftige dies absichtlich, da sie dem späteren Kriegshelden von Diercke nach meiner Sicht der Dinge direkt ins Gesicht schien, als er seinen Meisterschuss absetzte. Dem Erschossenen hätte sein Angreifer auch niemals verborgen bleiben können, angesichts des prallen Lichtes, das auf diesen fiel.«
Der Garde-Capitain hatte die Farbe weißen Goldes angenommen, und auf seiner Stirn traten so plötzlich, dass man fast ihr Entstehen verfolgen konnte, erbsendicke Schweißperlen hervor.
Langustier reichte dem König den Zettel mit der dechiffrierten Notiz des Grafen von Randow, den er von Euler erhalten hatte. Der König las vor:
»Ferdinand der falsche Held«.
Ein erregtes Gemurmel erhob sich. Langustier sprach unbeirrt weiter:
»Herrn Euler von der Sternwarte ist dieser Fund zu verdanken. Es handelt sich um eine zur Übung einer Geheimschrift hingeworfene Zeile, die eindeutig dem Grafen von Randow zuzuordnen ist, denn sie war mit einem Codewort chiffriert, das mit dem übereinstimmte, welches den Zettel zu entziffern half, den er am Todestag bei sich trug. Es bedurfte nur einer Nachfrage bei Kabinettssekretär von Münchow, um zu erfahren, wer bei Kesselsdorf der Gefährte des mutigen Leutnants von Diercke gewesen ist: Es war unsere zweite Leiche, der Musketier Schlichtegroll. Es wurde die-

sem armen, vom Opium verwirrten Mann zum Verhängnis, dass er sich die Doppelstrategie des Grafen Randow zu eigen machen wollte und den vermeintlichen Kriegshelden von Diercke zu erpressen versuchte, auf andere, gemeinere Weise zwar, doch mit dem gleichen üblen Ergebnis: Er wurde, wie bereits von Randow, kurz und schmerzlos aus dem Wege geräumt.«

»Wollt Ihr damit sagen,« meldete sich der König zu Wort, »dass der von mir nachher mit einer Porzellanchinesin dekorierte ...«

Langustier vollendete, mit Blick auf den schneeweißen Inkulpanten:

»... Leutnant von Diercke mitnichten einen Sachsenführer totgeschossen hat, sondern sich mit dem Schlichtegroll ganz schlicht aus dem Schneestaub gemacht hätte, wenn ihn nicht der Dragoneroberst von Randow daran gehindert und – im Gedanken daran, dass es immer nützlich ist, Leute in der Hinterhand zu haben, die einem auf Tod oder Leben verpflichtet sind – blendend durch sein Offizierswort bei Eurer Königlichen Majestät zum Helden von Kesselsdorf stilisieret!«

Alles schwieg betreten, und der Capitain, im vollen Bewusstsein, dass der Ankläger ihm endgültig den Rang abgelaufen hatte, legte wie zum Eingeständnis der Wahrheit seinen Offiziersdegen vor den Berg aus Obst in der Tafelmitte und sank wieder auf seinen Stuhl.

Langustier ergänzte:

»Die Menschen lügen, wenn sie es mit der Angst bekommen – so auch der Capitain, als er sich beim Summum bonum korrigierte und der Armee den Vorzug vor der Familie gab. Vor Kesselsdorf dachte er weniger patriotisch. Seine Braut zu Hause ging mit dem ersten Kind schwanger und er wollte um jeden Preis heil zu ihr zurückkehren. Er fürchtete die Schlacht wie der Teufel das Weihwasser! Zu Recht, wie man sah, denn 135 weniger furchtsame Offiziere verloren damals ihr Leben und 4901 unerschrockene Kämpfer dazu. Doch nun kam ihm der einstige Lebensretter, der darauf verzichtet hatte, ihn der Generalität anzuzeigen, die ihn standrechtlich zu erschießen verpflichtet gewesen wäre, und forderte den längst vergessenen Gegendienst. Es war Erpressung, doch der Graf von Randow sah es als eine durchaus vertretbare und in seinen Augen keineswegs schlimme Sache an, die er von dem Capitain forderte. Wollt Ihr es selbst sagen?«

Er schaute auf von Diercke, doch der schüttelte willenlos den Kopf.

»Ich glaube nicht, dass der Graf von Randow wirklich zu jenen Glücksrittern gehörte, von denen Herr La Mettrie vorhin gesprochen: die ihr äußerlich längst abgesichertes Glück nur noch durch geistige Affektion, durch die Passion, das ungefährliche Spiel, und nicht selten das Peinigen anderer Menschen vermehren können. Er liebte augenblicklich das Porzellan und wollte alles tun, um sein Spiel damit zu machen. Daher hatte er den Abbé und den Purpur aufgeboten – eine sehr stimmige Kombination, finden Sie nicht –, und daher gedachte er auch, seinen einstigen Protegé, den Capitain von Diercke, nun nach Kan-Ton in China zu schicken! Doppelstrategie, wie gesagt. Es fiel mir auf anhand eines kleinen Schreibversehens, den der ansonsten korrekte Schreiber von Randow auf einer Seekarte gemacht hatte, die im Palais des Abbé an der Wand hängt. Bei dem Ort Emden stand geschrieben: Wo *ihr* an Bord geht! Ihr klein geschrieben. So viel kann der Unterschied zwischen großen und kleinen Buchstaben ausmachen.«

Der König hüstelte indigniert, sich an die eigenen Nöte hiermit erinnernd. Der Capitain sackte noch um ein halbes Grad mehr zusammen.

»Der Abbé wusste nichts vom Capitain, doch dieser von jenem, also auch vom Purpur. Ich denke, der Capitain sollte während der Reise ein wachsames Auge auf den Abbé und die kostbare Fracht werfen. Dass sich die beiden an Bord getroffen hätten, wäre ja weiter kein Problem, sondern eine Freude für den Abbé gewesen. Möchten Sie das bestätigen, Herr von Diercke?«

Blass wie ein Nebelstreif sagte dieser schwach: »Ich bewunderte schon immer Eure Imagination. Ja, so war es. Ich bitte Eure Königliche Majestät um die Gnade, mich abführen zu lassen.«

Er brach zusammen, und der Regent hieß seinen Ober-Hof-Marschall die Schlosswache rufen, damit sie den Geschlagenen hinausbeförderte. Doch bevor dies vonstatten gehen konnte, erweckte Langustier den Zusammengesunkenen noch einmal mit einem vorbereiteten Trank aus einem kleinen Flakon – dem Saft einer frischen Zitrone, in dem ein rohes Ei und reichlich Traubenzucker verquirlt waren – zu gequälter Aufmerksamkeit. Er hatte immerhin noch ein paar Fragen zu stellen:

»Verzeiht, Monsieur, doch es gelüstet mich noch zu erfahren, wie Ihr den Grafen zum Verzehr der von Euch manipulierten Chocolade bewegen wolltet. Ihr seid es doch gewesen, der die Tüte auf das Tischchen neben dem Krankenbett gelegt habt? Der Diener gab nämlich an ...«

– hier zog Langustier das zum Notizblatt umfunktionierte einstige Chocoladenbehältnis hervor, um die Angaben korrekt abzulesen –

»... er habe erst nach dem Eintreffen des Abbés Ordnung geschaffen und die Katzenzungen aus den Tüten verräumt. Da Ihr vor dem Abbé gekommen seid, muss sich dies anders verhalten haben. Freilich kann er sich auch geirrt haben, denn er war sehr durcheinander. Aber vielleicht schildert Ihr uns den Ablauf noch einmal.«

Schwach kam die Stimme von Dierckes:

»Er täuschte sich nicht. Es war so. Ich wollte Randow bewegen, von meinen Mitbringseln zu essen, doch er gab an, nach seiner zurückliegenden Unpässlichkeit keine süßen Speisen zu vertragen, und so legte ich die Tüte in meiner Not auf den kleinen Tisch möglichst nahe zu ihm hin. Ich hoffte, dass er so vielleicht doch noch zugreifen würde.«

Von Diercke war einer Ohnmacht nahe. Langustier beeilte sich daher mit seiner letzten Frage:

»Woher wusstet Ihr, wo das Purpurrot versteckt war?«

Der Abbé zuckte zusammen und lauschte noch gespannter als zuvor, während von Diercke flüsterte:

»Er sprach von einem passenden Ort, und ich suchte – später an jenem Nachmittag, wie Ihr freilich wisst – zu lange herum. So wurde ich just in dem Moment, als ich in der Vitrine mit dem Chinesenorchester, in der hohlen Figur eines Tambours, fand, was ich suchte ... von meinem ... alten ... Gefährten ... der mich daraufhin erpresst ... überrascht ...«

Von Diercke hatte die letzten Worte nur noch stockend hervorgebracht. Die Wachen führten ihn aus dem Saal. Die Zurückbleibenden rangen um Fassung.

VI

Nun, da man wieder ungezwungen reden und auch dem aufgestapelten Obst zusprechen konnte, sagte der Abbé:

»Was für ein erhaben-törichtes Motiv: Nicht nach China fahren, sondern bei Frau und Kindern bleiben zu wollen!«

»Wie man es nimmt!«, meinte von Hattstein. »Ich kann zumindest das Bei-der-Frau-bleiben-Wollen verstehen! Und ein neues Haus gibt man nicht so leicht wieder auf. Womit drohte von Randow dem Capitain eigentlich?«

Langustier schmunzelte.

»Sicher mit dem öffentlichen Ehrverlust. Vielleicht war von Randow hierin weniger perfid, sondern nur unvorsichtig. Es kann sein, dass er von Diercke falsch eingeschätzt hat. Er dachte unter Umständen, ihm eine schöne Gelegenheit zu geben, einmal etwas von der weiten Welt zu sehen, nicht ahnend, dass dies das Schlimmste war, was sich von Diercke vorstellen konnte. Das Warum, ob töricht oder nicht, bot hier nichtsdestotrotz mehr Zutritt als die Rekonstruktionen des Wie, des Wo und des Wann, wonach der Detekteur im Grunde stets zuerst fragen sollte. Was hätten Sie mit diesen vertrackten Katzenzungen allein machen wollen und dem zufälligen Ort, an dem das erste ahnungslose Opfer zu Tode kam? Auch beim zweiten Mord gab nur der Stoff etwas her, mit dem er verübt wurde, und die Vorgeschichte des Opfers. Beides führte auf den Täter.«

Der König wurde unruhig, denn man tafelte bereits über zwei Stunden:

»Rasch doch noch rekonstruieret! Ein bisschen Was und Wo und Wie, wenn ich Ihme höflichst bitten darf!«

Langustier aß zur Sammlung einen süßen Borsdorfer und versuchte, alles Nebensächliche zu übergehen, was aber nicht leicht war.

»Wo und wann sich von Diercke das Gift beschaffte, verriet seine Aussage über die falsche Münze und den Augenarzt, ganz gleich, ob er ihn nun nötig gehabt hätte oder nicht: Ob er wirklich ein guter Schütze war, weiß ich nicht. Der Ritter Taylor, der in Potsdam, wie man jetzt hört, mit seinen Kuren etliche Patienten fast blind gemacht hat, müsste ihn jedenfalls an der Pupille wiedererkennen, da dieser bedauernswerte Quacksalber keine Visagen behalten kann! Ich habe ihn befragt, und er hat sich des Giftkäufers und der falschen Münze erinnert.«

Die Herren lachten, und der König drängte:

»Aber wie seindt das mit den Zungen? Der Diercke hat ihme fremder Zungen bedient?«

Langustier beschrieb, so schnell es ging, die Petitsche Erfindung likörgetränkter Löffelbisquits im Chocoladenmantel.

»Ein hochinteressanter Geschmackseffekt, den ich Euch demnächst vorzuführen gedenke, sobald mein Granadillen- oder Passionsfruchtliquer eine hinreichende Qualität erreicht hat. Doch zurück zum von Dierckschen Verfahren: Er vergiftete drei der süßen Chocoladenzungen des Herrn Petit, dessen Laden zwischen dem Haus liegt, in dem von Randow wohnte, und dem Wolffschen Coffeehaus. Auf seine Idee kam von Diercke leider erst am Tattag, genauer gesagt, in der Zeit zwischen zwei und drei Uhr, als er,

auf den Außenplätzen besagten Lokals sitzend, erst den Kapitän Nevin und nachher den Herrn von Cocceji diese auffällig verpackten Näschereien bei Petit käuflich erwerben und zu von Randow in die Krankenwohnung hinauftragen sah. Der Herr lag halb auf dem Balkon, daher war es sehr wohl möglich, den Wechsel seiner Besucher zu bemerken, wenn man sich richtig setzte. Er kaufte kurzentschlossen ebenfalls zwei Packungen Katzenzungen – zur Sicherheit, falls ihm eine der Pralinen bei seiner Manipulation kaputtginge – und eilte mit einer Mietkutsche in seine Wohnung am Rondell. Dort präparierte er drei der Konfektstücke, indem er das Gift hineinspritzte. Ich bin mir sicher, dass man Gift und Spritze in dem alten Sekretär finden wird, der bei ihm zu Hause unterm Dache steht. Von Diercke fuhr daraufhin zu von Randow.
Der vermeintlich Kranke hielt es für geraten, noch ein bisschen krank zu spielen und im Beisein seiner Besucher keine Chocolade zu essen, weshalb von Diercke um die erwünschte Freude kam, ihn sterben zu sehen. Doch wie Sie gehört haben, rückte er ihm das Gift immerhin in erreichbare Nähe. Im Davongehen begegnete er dem Abbé, der – was soll ich sagen – auch Petitsche Bisquits als Krankenpräsent hinaufschleppte! Schon jetzt schwante von Diercke, dass er die Sache reichlich unbedacht angestellt hatte. Um zu sehen, was passieren würde, setzte er sich wieder auf den Markt und beobachtete. Die Dinge entwickelten sich, wie schon vermutet, ganz falsch. Der Abbé verließ das Haus, dann der Diener und zuletzt der Graf selbst samt Hund. Freilich hatte der Mörder Glück im Unglück – wenn diese Begriffe hier überhaupt zulässig sind –, denn der Graf trug die vergiftete Packung bei sich. Untermann, der Diener, hatte nur die unbedenklichen der süßen Präsente verräumt.
Von Diercke indessen wusste nicht, was er tun sollte. Es warf ihn völlig aus der Bahn, dass der Anschlag offenbar verpatzt war. Der Graf hätte sterben sollen, bevor er nach außen hin wieder gesund erschien – und jetzt spazierte er munter durch die Gegend! Sein

Schicksal entschied sich, ohne dass von Diercke weiter darauf Einfluss haben konnte. Von Randow aß eine der Giftpralinen in der Purpur-Glocke, wo er eine schmächtige Rothaarige besucht hatte. Die leichte Dame hatte das süße Präsent dankend zurückgewiesen. Ihr Glück! Wie auch das Glück des Dieners Untermann, dass er nicht zum genäschigen Gesinde gehört.«

Hier schien ihm etwas aufzufallen. Er überflog kurz die Zahlen auf seinem Notizblatt, kratzte sich am Kopf, fuhr jedoch in der Rekonstruktion unbeirrt fort.

»Zurück zu von Diercke: Er saß noch immer im Café und war verwirrt, sein klares Denken hatte ausgesetzt, da er sich bewusst war, etwas Dummes getan zu haben. Er war sich auf einmal sicher, entdeckt zu werden, durch irgendeine übersehene Kleinigkeit! Seine Furcht mag zu diesem Zeitpunkt unbegründet gewesen sein, denn die Worte in Geheimschrift, von denen er natürlich nichts ahnen konnte, und die ja auch nur mit viel Glück gefunden wurden, hätten alleine nicht gereicht, um ihm auf die Spur zu kommen. Aber so geht es nun einmal, wenn man eine Sache so unbedacht anpackt! Er geriet in Panik und sah nur noch die resultierende Gefahr für seine Familie, die ja sein Ein und Alles war. Von Randows Abgang war vielen Zufällen unterworfen, doch der Dilettantismus von Dierckes setzte seiner ersten unbedachten Tat jetzt durch zwei weitere die Krone auf!«

Langustier stutzte, doch der König goutierte den unfreiwilligen Scherz.

»Von Diercke kam auf die riskante Idee, den Purpur zu entwenden. Der Graf hatte ihm von einem sicheren Ort erzählt, an dem er ihn verstecken wollte, und was kam da bei einem fernöstlich orientierten Manne besser in Frage als ein Porzellanbehältnis? Wenn schon alles in den Orkus führe, so wollte von Diercke wenigstens etwas Sicherheit für seine Familie herausschlagen. Sein neues Haus sollte schließlich auch noch möbliert werden, da würden ihm einige tausend Taler für den gestohlenen Purpur gerade recht kommen.

Dass später, nach dem Ableben des Grafen, alles ruhig blieb, erklärt, dass er sich um den Verkauf der Substanz vorerst nicht weiter bemühte. Ich sah sie noch bei ihm.«

»Ich gerate ins Trudeln«, gestand Maupertuis. »Wollt Ihr damit sagen, dass von Diercke noch einmal in von Randows Wohnung ging?«

»Nicht nur das – er suchte und fand sogar den Purpur, denn die Tür zur von Randowschen Wohnung war an jenem Nachmittag unverschlossen. Leider wurde er bei seiner verzweifelten Suche nach der teuren Substanz von dem Herrn Schlichtegroll gerade beim Umdrehen der gefüllten Figur überrascht. Im Inneren steckte ein rotes Tuch, worin das Fläschchen mit der kostbaren Farbe eingewickelt war. Ich garantiere dafür, dass sich der Purpur in von Dierckes Wohnung in einer identischen Kaendlerschen Porzellanarbeit im Dachstübchen vorfinden wird.«

Einige der Herren hatten sich auf ihren Stühlen zurückgelehnt. Ihr Fassungsvermögen war erschöpft. Aber der Referent konnte noch immer kein Ende finden.

»Von Diercke bekam die doppelte Mitwisserschaft seines alten Fluchtkameraden Schlichtegroll schon bald unangenehm zu spüren. Der noch am Nachmittage des Sieges von Kesselsdorf durch eine verirrte Freudenkugel aus dem eigenen Lager verwundete Musketier war über die Jahre durch von Randow wirksam am Ausplaudern ihres Geheimnisses gehindert worden: Der Graf hatte Schlichtegroll das verheerende Opium zum Freund gegeben, das ihm seine Schmerzen nahm und ihn durch die immensen Kosten an seinen Wohltäter fesselte. Ich kann mir denken, was für eine Macht es auf den schwachen Geist ausüben muss, da ich es ja auch schon einmal gekostet ...«

Kapitän Nevins Herzschlag vergaloppierte sich, da das schlimme Wort jetzt doch gefallen war und dieser Zweite Hofküchenmeister des Königs wie das Vorgebirge der Guten Asiatischen Hoffnung aufragte, an dem aller private Fernhandel zu scheitern schien.

Doch Langustier floh das Opium und beschloss nun endlich sein Referat:
»Im Gewimmel der Purpur-Glocke kam der arme Erpresser um die Früchte seines Versuches. Von Diercke wurde zwar nicht bemerkt, als er ihm den Rest seiner Belladonnalösung in den Wein kippte. Aber Schlichtegrolls Vorgeschichte führte direkt zu ihm. Seine Entdeckung war nur noch eine Frage der Zeit!«
Bei diesem Stichwort erhob sich der König energisch und löste die Tafel auf. Es beschäftigte ihn noch eine letzte Marginalfrage:
»Woher wusste von Diercke, dass die Wohnung von Randows unverschlossen war?«
Langustier zuckte die Achseln:
»Er spielte va banque! Es hätte noch sein Glück werden können, wenn der Diener Untermann daran gedacht hätte, seinen Schlüssel mitzunehmen. Der Diebstahl und die Erpressung und der zweite Mord wären wahrscheinlich unterblieben, denn für so draufgängerisch, die Wohnung am helllichten Tage aufzubrechen, hielte ich von Diercke doch nicht. Von Diercke hatte Pech. Aber es geschah ihm Recht!«
»Und es Wird ihme bald Vollends Recht geschehen seindt!«, resümierte der König, in vager Hoffnung, Klein- und Großschreibung richtig abgeschätzt und durch Betonung in der gesprochenen Rede nachvollziehbar angedeutet zu haben.

VII

Sie waren keine Sekunde zu früh ans Ende gelangt. Fredersdorf erschien und gemahnte zur äußersten Eile: Die Tafeln im Rittersaal hätten sich geleert und man suche nach Sr. Königlichen Majestät. Der König enteilte, gefolgt von seinem mühsam Schritt haltenden Ober-Hof-Marschall und seinem immer weiter zurückbleibenden Geheim-Kämmerer. Um vier Uhr begann im Opernhaus das Konzert des Monarchen mit den Kammermusici.

Langustier und die Herren, die ihn zu seiner ausladenden Rede beglückwünscht hatten, blieben noch eine Weile im Konfidenztafelzimmer und klaubten noch das eine oder andere Stück vom übrig gebliebenen Fruchtberg. Langustier fiel ein Stein vom Herzen, denn es war ihm gelungen, horrende Kosten für Granatäpfel zu vermeiden.

»Dieser Giftmord hatte weder Fructus noch Duktus, und trotzdem war sein Urheber fast gemeingefährlich!«, ärgerte sich der Abbé.

»Der Diener mag zwar der Rächer seines Herrn genannt werden, doch zugleich hätte er ihm das Leben retten können, wenn er so anständig wie jeder andere in seiner Position tüchtig vom Konfekt stibitzt hätte, am besten noch in Anwesenheit des Grafen, und ihm das Tütchen vor der Nase weggeschnappt! Dann wäre er möglicherweise zuerst gestorben und der Graf wäre gewarnt gewesen. ... Oder ...« (der Abbé ächzte) »... es hätte mich treffen können! Ich war nahe daran zuzugreifen!«

»Sie hätten auch von Randow überreden können, eine Zunge zu essen und ihn sterben sehen!«, mutmaßte von Hattstein.

»Oder Sie beide und der heimlich stehlende Diener wären gleichzeitig gestorben!«, fantasierte von Cocceji.

»Bei diesem Stichwort, Monsieur«, entsann sich Langustier seiner Notizen, »hat jemand von den Anwesenden, die den Graf besuchten, eine Bisquitzunge verspeist?«

Nevin, von Cocceji, von Hattstein und der Abbé Bastian verneinten entrüstet. Wie hätte das ausgesehen, vom Mitgebrachten zu essen, während der Graf indisponiert vor ihnen lag?

»Dann hat Untermann doch gestohlen! Und zwar eine ganze Dreierpackung!«

Sie lachten. Die Bedienten waren doch alle gleich! Das geisterhafte Versinken der Obstladung in der Tiefe des Maschinentafelschachts zeigte an, dass es unten in der Küche irgendwem zu lange dauerte. Erschöpft, aber zufrieden schieden sie voneinander.

VIII

Über das nachmittägliche Konzert hieß es in informierten Hofkreisen später, der König habe sich seltener verspielt als gewöhnlich, auch relativ gut Takt gehalten und im Ganzen recht munter geklungen. Bei Quantzens achtundzwanzig Variationen über die Arie »Ich schlief so süß, da träumte mir«, sei er im Adagio sogar regelrecht virtuos gewesen, habe mit schmelzenden Übergängen und melodischen Schnörkeln erstaunt. Beim Allegro dagegen sei er in den Passagen mehrmals zurückgeblieben, hätte aber königlich den Takt getreten, als wären es seine Begleiter, die da wankten oder eilten. Am Ende der drei eigenen Stücke, die er gespielt und in denen derlei Probleme nicht begegnet seien, habe er fein gelächelt, was ein Zeichen dafür war, dass ihm das Spiel ein nicht gelindes Vergnügen bereitet.

IX

Als es dunkel wurde, flackerten unzählige Bengallichter auf den Tribünen im königlichen Lustgarten neben dem Schloss. Vom Widerschein der Feuerschalen waren die beiden Stechbahnen hell erleuchtet. Die vornehmen Zuschauer nahmen ihre Plätze ein und sahen den Prinzen und fremden Edelleuten zu, wie sie nacheinander danach trachteten, einen winzig kleinen Ringelreif mit fünf Meter langen Holzlanzen aufzugabeln, ohne bei diesem meist fruchtlosen Bemühen von ihren feurigen Hengsten zu stürzen.

Langustier hatte sich, von Zentnerlasten befreit, aus den Höllen der Küche davongestohlen, wo man mit sinkender Kraft versuchte, die Nachwehen des Abendbanketts zu überstehen. Er hatte sich zunächst in die Brandung der Menge gestürzt, die das Gestell der Tribünen umspülte. An den Buden herrschte zweifellos ein lustigeres Treiben als im olympischen Kessel. Dennoch kam er nicht umhin, sich auf die Tribüne für die Vertreter der Bürgerschaft und

die auswärtigen Delegationen zu begeben, da er hoffte, die Schöne der Nacht, nach der er einzig und allein suchte, im Gefolge des türkischen Agas zu entdecken.
Es dauerte lange und er kam sich höchst albern vor bei dieser Suche, die ihn ganze Sitzreihen aufscheuchen ließ, doch irgendwann wies ihm ein irgendwoher auftauchender fröhlicher Major von Schlettwein den Weg. Der Aga und die Seinen saßen ziemlich weit vorne am Geschehen, direkt am Ende der einen Stechbahn. Die drei Bauchtänzerinnen nahmen im Gefolge des Aga offenbar Sonderstellungen ein, denn die übrigen Damen des Harems hatten in den Zelten vor der Stadt bleiben müssen.
Als die in kostbares rotes Tuch gehüllte und völlig verschleierte Schöne Langustier bemerkt hatte, dauerte es noch einige Zeit, bis es ihr gelang, ihren Bewachern zu entkommen. Hierbei war ihr, ohne es zu ahnen, unten in der Arena der Prinz Heinrich behilflich, der sich nach einem Zufallstreffer dermaßen über sein Glück verwunderte, dass er beinahe samt Gaul auf die Tribüne gesprungen wäre, was einen nützlichen Tumult unter den Zuschauern der vorderen Ränge und begreifliche Unaufmerksamkeit bei den grimmigen Wächtern der Tänzerinnen zur Folge hatte. So konnte sich die Schöne mit dem fremden Scheich davonstehlen, und sei es auch nur für eine Nacht. Sie wollte gern jede Strafe auf sich nehmen, um ihren Helden näher kennen zu lernen!
Der Major hatte ihr einige Worte Französisch beibringen müssen, und Langustier bemühte sich redlich, sie mit ulkigen Verballhornungen türkischen Sprachklanges zu belustigen. Wenn er nur noch herausbringen könnte, was Inschallah bedeutete und ob es wirklich ihr Name war, wie der Dolmetsch gemeint hatte! Sie lachte, wann immer er das Wort aussprach.
La Mettrie hatte das höchst ungleiche Paar, erzählte er später Fredersdorf, der dies einigermaßen amüsant, aber im Grunde genommen doch mehr schockierend fand, einträchtig und sehr auf Tuchfühlung ihrer Gewänder bedacht, sich eine Mietkutsche auf dem

Schlossplatze teilen sehen, die in Richtung Hallisches Tor gefahren war. Von einem Schleier bei der Dame oder auch nur einem Kopftuche habe er nichts mehr bemerkt.

Köche, dachte der Geheim-Kämmerer mit unverhohlenem Neid, waren doch eine geheimnisvolle Spezies!

Historische Stichworte

Abbé Bastiani

Das lebende Vorbild des Abbé Bastian hegte keine Ambitionen zu Chinareisen, bediente sich aber in Hofgesellschaften zum Schein einer Lorgnette oder eines Lorgnons – einer Art Augenglas am Stiel.

Asiatische Handelskompanie

Tatsächliches Gründungsdatum war der 4. August 1750, Hauptbetreiber der Amsterdamer Heinrich Thomas Stuart, Hauptinvestor das Berliner Handelshaus Splitgerber und Daum (dessen Erbtochter 1753–1758 mit Michael Gabriel Fredersdorf verheiratet war). Friedrich II. erteilte die Konzession und beteiligte sich geringfügig. Die erste Fahrt fand 1751 statt. Der echte Kapitän der »König von Preußen« hieß Carl Gleitzke und war sicher ein ehrbarer Mann. Die Preussisch-Asiatische Kompanie bestand bis 1753 und verfügte zuletzt neben dem genannten über drei weitere Schiffe (Burg von Emden, Prinz von Preußen, Prinz Ferdinand) mit Heimathafen Emden. Der Siebenjährige Krieg beendete das Unternehmen, das zwischenzeitlich gut in Flor gekommen war. Der Ausdruck »Seehandlung« (der in der »Stiftung Preußische Seehandlung« fortlebt) knüpft sich korrekterweise nur an ein 1772 gegründetes (aus der 1765 entstandenen »Oktroirten Nutzholz-Handlungskompanie« hervorgegangenes), rein staatliches Unternehmen (Staatsbank).

Berlin

zählte 1750 ca. 111.000 Einwohner. Es wurden in diesem Jahr insgesamt rund 350.000 Austern verzehrt.

Berliner Porzellan
Die erste private Porzellanmanufaktur wurde von Wilhelm Kaspar Wegely im Januar 1751 gegründet. Sein Antrag war von Friedrich II. befürwortet worden, den die Abhängigkeit von Meißen schon lange ärgerte. Geheime Forschungsarbeit der Geologen unter Maupertuis zur Enträtselung der Porzellanrezeptur hat bezeugtermaßen stattgefunden. Wegelys Produktion begann 1753 und endete 1757, da Friedrich II. bereits zu Beginn des Siebenjährigen Krieges (1756–1763) Sachsen besetzt und die Meißener Porzellanmanufaktur beschlagnahmt hatte. Porzellan war für den König Statussymbol, Zahlungsmittel und höchster Gunstbeweis: Neben den Tabatieren (u. a. auch aus Porzellan) verschenkte er große Services an verdiente Gefolgsleute oder Staatsgäste. 1761 begann der Unternehmer Johann Ernst Gotzkowsky die Berliner Porzellanherstellung erneut, bis der König 1763 seinen Betrieb verstaatlichte und die KPM (Königlich Preußische Porzellan-Manufaktur) gründete, die unter wechselnden Besitz- und Beteiligungsverhältnissen dauerhaft fortexistierte, seit 1988 als KPM GmbH.

Bordelle
waren in Preußen vom Ende des 17. Jahrhunderts an offiziell verboten; Friedrich II. hob das Verbot erst 1770 auf.

Entfernungen und Fortbewegung
Das Mietkutschengeschäft in Berlin florierte längst. Die Fahrt zwischen Potsdam und Berlin (drei preußische Meilen) stellte dagegen ein veritables Problem dar. Ein guter Reiter schaffte es an einem Tag, von Potsdam nach Berlin zu reiten und wieder zurück; aber er wird nicht viel erledigt haben können. Mit der Kutsche dauerte die einfache Fahrt je nach Straßenzustand und Witterung 4–6 Stunden.

Fredersdorf
Michael Gabriel Fredersdorf war nicht nur das Paradebeispiel für einen allwissenden und umsichtigen Kammerdiener, sondern zugleich das beste Beispiel des gesellschaftlich arrivierten Projektemachers. Nachdem ihm Friedrich II. das Gut Zernikow geschenkt hatte, vermehrte er seinen Reichtum beständig durch ökonomische Bewirtschaftung, eine florierende Brauerei und eine funktionierende Seidenraupenzucht, so dass er schließlich genügend Kapital besaß, um in den Seehandel einzusteigen. Er wurde eingetragenes Mitglied der Berliner Schiffergilde, kaufte das Frachtschiff »Gans« und betrieb damit einen Handelspendelverkehr zwischen Hamburg, Breslau und Stettin. Doch seine Projekte reichten noch weiter: In Surinam in Holländisch-Guayana versuchte er sich im Plantagenbau, vertreten durch seinen Vetter Knöffel Fredersdorf. Sein alchimistisches Labor in der Berliner Friedrichstraße verschlang nur Geld; dennoch glaubte er an die Goldmacherei und war insofern wohl sehr neugierig und projektesüchtig, aber nicht restlos aufgeklärt.

Fredersdorfer Bier
war sehr wohlschmeckend und beliebt. Seine Rezeptur ist nicht erhalten.

Früchte
liebte Friedrich II. besonders, nicht zuletzt aus medizinischen Gründen. Zur Linderung seines frühen Gichtleidens war ihm der Obstgenuss empfohlen worden. Im ersten Orangeriegebäude (den späteren Neuen Kammern) wurden ganzjährig zu erntende Feigen, Kirschen, Orangen, Ananas, Pfirsiche und sogar indische Pisang-Früchte, d. h. Kochbananen kultiviert. Jede Treibhauskirsche kostete den König im Winter zwei Taler. Die Existenz von Granatäpfeln oder Passionsfrüchten ist nicht verbürgt. Sie wären sicher extrem teuer gewesen …

Kammerherrenschlüssel
waren Auszeichnungen, die an Ordensbändern getragen wurden (Messing, vergoldet, ca. 30 cm lang). Sie waren nicht für den Gebrauch bestimmt.

Karussell
Das Ringelstechen während des Festes für Wilhelmine von Bayreuth begann in Wirklichkeit am 25. August 1750 und dauerte mehrere Tage. Die Schauturniere fanden abends nach Einbruch der Dunkelheit statt. Gotthold Ephraim Lessing (ein Feind La Mettriescher Lebens- und Denkensart) schrieb darüber das folgende Gedicht: Auf ein Karussell//Freund, gestern war ich – wo? Wo alle Menschen waren. Da sah ich für mein bares Geld/So manchen Prinz, so manchen Held,/nach Opernart geputzt, als Führer fremder Scharen,/Da sah ich manche flinke Speere/Auf mancher zugerittnen Mähre/Durch eben nicht den kleinsten Ring,/Der unter tausend Sonnen hing,/(O Schade, dass es Lampen waren!)/Oft, sah ich, durch den Ring/Und öfter noch darneben fahren./Da sah ich, dass beim Licht/Kristalle Diamanten waren;/Da sah ich, ach du glaubst es nicht,/Wie viele Wunder ich gesehen./Was war nicht prächtig, groß und königlich? Kurz dir die Wahrheit zu gestehen,/ Mein halber Taler dauert mich.«

König Friedrichs Sprache
Der König hegte weder für die Hofsprache, das Französische, noch für das einheimische Idiom größere grammatikalische Sympathie. Seine schriftlichen Verlautbarungen sind ob ihrer Krudität legendär. Es gab jedoch (vor der Dudenrevolution) noch keine Rechtschreibregeln. Jeder durfte schreiben, wie ihm der Schnabel gewachsen war. Der König sowieso.

Kryptographie

Das hier von Euler aufgedröselte Vignère-Verfahren der Kodierung beschreibt Heinz Dieter Kittsteiner sehr anschaulich in seinem Buch über »Das Komma von SANS, SOUCI.« Das Verfahren zur Decodierung ist dort nicht beschrieben, aber Euler kam glücklich noch rechtzeitig von selbst darauf. Zur Verdeutlichung hier das Schema der Matrix, mit augenfälligen Buchstabenverdrehungen am Ende, die bloß die Schwierigkeit steigerten (es fehlten zudem j und v):

a b c d e f g h i k l m n o p q r s t u x y z w	
b c d e f g h …	… x y z w a
c d e f g …	… z w a b
usw.	usw.
bis	bis
y z w …	… s t u x
z w a b …	… s t u x y
w a b c d e f g h i k l m n o p q r s t u x y z	

La Mettries tragisches Ende

muss hier nachgetragen werden. Am 11. November 1751 starb er an einer »Überdosis« Trüffelpastete nach einem Wettkampfessen im Haus des neuen französischen Gesandten Tyrconnel; es kochte Friedrichs II. realer zweiter Küchenmeister Andreas Noël aus Perigieux.

Opium

1700 brachten die Holländer indisches Opium und die Methode, es in Pillenform auf der Pfeife zu rauchen, nach China. 1729 erließ der chinesische Kaiser ein Edikt gegen das Opiumrauchen, und gestattete es nur noch als Medizin. Aber die Zahl der Opiumsüchtigen stieg immer mehr an. Durch die englische Ostindienkompanie kam Opium nach Europa, wo es im 19. Jahrhundert zum Suchtproblem für die arbeitenden Massen wurde (»Opium fürs Volk«). Friedrich II. gebrauchte es als Schlafmittel und trug während des Krieges stets eine Kapsel mit Opiumpillen tödlicher Konzentration bei sich, um nicht lebendig in Feindeshand zu fallen.

Polizeischule in Paris
Die Schulung der berlinischen Polizei am Pariser Vorbild erzielte erst nach dem Siebenjährigen Krieg Erfolge; eine Volksbespitzelung wie in Frankreich fand jedoch unter Friedrich II. nicht statt.

Türkischer Aga
Der Besuch des echten türkischen Gesandten Mustapha Aga im Juli 1750 bei Friedrich II. erfolgte im Auftrag des Chans der Krimtartaren und des Sultans und Chans von Bucak (dem späteren Bessarabien). Der türkische »Aga« (Statthalter) reiste im Juli nur mit seinem Dolmetscher an. Sein Gefolge hatte er an der vorherigen Station seiner Reise in Polen zurückgelassen. Im Text wurde hiervon aus Koloritgründen abgewichen, der allbekannten Darstellung in Adolph von Menzels Zeichnung folgend, wo der ganze tatarische Hofstaat mit Kamelen etc. in Berlin Einzug hält, um dem Preußenkönig, dessen Ruhm den Erdball umrundet, »ein Zeugnis huldigender Ehrfurcht darzubringen«.

Voltaire
Der Gesellschafter Friedrichs II. kam in Wahrheit erst am 10. Juli in Sans Souci an. Das Blumenzimmer entstand erst 1752–53. Voltaire wohnte im Stadtschloß. Nachdem ihm der König wegen einer Schmähschrift gegen Maupertuis und zwielichtiger Geschäfte mit einem jüdischen Kaufmann grollte, entfernte er sich schließlich 1753 freiwillig, bevor man ihn hätte verstoßen können. Seine Aktivitäten als Kerzendieb werden vom späteren Hofmann Dieudonné Thiébault glaubhaft für seine Anfangstage in Sans Souci versichert. Bevor er Preußen verließ, logierte er kurz in der Taubenstraße 20 in Berlin.

Windmüller von Sans Souci

Johann Wilhelm Graevenitz baute seine beim Schloss Sans Souci stehende Bockwindmühle 1737–1739. Im Text wurde sie aus Sitzplatzgründen in eine unhistorische Holländische Galeriewindmühle umgewandelt, wie sie seit 1993 ebenso unhistorisch in Sans Souci zu besichtigen ist. Der König fand, dass die echte Mühle seinem »Schlosse eine Zierde« sei. Der Müller beklagte sich hingegen, dass der König und sein Schloss ihm den Wind aus den Segeln nähmen. Graevenitz baute eine zweite Mühle östlich des Schlosses, die aber abbrannte. Der König bezuschusste ihn beim Bau einer dritten Mühle in den Milchow-Wiesen. Die Mühle bei Sans Souci wurde 1753 Eigentum des Müllers Kalatz, der bald damit pleite ging. Das Vorbild der heutigen Schaumühle wurde ein Jahr nach dem Tod Friedrichs II. von Cornelius Wilhelm van der Bosch errichtet.

Chronologie interessanter Daten des Jahres 1750

(Abweichungen in der Fiktion; siehe auch unter »Historische Stichworte«)

Januar	Der neue Berliner Dom ist soweit fertig, dass Friedrich II. seine Vorväter umbetten und in ihre Särge schauen kann.
März	Unzählige gefälschte Münzen tauchen in preußischen Landen auf. 26.3.: Gründonnerstag; vorgezogene Geburtstagshuldigung für die Königinmutter. 27.3.: Karfreitag; 64. Geburtstag der Königinmutter. 28.3.: Friedrich II. fährt zur Geburtstagsfeier nach Berlin.
April	1.4.: Friedrich II. kehrt wieder nach Potsdam zurück. Der berühmte Augenarzt Taylor kommt nach Berlin. Er wird später wegen mehrerer missglückter Operationen von Friedrich II. außer Landes gewiesen.
Juli	10.7.: Voltaire bezieht seine Zimmer im Potsdamer Stadtschloss.
August	18.8.: Das Markgrafenpaar aus Bayreuth trifft in Potsdam ein. Die Festlichkeiten für Wilhelmine von Bayreuth dauern bis zum Ende des Monats. 25.8.: Karussellreiten im Berliner Lustgarten.

September	6.9.: Einweihung des neuen Berliner Doms.
Dezember	»Pharao« und andere Glücksspiele bleiben für die Dauer des Karnevals in Berlin verboten. Die Berliner Einbrecher werden künftig entweder gehängt oder lebenslang in die Festung gesteckt.

Für wertvolle Hinweise zur Preußischen Hofküche danke ich Frau Bärbel Stranka von der Stiftung Preußische Schlösser und Gärten (Abt. Museumspädagogik und Besucherbetreuung Berlin-Brandenburg); Retter bei aussichtslos scheinender Buchfahndung war Herr Peter Borchardt vom Zentrum für Berlinstudien.

Langustier ermittelt weiter

ISBN 3-89809-009-4

ISBN 3-89809-018-3

ISBN 3-89809-013-2

ISBN 3-89809-019-1

Jeder Band 9,90 €

ISBN 3-89809-026-4

»Hier bahnt sich eine kleine Sensation an: die Profilierung eines Berliner ‚Geheimkommissärs' von ganz eigenem Schlag.«
Berliner Morgenpost

berlin.krimi.verlag
www.berlin-krimi-verlag.de